U0103151

孫克寬編

分體詩選

附：學詩淺說

戴君仁署耑

臺灣學生書局印行

小言

予於四十四年起，濫竽東海大學，講肄舊詩，初用戴君仁教授所編之歷代詩選，嗣以購書不易，遂自編講義兩種：一爲學詩淺說，教以詩道入門之常識；一則爲範詩，自漢魏以迄三唐，分體選錄三百五十餘首。所取多爲短章，富於風致，易於誦讀之作。私意藉此誘引其學詩之興趣，進而研習大家之作，此純爲教學之用，非有所標尚也。

學生書局主人，編印文史叢刊，既刊印拙作短書兩種矣。因舉此編付之，以餉初學。自惟謭陋，何敢言詩？亦願讀者從此編爲津梁，以意逆志，聊娛朝夕而已。

此稿承柳作梅先生校訂，至爲辛勤。同學楊君祖聿，及楊浴星、林文珠兩女士，爲之校寫，補綴有加，附書誌謝。

舒城孫克寬蒓廬時爲民國第一丁未仲春於臺中大度山園

例言

一、本選爲供大學中文系歷代詩選一年教課之用，其數量既不宜過多，又須顧及各代詩風，故以大家名家之作品爲主，分代分體選錄，略及重要詩派之詩，嘗鼎一臠可矣。

二、私意以學詩自情興入門，而後着意鍛鍊。故此選各家人數不多，力避生硬、晦澀、典實堆砌之作。至於箋註多取舊注，加以翦裁，間亦有自注者，力求簡明，不敢騖博。並酌錄詩評，以助講說。

三、選詩斷自蘇李贈答及十九首，下迄晚唐。五代至清，當俟另編。

四、樂府之詩，以漢魏六朝爲主，以後來皆徒歌也。故雖太白、長吉之作，亦列入七古。

五、詩之習作，須略明體式法則，另編學詩淺說，與此相輔，以便入門。

分體詩選　目錄

第一部分　五言古體

一　漢魏

二　晉南北朝

三　唐代

第二部分　五言今體

甲　絕句

乙 律句

第三部分　七言古體

第四部分　七言今體

甲　絕句

乙　律句

第五部分　樂府

分體詩選

第一部分　五言古體

淵源——詩論摘輯

昔南風之詞，卿雲之頌，厥義敻矣。夏歌曰，「鬱陶乎予心」，楚謠曰：「名余曰正則。」雖詩體未全，然是五言之濫觴也。逮漢李陵，始著五言之目矣。古詩眇邈，人世難詳，推其文體，固是炎漢之製，非衰周之倡也。夫四言文約意廣，取效風騷，便可多得，每苦文繁而意少，故世罕習焉。五言居文詞之要，是衆作之有滋味者也，故云會于流俗，豈不以指事造形，窮情寫物，最爲詳切者耶?!（以上鍾嶸詩品總論）

按召南行露，始肇半章，孺子滄浪，亦有全曲，暇豫優歌，遠見春秋（國語晉語優施歌「暇豫之吾吾」）邪徑童謠，近在成世（漢書五行傳），閱時取證，則五言久矣。又古詩佳麗，或稱枚叔，其孤竹一篇，則傅毅之詞，比采（一作類）而推，兩漢之作乎?觀其結體散文，直而不野，婉轉附物，怊悵切情?實五言之冠冕也。（劉勰文心雕龍明詩篇）。

國風變爲騷詞，五言始於蘇李，蘇李騷人，皆不遇者，各繫其志，發而爲文。故河梁之句，止於傷別，澤畔之吟，歸於怨思，徬徨抑鬱，不暇及他耳。（白居易與元九書）。

嚴羽曰：「五言始於蘇李，以興在漢，故云古詩。」

茅一相曰：「獨孤及云：『五言之源，生於國風，廣於離騷，著於蘇李，盛於曹劉。』當漢魏之間，雖已樸散爲器，作者猶質有餘，以今揆昔，則有朱絃疏越，太羹遺味之嘆。

胡應麟曰：「統論五言之變，則質漓於魏，體排於晉，調流於宋，格喪於齊。」又曰：「古詩浩繁，作者至衆，雖風格體裁，人以代異，支流源委，譜系具存。炎劉之製，遠紹國風，曹魏之聲，近沿枚李。陳思而下，諸體畢備，門戶漸開，阮籍左思，尙存其質，陸機潘岳，首播其萃，靈運（謝）之詞，淵源潘陸，明遠（鮑照）之步，馳驟太沖（左思）。有唐一代，拾遺（陳子昂）草創，實阮前驅，太白綜橫，亦鮑近婁，少陵才具，無施不可，而憲章漢魏，祖述六朝，所謂風雅之大宗，藝林之正朔也。」又曰：「古詩軌轍殊多，大要不過二格：有以和平渾厚，悲愴婉麗爲宗者，卽前所列諸家。有以高閑曠逸，淸遠玄妙爲宗者，六朝則爲陶，唐則王（維）孟（浩然）常（建）儲（光羲）韋（應物）柳（宗元）。（以上節錄仇兆鰲杜詩詳注卷一奉贈韋左丞丈二十二韻詩箋所引）。

風騷既息，漢人代興，五言爲標準矣。就五言中，較明兩體，蘇李贈答，無名氏十九首，古詩體也。廬江小吏妻、羽林郎，陌上桑之倫，是樂府體。（沈德潛說詩晬語）

五言古詩，當探源三百篇，而取法漢魏。古詩十九首，鍾記室（嶸）稱其「驚心動魄，一字千金。」殆非後人所能企及。建安而後，雄渾沈鬱，曹（植）阮（籍）爲宗。沖澹高曠，淵明爲雋，宋齊以來，漸趨綺麗。而精深華妙，大謝（靈運）彌工，沈奧精創，明遠（鮑）獨擅。太白低首於玄暉（謝朓），少陵託懷於庾信，各有其獨到者在也。唐初猶沿梁陳餘習，未能自振。陳伯玉（子昂）起而矯之，感遇之作，復見建安正始之風，張子壽（九齡）繼之，塗轍益闢，至李杜出而篇幅恢張，變化莫測，詩體又爲之一變。韓退之排空硬語，雄奇兀傲，得杜公之神而變其貌。……而王孟韋柳，風神遠出，超以象外，又別爲一派。（民國高步瀛唐宋詩舉要五言古體小序）

一　漢魏

概論

漢初四言，韋孟首唱，匡諫之義，繼軌周人，孝武愛文，柏梁列韻，嚴馬之徒，屬辭無方，至成帝品錄三百餘篇，朝章國采，亦云周備，而辭人遺翰，莫見五言，所以李陵、班婕妤，見疑於後代也。……至於張衡怨篇，清典可味，仙詩緩歌，雅有新聲。暨建安初，五言騰踊，文帝陳思，縱轡以騁節；王（粲）徐（幹）應（瑒）劉（楨），望路而爭驅，並憐風月，狎池苑，述恩榮，敍酣宴，慷慨以任氣，磊落以使才，造懷指事，不求纖密之巧；驅辭逐貌，惟取昭晰之能，此其所同也。乃正始明道，詩雜仙心，何晏之徒，率多浮淺。唯嵇（康）志清峻，阮（籍）旨遙深，故能標焉。（劉勰文心雕龍明詩篇）。

魏詩門戶也，漢詩堂奧也，入室升堂其機（陸）也。然而晉氏之風，本之魏焉。（明徐楨卿談藝錄）

五言在漢遂爲鼻祖，西晉首首俱佳。蘇李固宜，文君一女子耳，胸無繡虎，腕乏靈均，而白頭吟寄興高奇，選言簡雋，乃知風會之翊人遠矣。（明陸時雍詩鏡續歷代詩話）。

五言詩以漢魏爲宗，用意古厚，氣體高渾，蓋去三百篇未遠，雖未必盡賢人君子之辭，而措意立言，未乖風雅。惟其興寄遙深，文法高妙，後人不能盡識，往往昧其本解，而徒摭其句格面目，遙相倣效，遂成熟濫可厭……

漢魏人用筆，斷截離合，倒裝逆轉，參差變化，一波三折，空中轉換搏捖，無一滯筆平順迂緩駁蹇。……

漢魏人如虎跳龍臥，雄渾一氣，觸手變化，而歸於重厚。……（以上節錄清方東樹昭昧詹言五言通論）

作者必先學五言，五言必讀漢詩，而漢詩甚少，題目種類亦少，無可揣摩處，故必學魏晉也。（駱鴻凱文選導論引王闓運言）。

古詩十九首 錄五首

行行重行行。與君生別離。相去萬餘里。各在天一涯㊀。道路阻且長。會面安可知㊁。胡馬依北風。越鳥巢南枝㊂。相去日已遠。衣帶日已緩㊃。浮雲蔽白日。遊子不顧返㊄。思君令人老。歲月忽已晚。棄捐勿復道。努力加餐飯。

註釋　㈠廣雅：「涯，方也。」㈡薛綜西京賦注曰：「安，焉也。」㈢「胡馬依北風。越鳥巢南枝。」皆不忘本之謂也㈣緩，寬也。㈤「浮雲蔽白日」，以喻邪佞之毀忠良，故遊子之行不顧反也。文子：「日月欲明。浮雲蓋之」。陸賈新語：「邪臣之蔽賢，猶浮雲之鄣日月」。顧，念也。

青青河畔草。鬱鬱園中柳㈠。盈盈樓上女㈡。皎皎當窻牖。娥娥紅粉粧。纖纖出素手㈢。昔爲倡家女。今爲蕩子婦㈣。蕩子行不歸。空牀難獨守。

註釋　㈠鬱鬱，茂盛貌。㈡廣雅：「贏容也。盈與贏同。㈢皎皎：明也。方言：「秦晉之間，美貌謂之娥。」纖纖，女手之貌。㈣說文：「倡，樂也。」謂作伎者。列子：「有人去鄉土，遊於四方而不歸者，此謂之爲狂蕩之人也。」

今日良宴會。歡樂難具陳㈠。彈箏奮逸響。新聲妙入神㈡。令德唱高言。識曲聽其眞㈢。齊心同所願。含意俱未申㈣。人生寄一世。奄忽若飇塵㈤。何不策高足。先據要路津㈥。無爲守窮賤。轗軻長苦辛㈦。

註釋　㈠陳，猶說也。陳述也。㈡劉向雅琴賦：「窮音之至入於神。」㈢廣雅：「高，上也。」謂辭之美者。眞，猶正也。㈣所願，謂富貴也。申，述也。㈤方言：奄，遽也。扶搖謂之飆。言生命之短促也。㈥渡口謂之津。沈德潛曰：「據要津，乃詭詞也，古人感憤，每有此種。」㈦轗與轁同，音ㄎㄢ。軻音ㄎㄜ，亦作坎坷。車行不利也。因借以言人之不遇。

冉冉孤生竹。結根泰山阿㈠。與君爲新婚。兎絲附女蘿㈡。兎絲生有時。夫婦會有宜㈢。千里遠結婚。悠悠隔山陂㈣。思君令人老。軒車來何遲㈤。傷彼蕙蘭花。含英揚光輝。過時而不采。將隨秋草萎。君亮執高節㈥。賤妾亦何爲。

㈠冉冉，柔弱貌。竹結根於山阿，喻婦人託身於君子也。㈡兔絲女蘿，皆蔓生植物，不能獨立，需附攀於他物，此亦喻婦人託身於君子也。㈢得其所謂之宜。㈣說文：「陂，阪也。」音ㄆㄧ，山旁也。㈤軒車：車之曲輈而左右有藩蔽者，古大夫以上乘之。此處謂迎女之車。㈥爾雅：「亮，信也。」

廻車駕言邁。悠悠涉長道。四顧何茫茫。東風搖百草。所遇無故物。焉得不速老。盛衰各有時。立身苦不早。人生非金石。豈能長壽考。奄忽隨物化㈠。榮名以爲寶。

註釋

㈠化謂變化而死也。不忍斥言其死。故言隨物而化也。

題解

此詩作者與時代，自來迄無定論，文選李善注云：「並云古詩，蓋不知作者，或云枚乘，疑不能明也。詩云驅馬上東門，又云遊戲宛與洛，此則辭兼東都，非盡是乘明矣。昭明以失其姓氏，故編在李陵之上」。文心雕龍明詩云：「又古詩佳麗，或稱枚叔，其孤竹一篇，則傅毅之詞，比采而推，兩漢之作乎?」鍾嶸詩品未加標目，同列古詩。僅云「去者日已疏四十五首，雖哀怨，頗爲總雜，舊疑是建安中曹王所製。」可見傳流時已無主名，清張庚有古詩十九首解一卷，收拜經閣叢書及叢書集成內，又清郎廷槐輯師友詩傳錄（收清詩話第一册）張歷友答問，詳加考辨。近人駱鴻凱文選學撰人第五，亦加綜析，許文雨文論講疏詩品（正中版）古詩條註一，亦有釋考。台灣世界書局學術名著古詩集釋收有古詩十九首考證。總之辭兼西漢，下及東都，斯爲得矣。

詩論摘輯

文溫以麗，意悲而遠，驚心動魄，可謂幾乎一字千金。（鍾嶸詩品）。

觀其結體散文，直而不野，婉轉附物，怊悵切情。（文心雕龍明詩篇）。

十九首近於賦，而遠於風，故其情可陳，而其事可舉也。虛者實之，紆者直之，則感寤之意微，而陳肆之用廣矣。夫微而能通，婉而可諷者，風之爲道美也。（明陸時雍詩鏡總論續歷代詩話）。

古詩十九首，不必一人之辭，一時之作，大率逐臣棄妻，朋友闊絕，遊子他鄉，死生新故之感。（沈德潛說詩晬語）。

蘇武二首

武字子卿，京兆人，武帝天漢二年（西元前九九年）以中郎將使匈奴，十九年不屈節。會昭帝與匈奴和親，得歸漢拜爲典屬國，宣帝神爵二年（西元前六〇年）卒。年八十餘。（事見漢書二四卷蘇建傳）。

蘇李贈答詩四首錄二

黃鵠一遠別。千里顧徘徊㊀。胡馬失其羣。思心常依依㊁。何況雙飛龍。羽翼臨當乖㊂。幸有絃歌曲。可以喩中懷。請爲遊子吟。泠泠一何悲㊃。絲竹厲清聲㊄。慷慨有餘哀。長歌正激烈。中心愴以摧。欲展清商曲㊅。念子不能歸。俛仰內傷心。淚下不可揮。願爲雙黃鵠。送子俱遠飛。

註釋 ㊀韓詩外傳田饒謂魯哀公曰：「夫黃鵠一舉千里。」㊁依依，思戀之貌也。㊂雙龍喩己及朋友也。乖，離也。㊃泠泠，聲之清也。音ㄌㄧㄥ。㊄絲竹，樂器也。厲，清烈也。㊅清商，樂之悲者，又樂府有清商曲。㊆爾雅：「揮，竭也。」

結髮爲夫妻㊀。恩愛兩不疑。歡娛在今夕。嬿婉及良時。征夫懷往路。起視夜何其。參辰皆已沒㊁。去去從此辭。行役在戰場。相見未有期。握手一長嘆。淚爲生別滋。努力愛春華㊂。莫忘歡樂時。生當復來歸。死當長相思。

註釋 ㊀結髮，始成人也。謂男年二十。女年十五。取笄冠爲義也。㊁參辰已沒，言將曉也。㊂春華喩少時也。

詩論摘錄

丁福保謂：「首章別兄弟，次章別妻，三四章別友，非皆別李陵也。」

李調元（榕村）曰：「蘇李詩，五言之祖也，選者多以爲二子相贈答之作，然玩其詞義，正不必盡然也。故今但以古詩目之，首變詩騷之詞，而曰古者，自後代近體言之也。」

李陵二首

陵字少卿，廣之孫也。爲騎都尉。天漢中將步卒五千擊匈奴，轉門矢盡，遂降，單于以女妻之，立爲右校王，在匈奴二十餘年卒，有集二卷。事見史記一〇九卷李廣傳，及漢書二四卷李廣傳。

與蘇武三首錄二

良時不再至。離別在須臾㊀。屏營衢路側㊁。執手野踟躕。仰視浮雲馳。奄忽互相踰㊂。風波一失所。各在天一隅㊃。長當從此別。且復立斯須㊄。欲因晨風發。送子以賤軀㊅。

註釋 ㊀良，美也。須臾，猶少頃也。㊁屏營：彷徨也。㊂超越曰踰。㊃以上四句，言浮雲之馳，奄忽相踰，飄飆不定。逮乎因風波蕩，各在天之一隅，以喻人之客遊飛薄亦爾。㊄斯須，猶須臾也。㊅意欲乘風相送。晨風，鳥名，隼屬，詩秦風：「鴥彼晨風」。傳：晨風，鸇也，此當依之。言天明宿鳥驚飛，隨之相送，與黃鵠同義。

攜手上河梁㊀。遊子暮何之。徘徊蹊路側。悢悢不得辭㊁。行人難久留。各言長相思。安知非日月。弦望自有時㊂。努力崇明德。皓首以爲期。

註釋 ㊀梁，卽樑，橋也。㊁廣雅：「悢悢，恨也。」㊂劉熙釋名：「弦，月半之名也。」「望，月滿之名也。」

題解

此蘇李贈答詩，昭明文選收之雜詩中，昔人多指爲僞作。據駱鴻凱文選學撰人第五，引顏延年庭誥曰：「李陵衆作，總雜不類，殆是假托，非盡陵制……」蘇子瞻答劉沔書曰：「李陵蘇武贈別長安，詩有江漢之語，而蕭統不悟。」又引翁覃溪（方綱）之論，加之己見，斷非二人之作，辨析甚詳。惟詩品列李陵詩爲上品，評之曰：「漢都尉李陵，其原出於楚辭，文多悽愴，怨者之流……」但未錄蘇武之名。而文心雕龍明詩則曰：「所以李陵班婕妤見疑於後代也。」亦致疑詞。近人丁福保輯全漢詩，則不謂然，謂「蘇（軾）章（樵）二氏之所疑者，皆憑空臆度之辭，非有眞實確據也。」又引東坡晚年跋黃子思詩云「蘇李之天成」謂「其曰六朝擬作者，一時鄙薄蕭統之偏辭耳」。近人許文雨詩品講疏，及開明台版文心雕龍注，關於此詩之辨僞論爭，搜集甚詳，均可參閱。

詩論摘輯

蘇李贈言，何溫而戚也！多唏涕語，而無蹶蹙聲，知古人之氣厚矣。古人善於言情，轉意象於虛圓之中，故覺其味之長而言之美也……（明陸時雍詩鏡總論）。

蘇李詩言情款款，感寤具存，無急言竭論，而意自長，神自遠，使聽者油油善入，不知其然而然也，是爲五言之祖。蘇李之別，諒無會期矣，而云：「安知非日月，弦望自有時」，何怊悵而纏綿也……（清沈德潛說詩晬語）

蘇李諸篇，蓋與十九首同其高妙。

旣成五言一體，法門乃出，要之祇蘇李兩派，蘇詩寬和……李詩淸勁……（駱鴻凱文選學引王闓運語）。

曹植十首

植字子建，太祖（曹操）子，（魏）文帝同母弟也。建安十六年（西元二一一）封平原侯，尋徙封臨菑。文帝卽位，命諸侯並就國，黃初二年，貶安鄉侯，改封鄄城，二年立爲鄄城王，四年徙封雍丘，明帝太和元年改封浚儀，二年復還雍丘，三年徙東阿，六年加封陳王，薨年四十一（西元一九一—二三二），謚曰思。有列女傳頌一卷，集三十卷。（以上據丁撰全漢三國詩曹詩小傳）植年十歲餘，誦讀詩論及辭賦數十萬言，善屬文，性簡易，不治威儀，輿馬服飾，不尙華麗，任性而行，不自彫勵，飲酒不節，遂致失寵，禪代之後，十一年中而三徙都，常汲汲無歡云。（據魏志卷十九陳思王傳）。

贈白馬王（一）

謁帝承明廬。逝將歸舊疆㈡。淸晨發皇邑。日夕過首陽㈢。伊洛廣且深。欲濟川無梁。汎舟越洪濤。怨彼東路長。顧瞻戀城闕。引領情內傷。太谷何寥廓。山樹鬱蒼蒼。霖雨泥我塗㈣。流潦浩縱橫。中逵絕無軌。改轍登高崗。脩坂造雲日。我馬玄以黃㈤。

註釋 ㈠魏志：「楚王彪，字朱虎，武帝子也。初封白馬王，後徙封楚。」（曹）集曰：「於圈城作」，又序曰：「黃初四年五月，白馬王任城王與余俱朝京師，會節氣。日不陽，任城王薨。至七月，與白馬王還國。後有司以二王歸藩，道路宜異宿止，意毒恨之。蓋以大別在數日，是用自剖，與王辭焉，憤而成篇。㈡逝，語詞。舊疆，鄄城也。時植雖封雍邱，仍居鄄城。㈢首陽，山名。在洛陽東北二十里。泥音ㄋㄧˋ，動詞。脩同修，長也。玄馬病則黃。

玄黃猶能進。我思鬱以紆㈠。鬱紆將難進。親愛在離居。本圖相與偕。中更不克俱。鴟梟鳴衡軛。豺狼當路衢㈡。蒼蠅間白黑㈢。讒巧令親踈。欲還絕無蹊㈣。攬轡止踟躕。

註釋 ㈠王逸注：「鬱，愁也。紆，屈也。」㈡鴟梟、豺狼，以喻小人。㈢鄭箋：「蠅之爲虫，汙白使黑，喻佞人變亂善惡也。」間，毀也。㈣蹊，道也。

踟躕亦何留。相思無終極。秋風發微涼。寒蟬鳴我側。原野何蕭條。白日忽西匿㈠。歸鳥赴喬林。翩翩厲羽翼㈡。孤獸走索羣。銜草不遑食㈢。感物傷我懷。撫心長太息。

註釋 ㈠匿音ㄋㄧˋ，藏也。㈡厲，疾貌。㈢索羣，言求羣也。不遑、不暇也。

太息將何爲。天命與我違㈠。奈何念同生。一往形不歸。孤魂翔故域。靈柩寄京師。存者忽復過。亡沒身自衰。人生處一世。去若朝露晞㈡。年在桑榆間。影響不能追㈢。自顧非金石。咄唶令心悲㈣。

註釋 ㈠違，離也。謂不耦也。㈡晞，乾也。㈢謂人將老，韶光如影如聲之不可追也。㈣咄唶，嗟嘆聲。

心悲動我神。棄置莫復陳。丈夫志四海。萬里猶比隣。恩愛苟不虧。在遠分日親。何必同衾幬㈠。然後展慇勤。憂思成疾疢㈡。無乃兒女仁。倉卒骨肉情。能不懷苦辛。

註釋　㈠衾，被也。幬與裯古字同，帳也。㈡玉篇：「疢，俗疹字。」音ㄓㄣ

苦辛何慮思。天命信可疑㈠。虛無求列仙。松子久吾欺㈡。變故在斯須。百年誰能持。離別永無會。執手將何時。王其愛玉體。俱享黃髮期㈢。收淚卽長路。援筆從此辭。

註釋　㈠信，誠也。㈡松子，赤松子。史記留侯世家：「願從赤松子遊」，蓋古之仙人也。㈢黃髮，喻壽考也。詩行葦：「酌以大斗，以祈黃耇」。

贈徐幹㈠一首

驚風飄白日。忽然歸西山。圓景光未滿。衆星粲以繁㈡。志士營世業㈢。小人亦不閑。聊且夜行遊，遊彼雙闕間。文昌鬱雲興㈣。迎風高中天㈤。春鳩鳴飛棟。流飆激櫺軒㈥。顧念蓬室士。貧賤誠足憐。薇藿弗充虛㈦。皮褐猶不全。忼慨有悲心。興文自成篇。寶棄怨何人。和氏有其愆㈧。彈冠俟知己㈨。知己誰不然。良田無晚歲。膏澤多豐年㈩。亮懷璵璠美⑪。積久德逾宣。親交義在敦。中章復何言⑫。

註釋　㈠徐幹字偉長，漢北海人，著中論。㈡圓景，月也。粲，明也。㈢孔叢子曰：「仲尼大聖，自茲以降，世業不替。」世業謂儒業。㈣劉淵林魏都賦注：「文昌，正殿名也。」廣雅：「鬱，出也。」爾雅：「興，起也。」㈤地理書：「迎風觀在鄴。」鄴，今河南省臨漳縣。列子：「周穆王築台，號曰中天之台。」㈥爾雅：「扶搖謂之飆。」郭璞：「暴風從上下者。」猋與飆古字通。說文：「櫺，楯間子也。」㈦墨子：「古之人，其爲食也，足以增氣充虛而已。」文子：「聖人食足以充虛接氣。」充虛，充飢也。㈧寶以喻幹。和氏喻知己也。韓子曰：「楚人和氏得璞玉於楚山之中。奉而獻之武王。武王使玉人相之。玉人曰石也。跀和氏左足。武王薨。成王卽位。和又獻之。玉人又曰。石也。跀其右足，成王薨。文王繼位。和乃抱璞而哭於楚山之下。王使玉人理其璞。而得寶焉。遂名曰和氏之璧。」跀音刖。愆，過也。㈨漢書王吉傳：「吉與貢禹爲友，時稱王陽在位，貢公彈冠。」言欲彈冠以俟知己之薦引。㈩良田，膏澤，喻有德也。無晚歲，多豐年，喻必榮也。⑪爾雅：「亮，信也。」蒼頡篇：「

懷，抱也。」杜預：「璵璠，美玉，君所佩也。」璵音ㄩ，璠音ㄈㄢ。㈢敦，厚也。中，重也。

詩論摘輯

陳思極工起調。如：「驚風飄白日。忽然歸西山。」如：「明月照高樓。流光正徘徊。」如：「高臺多愁風。朝日照北林。」皆高唱也。（清沈德潛說詩晬語）

雜詩六首選三首

高台多悲風。朝日照北林。之子在萬里。江湖迥且深。方舟安可極㈠。離思故難任。孤鴈飛南遊㈡。過庭長哀吟。翹思慕遠人㈢。願欲託遺音。形影忽不見。翩翩傷我心。

轉蓬離本根。飄颻隨長風㈣。何意迴飆舉。吹我入雲中。高高上無極。天路安可窮。類此遊客子。捐軀遠從戎。毛褐不掩形。薇藿常不充㈤。去去莫復道。沈憂令人老。

註釋 ㈠爾雅：「大夫方舟。」郭璞：「併兩船也。」極，至也。㈡楚辭：「鴈雍雍而南遊。」㈢翹，猶懸也。㈣說苑：「……秋蓬惡其本根，美其枝葉，秋風一起，根本拔矣。」㈤充虛，充飢也。

僕夫早嚴駕。吾將遠行遊。遠遊欲何之。吳國爲我仇㈠。將騁萬里塗。東路安足由㈡。江介多悲風。淮泗馳急流㈢。願欲一輕濟。惜哉無方舟。閑居非吾志㈣。甘心赴國憂。

註釋 ㈠說苑楚王謂淳于髡曰：「吾有仇在吳國，子能爲吾報之乎。」吳魏兵爭世仇也。㈡由，行也。㈢介，閒也。泗，水名也，源出山東泗水縣，舊時流經魯西南由江蘇北境入淮，其後黃河奪運，不復通淮。孟子滕文公：「排淮泗而之江」。㈤後漢書梁竦嘆曰：「閑居可以養志。」閑與閒同。

贈丁儀王粲㈠

從軍度函谷㈡。驅馬過西京。山岑高無極。涇渭揚濁清㈢。壯哉帝王居。佳麗殊百城。員闕出浮雲㈣。承露槩泰清㈤。皇佐揚天惠㈥。四海無交兵。權家雖愛勝。全國爲令名㈦。君子在末位。不能歌德聲㈧。

。丁生怨在朝。王子歡自營。歡怨非貞則。中和誠可經㈨。

註釋 ㈠文選李善注：「集云答丁敬禮、王仲宣，翼字敬禮，今云儀誤也。」黃晦聞云：「文選不誤誤者殆五言集耳。」（按五言指詩體，集謂曹集，非別有五言集也。）丁儀有厲志賦，與詩中「丁生怨在朝」句合。㈡漢書：「弘農縣故秦函谷關。」㈢毛詩傳：「涇渭相入，而清濁平。」㈣西京賦：「圜闕竦以造天。」㈤武帝作仙人承露盤，見三輔皇圖。西都賦曰：「抗仙掌與承露。」㈥皇佐，太祖操也。孔子：「君惠臣忠。」㈦權家，兵家也。左氏傳子產曰：「令名德之輿也。」鄭玄禮記注：「令，聞也。」㈧君子，謂丁王也。德聲，謂太祖令德之聲也。㈨言歡怨雖殊，俱非忠貞之則，惟有中和樂職，誠可爲謂經也。經，法也。

詩論摘輯

魏陳思王植，其原出於國風，骨氣奇高，詞采華茂，情兼雅怨，體被文質，粲溢今古，卓爾不羣。（鍾嶸詩品）

全法大雅文王之什體，故首二章不相承耳。（明王世貞藝苑卮言）

蘇李以後，陳思繼起，父兄多才，渠尤獨步，使才而不矜才，用博而不逞博……故應爲一大宗。（清沈德潛說詩晬語）

陳思天質既高，抗懷忠義，又深以學問，遭遇閱歷，操心慮患，故發言忠悃，不詭於道，情至之語，千載下猶爲感激悲涕。（方東樹昭昧詹言）

王粲二首

粲字仲宣。山陽高平人（今山東金鄉縣），少有異才，漢獻帝西遷，因徙居長安。後之荆州依劉表，表卒，曹操辟爲丞相掾，賜爵關內侯，拜侍中，建安二十二年卒，年四十。有去乏論集三卷，漢末英雄記十卷，集十一卷。

七哀詩二首

西京亂無象㈠。豺虎方遘患。復棄中國去。遠身適荆蠻㈡。親戚對我悲。朋友相追攀。出門無所見。白骨蔽平原。路有飢婦人。抱子棄草間。顧聞號泣聲。揮涕獨不還。未知身死處。何能兩相完㈢。驅馬棄之去。不忍聽此言。南登灞陵岸㈣。廻首望長安。悟彼下泉人㈤。喟然傷心肝。

註釋 ㈠左氏傳：晉侯問於士弱曰：「吾聞之宋災，於是乎知有天道可必乎。」對曰：「國亂無象，不可知也。」遘與構同。㈡荆蠻，荆州。王粲漢末大亂，依劉表於荆州。㈢完，全也。㈣漢文帝陵名，在今陜西省長安縣東。㈤毛詩序曰：「下泉，思治也。」曹人思明王賢伯也。

荆蠻非我鄉。何爲久滯淫㈠。方舟溯大江。日暮愁我心。山崗有餘暎㈡。巖阿增重陰。孤狸馳赴穴。飛鳥翔故林。流波激清響。猴猿臨岸吟。迅風拂裳袂。白露沾衣衿。獨夜不能寐。攝衣起撫琴。絲桐感人情。爲我發悲音。羈旅無終極。憂思壯難任㈢。

註釋 ㈠淫，久也。㈡暎，日陰曰暎。㈢壯，益也。

詩論摘輯

晉書文苑傳郭澄之傳云：「劉裕既克長安，意欲更西伐，集僚屬議之，多不同。次問澄之，澄之不答，西向誦王粲詩曰：『南登灞陵岸，回首望長安。』裕意便定。」

阮籍七首

籍字嗣宗，陳留尉氏人，司空記室瑀之子。容貌瓌傑，志氣宏放。初辟太尉掾，進散騎常侍。大將軍司馬昭，欲爲其子炎求婚，籍乃醉六十日，不得言而止。後引爲從事中郎，籍聞步兵廚多美酒，遂求爲步兵校尉。縱酒昏酣，遺落世事。又對人能爲青白眼，由是禮法之士，深所讎疾。有集十六卷。享年五十四（西二〇九—二六三）。籍能屬文，初不留意，作詠懷詩八十餘篇，爲世所重，晉書四九卷有傳。今阮詩註本有黃節阮步兵詩箋註，又清陳沆詩比興箋有釋詠懷詩。

詠懷八十二首錄七

夜中不能寐。起坐彈鳴琴。薄帷鑑明月㈠。清風吹我衿。孤鴻號外野㈡。朔鳥鳴北林。徘徊將何見。憂思獨傷心。

註釋　㈠鑑，照也。㈡號，鳴也。

嘉樹下成蹊㈠。東園桃與李。秋風吹飛藿。零落從此始㈡。繁華有憔悴。堂上生荊杞㈢。驅馬舍之去。去上西山趾㈣。一身不自保。何況戀妻子。凝霜被野草。歲暮亦云已㈤。

註釋　㈠漢書李廣傳贊：「諺曰，桃李不言，下自成蹊。」㈡沈約曰：「風吹飛藿之時，蓋桃李零落之日。華實既盡，柯葉又彫，無復一毫可悅。」說文：「藿，豆之葉也。」㈢言無常也。文子：「有榮華者，必有愁悴。」杞，枸杞也。㈣伯夷叔齊隱於西山。言欲從之，以避世禍。㈤沈約曰：「歲暮風霜之時，徒然而已耳。」李善曰：「繁霜已凝，歲亦暮止，野草殘悴，身亦當然。」

天馬出西北。由來從東道㈠。春秋非有託。富貴焉常保㈡。清露被皋蘭㈢。凝霜沾野草。朝爲媚少年。夕暮成醜老。自非王子晉㈣。誰能常美好。

註釋　㈠漢書：「天馬來，從西極，涉流沙，九夷服。天馬來，歷無草，經千里，循東道。」㈡沈約曰：「春秋相代，若環之無端，天道常也。譬如天馬，本出西北，忽由東道。況富之與貧，貴之與賤易至乎？」託，止也。㈢澤畔曰皋。㈣王子晉卽王子喬。

登高臨四野。北望青山阿㈠。松柏翳岡岑㈡。飛鳥鳴相過。感慨懷辛酸。怨毒常苦多。李公悲東門。蘇子狹三河㈢。求仁自得仁。豈復歎咨嗟㈣。

註釋　㈠應劭風俗通曰：「葬於郭北。北首求諸幽之道。」㈡仲長子昌言曰：「古之葬，植松柏梧桐，以識其墳。」翳，蔽也。音ㄧ。㈢李公指李斯。斯臨刑，謂其子曰：「吾欲與若俱牽黃犬出上蔡東門，豈可得乎？」蘇子指蘇秦。洛陽三川之地，則三河也。蘇秦以其地狹小，不足逞其志，乃遊說六國，佩其相印。㈣以上四句，言二子豈不知進趨勢利以近禍敗也。然而犯之者，亦猶求仁得仁，誰復爲之嗟歎哉。

開秋兆涼氣㊀。蟋蟀鳴牀帷。感物懷殷憂。悄悄令心悲。多言焉所告。繁辭將訴誰。微風吹羅袂。明月耀清暉。晨雞鳴高樹。命駕起旋歸㊁。

註釋 ㊀開秋，初秋。㊁謂將命駕歸於山林，隱居以避世。

徘徊蓬池上。還顧望大梁㊀。綠水揚洪波。曠野莽茫茫。走獸交橫馳。飛鳥相追翔。是時鶉火中㊁。日月正相望㊂。朔風厲嚴寒㊃。陰氣下微霜。羈旅無儔匹。俛仰懷哀傷。小人計其功。君子道其常。豈惜終憔悴。詠言著斯章。

註釋 ㊀大梁，戰國時魏地。借以指王室。㊁鶉火，夏之九月十月也。見左氏傳晉侯伐魏杜注，劉良曰「孟冬之月七星中，鶉火次星也。」㊂孔安國尚書傳曰：十五日，日月相望也。㊃朔，北方也。

湛湛長江水㊀。上有楓樹林。皋蘭被徑路。青驪逝駸駸㊁。遠望令人悲。春氣感我心。三楚多秀士㊂。朝雲進荒淫㊃。朱華振芬芳。高蔡相追尋。一爲黃雀哀㊄。涕下誰能禁。

註釋 ㊀湛湛，水貌。楚詞招魂「湛湛江水兮上有楓。」㊁被同披。青驪，馬也。駸駸，驟貌。㊂孟康漢書注：「舊名江陵爲南楚，吳爲東楚。彭城爲西楚。㊃高唐賦：「妾旦爲朝雲。」㊄戰國策莊辛諫楚王曰：「郢必危矣。王獨不見黃雀，俯啄白粒，仰棲茂樹，鼓翅奮翼，自以爲與人無爭。不知夫公子王孫，左挾彈，右攝丸，以其頸爲的。晝游茂樹，夕調酸鹹爾。」

詩論摘輯

嗣宗身仕亂朝，恐罹謗遇禍，因茲發詠，每有憂生之嗟，雖志在刺譏，而文多隱避，百代下難以情測，故粗明大意，略其幽旨也。（文選李善注引顏延年語）

晉步兵阮籍，其源出於小雅，無雕蟲之功，而詠懷之作，可以陶性靈，發幽思，言在耳目之內，情寄八荒之表，洋洋乎會于風雅……厥旨淵放，歸趣難求。（鍾嶸詩品）

阮籍使氣以命詩，殊聲而合響，異翮而同飛。（劉勰文心雕龍才略篇）。

晉人多言飲酒，有至於沈醉者，此未必意眞在於酒，蓋時方艱難，人各懼禍，惟託於醉，可以遠世故。……流傳至嵇阮劉伶之徒，遂全用此爲保身之計，此意惟顏延年知之。（宋葉夢得石林詩話）

阮公源出於騷，而鍾記室以謂出於小雅，愚謂騷與小雅，特文體不同耳，其憫時病俗憂傷之指，豈有二哉。阮公之時與世，眞小雅之時與世也。其心則屈子之心也。以爲騷，以爲小雅皆無不可。而其文之宏放高明，沈痛幽深，則於騷雅皆近之。（昭昧詹言引何義門語）

阮公詠懷，反覆零亂，興寄無端，和愉哀怨，俶詭不羈，讀者莫求歸趣。（沈德潛說詩晬語）

題解

阮籍詠懷，據丁撰三國詩詠懷詩題下注云：「按讀書敏求記謂：『阮嗣宗詠懷詩行世本，惟五言詩八十首，朱子儋家藏舊本，刊於存餘堂，多四言詠懷詩十三首云云。』余歷訪海上藏書家，都無朱子儋本，今所存四言詩僅三首耳。」曾國藩十八家詩抄錄詠懷八十二首，曾氏按語云：「按文選錄詠懷詩十七首，近人陳沆錄詠懷詩三十八首。」陳沆詩比興箋卷二阮籍詩箋云：「顏延年註詠懷詩曰：『阮公身仕亂朝，常恐遇禍，因茲發詠，故每有憂生之嗟，雖事在刺譏，而文多隱避，百世而下，難以情測也。』今案阮公憑臨廣武，嘯傲蘇門，遠迹曹爽，潔身懿師，其詩憤懷禪代，憑弔今古，蓋仁人志士之發憤焉，豈直憂生之嗟而已哉。」方東樹昭昧詹言評阮氏詩亦云：「延年之說當矣。」故詠懷詩題旨，應以陳沆箋爲準。

二　晉南北朝

概論

爾後陵遲衰微，迄於有晉，太康中，三張、二陸、兩潘、一左，勃爾復興，踵武前王，風流未沫，亦文章之中興也。永嘉時，貴黃老，稍尚虛談。于時篇什，理過其辭，淡乎寡味。爰及江表，微波尚傳，孫綽、許詢、桓庾諸人，詩皆平典似道德論，建安風力盡矣！（詩品總論）

先是郭景純（璞）用俊上之才，變創其體，劉越石（琨）仗清剛之氣，贊成厥美，然彼衆我寡，未能動俗。逮義熙中，謝益壽（混）斐然繼作，元嘉中有謝靈運，才高詞盛，富艷難蹤，固已含跨劉郭，凌轢潘左；故知陳思爲建安之傑，公幹仲宣爲輔，陸機爲太康之英，安仁（潘）景陽（張）爲輔，謝客爲元嘉之雄，顏延年爲輔，斯皆五言之冠冕，文詞之命世也。（同前）

晉世羣才，稍入輕綺，張潘左陸，比肩詩衢，采縟於正始，力柔於建安，或枿（一作析）文以爲妙，或流靡以自妍，此其大略也。（劉勰文心雕龍明詩篇）

江左篇製，溺乎玄風，嗤笑徇務之志，崇盛亡（忘）機之談。袁（宏）孫（盛）以下，雖各有雕采，而辭趣一揆，莫與爭雄，所以景純仙篇，挺拔而爲俊矣。宋初文詠，體有因革，莊老告退，而山水方滋。儷采百字之偶，爭價一句之奇，情必極貌以寫物，辭必窮力而追新，此近世之所競也。（同前）

晉詩如叢綵爲花，絕少生韵。士衡（陸）病靡，太冲病憍，安仁病浮，二張病塞。語曰：「情生於文，文生於情」，此言可以藥晉人之病。

詩至於宋，古之終而律之始也，體製一變，便覺聲色俱開。

詩至於齊，情性既隱，聲色大開，齊梁人欲嫩而得老，唐人欲老而得嫩，其所別在風格之間。（以上明陸時雍詩鏡總論）

詩至於宋，性情漸隱，聲色大開，詩運一轉關也。康樂神工默運，明遠廉儁無前，允稱二妙。延年聲價雖高，雕鏤太過，不無沉悶，要其厚重處，古意猶存。

齊人寥寥，謝玄暉獨有一代。

梁陳之間，專尚琢句。

北朝詞人，時流清響，庾子山才華富有，悲感之篇，常見風骨，爾時徐、庾並名，恐孝穆華詞，瞠乎其後矣。（以上清沈德潛說詩晬語）

陸機二首

機字士衡，吳郡人，大司馬抗之子也。少有奇才，領父兵為牙門將。吳亡入洛，太傅楊駿，辟為祭酒。累遷太子洗馬著作郎，出補吳王郎中令，入為尚書郎。趙王倫輔政，引為參軍。大安初，成都王穎等，起兵討長沙王，假機後將軍，河北大都督，因戰敗績為穎所害。年四十三（西二六一——三〇三年）。有晉紀四卷，洛陽記一卷，要覽若干卷，集四十七卷（丁撰全晉詩陸詩小序）。晉書有傳，近人有陸平原年譜，收世界書局魏晉五家詩注中。

贈從兄車騎㊀一首

孤獸思故藪㊁。離鳥悲舊林。翩翩遊宦子㊂。辛苦誰為心。彷彿谷水陽。婉孌崐山陰㊃。營魄懷茲土。精爽若飛沈㊄。寤寐靡安豫。願言思所欽。感彼歸途艱。使我怨慕深。安得忘歸草。言樹背與衿。斯言豈虛作。思鳥有悲音。

註釋　㊀陸士光。㊀澤無水曰藪。㊂游宦子，游宦事人也，見漢書薄昭傳。㊃水北曰陽。山北曰陰。婉孌猶親愛也。孌音ㄌㄩㄢˇ。陸道瞻吳地記：「海鹽縣東北二百里有長谷，昔陸遜陸凱居此谷。東二十里有崐山，父祖葬焉。」㊄營魄猶言魂魄也。老子：「載營魄抱一，能無離乎。」精爽亦猶言魂魄也。左傳樂祈曰「心之精爽，是謂魂魄。」㊅言，語辭。衿，猶前也。韓詩「焉得萱草，言樹之背」。

為顧彥先贈婦㊀二首錄一

辭家遠行遊。悠悠三千里。京洛多風塵。素衣化為緇㊁。循身悼憂苦。感念同懷子。隆思亂心曲㊂。沈歡滯不起。歡沈難克興。心亂誰為理。願假歸鴻翼㊃。翻飛浙江汜。

註釋 ㊀李善注：「集云：爲全彥先作，今云顧彥先，誤也。」㊁緇，黑色也。㊂隆，緐也。㊃假，借也。

詩論摘輯

晉平原相陸機，其原出於陳思。才高詞贍，舉體華美，氣少於公幹，文劣於仲宣，尙規矩，不貴綺錯，有傷直致之奇。（鍾嶸詩品上）

士衡舊推大家，然通贍自足，而絢采無力，遂開出排偶一家。降自齊梁，專攻對仗，邊幅復狹，令閱者白日欲臥，未必非陸氏爲之濫觴也。（沈德潛說詩晬語）

劉彥和謂士衡矜重，而近世論陸詩者，或以累句疵言之，然有累句無輕句，便是大家品位。士衡樂府，金石之音，風雲之氣，能令讀者驚心動魄，雖子建諸樂府，且不得專美於前也，他何論焉。（丁福保八代詩菁華錄評語）

左思四首

思字太冲，齊國臨淄人也。少博覽文史，欲著三都賦，遂構思十稔，門庭藩溷，皆着紙筆。賦成，張華見而咨嘆，都邑豪貴，競相傳寫。徵爲祕書郎，齊王冏命爲記室，辭疾不就。以疾終。有集五卷。事見晉書文苑傳，丁撰全晉詩小傳，及文選三都賦善注。惟生卒無考。

詠史八首錄四

弱冠弄柔翰㊀。卓犖觀羣書㊁。著論準過秦。作賦擬子虛㊂。邊城苦鳴鏑。羽檄飛京都。雖非甲冑士。疇昔覽穰苴㊃。長嘯激清風。志若無東吳。鉛刀貴一割㊄。夢想騁良圖。左眄澄江湘。右盼定羌胡㊅。功成不受爵。長揖歸田廬。

註釋 ㊀古禮男子二十歲而冠。柔翰，筆也。㊁超絕曰卓犖。犖音ㄌㄨㄛ㊂賈誼作過秦論。司馬相如作子虛賦。㊃史記：「司馬穰苴者，田完之苗裔也。齊景公以爲將軍，將兵扞燕晉之師。其後田和因自立爲齊威王，用兵行威，大放穰苴之法，而諸侯朝齊。而威王使大夫追論古者司馬法，而附穰苴其中，因號曰司馬穰苴兵法。」㊄鉛刀，不利之刀。鈆同鉛。㈥眄，視也。盼，自動貌。

濟濟京城內。赫赫王侯居。冠蓋蔭四術㈠。朱輪竟長衢。朝集金張館。暮宿許史廬㈡。南鄰擊鐘磬。北里吹笙竽。寂寂楊子宅。門無卿相輿㈢。寥寥空宇中。所講在玄虛㈣。言論準宣尼。辭賦擬相如。悠悠百世後。英名擅八區。

註釋　㈠術，道也。㈡金張，漢昭帝時外戚，金日磾張安世。許史，宣元兩帝時外家，以喻西晉初賈楊外戚之家。㈢漢書楊雄自敘：「雄家素貧，人希至其門。」㈣楊雄草太玄經，故云所講在玄虛。㈤八區猶八荒也。

皓天舒白日。靈景耀神州。列宅紫宮裡㈠。飛宇若雲浮。峨峨高門內。藹藹皆王侯㈡。自非攀龍客。何爲欻來遊㈢。被褐出閶闔㈣。高步追許由㈤。振衣千仞崗。濯足萬里流。

註釋　㈠紫宮，天子所居處。㈡廣雅：「藹藹，盛也。」㈢欻，忽也。音ㄔㄨㄚ。㈣晉宮闕名曰洛陽城，閶闔門西向。㈤堯時隱士，傳說堯讓天下不受，遯隱箕山，事見莊子及史記伯夷列傳暨皇甫謐高士傳。

習習籠中鳥。舉翮觸四隅。落落窮巷士㈠。抱影守空廬。出門無通路。枳棘塞中塗。計策棄不收。塊若枯池魚㈡。外望無寸祿。內顧無斗儲。親戚還相蔑。朋友日夜疎。蘇秦北遊說。李斯西上書。俛仰生榮華㈢。咄嗟復彫枯。飲河期滿腹。貴足不願餘。巢林棲一枝。可爲達士模。

註釋　㈠落落，疏寂貌。㈡塊，獨處也。㈢俛仰，猶瞬息也。

詩論摘輯

晉記室左思，其原出於公幹，文典以怨，頗爲精切，得諷諭之致，雖野於陸機，而深於潘岳。（鍾嶸詩品上）

左思奇才，業深覃思，盡銳於三都，拔萃於詠史，無遺力矣。（劉勰文心雕龍才略篇）

左太沖拔出於衆流之中，胸次高曠，而筆力足以達之，自應盡掩諸家。（沈德潛說詩晬語）

太沖詠史，不必專詠一人，專詠一事，詠古人而已之性情俱見，此千秋絕唱也。後惟明遠（鮑照）太白能之。（沈

德潛古詩源評）

太沖詩亦追險勁，而多託比興，加之頓挫，無直致之處。（駱鴻凱文選學引王闓運語）

劉琨一首

琨字越石，中山人。少以雄豪著名。永嘉初爲幷州刺史。建興二年加大將軍，都督幷州，三年進司空。四年其長史以幷州叛降石勒，琨遂奔薊，段匹磾因與結婚約，以共戴晉室。元帝渡江，復加太尉。後其子羣，與匹磾有隙，琨遂被害。謚曰愍，年四十八（西元二七〇—三一七）。有集十卷。（據丁著全晉詩劉詩傳）

重贈盧諶㈠

握中有玄璧。本自荆山璆㈡。惟彼太公望。昔在渭濱叟㈢。鄧生何感激。千里來相求㈣。白登幸曲逆。鴻門賴留侯㈤。重耳任五賢。小白相射鉤㈥。苟能隆二伯。安問黨與讎。中夜撫枕歎。想與數子遊。吾衰久矣夫。何其不夢周㈦。誰云聖達節。知命故不憂。宣尼悲獲麟。西狩泣孔丘。功業未及建。夕陽忽西流。時哉不我與。去乎若雲浮。朱實隕勁風。繁英落素秋。狹路傾華蓋。駭駟摧雙輈㈧。何意百鍊剛。化爲繞指柔。

註釋 ㈠盧諶字子諒，范陽人。爲劉琨主簿，轉從事中郎。㈡璧、璆，皆玉也。以喻諶。㈢史記：『太公望以漁釣奸周，西伯將出獵，果遇太公于渭之陽。」㈣鄧禹字仲華，南陽人也，光武中興功臣，更始任光武爲大司馬，使安集河北，禹聞杖策追帝，相見甚讙，事見後漢書本傳及東觀漢記。㈤漢書：「陳平從高帝擊韓王信，至平城，爲匈奴所圍，七日不得食。用平奇計，使單于閼氏解圍，以得開。高帝既出，南過曲逆，詔御史封平爲曲逆侯。」又曰：「冒頓圍高帝於白登七日。」白登，平城旁高之地也。今山西大同東。史記：「范增說項羽急擊沛公，項伯素善張良，夜馳見良，具告以事。良要項伯入見沛公，曰『早自來謝。』沛公旦日從百餘騎來見項王，至鴻門，項王因留沛公飲。范增數目項王，擊沛公，羽不應。須臾，沛公起身如廁，于是遂去，乃令張良留謝。」㈥左傳：「

晉公子重耳之及於難也，遂奔狄，從者狐偃、趙衰、顛頡、魏武子、司空季子。」杜預注：「乾時之役，管仲射桓公，中鈎。」㈦論語：「甚矣吾衰也，久矣吾不復夢見周公。」㈧軥，車軶也。

詩論摘輯

晉太尉劉琨，其源出於王粲，善爲悽戾之詞，自有清拔之氣。（鍾嶸詩品中）

曹劉坐嘯虎風生。四海無人角兩雄。可惜幷州劉越石。不教橫槊建安中。（元好問論詩絶句）

過江以還，越石悲壯，景純超逸，是稱後勁。（沈德潛說詩晬語）

越石英雄失路，萬緒悲涼，故其詩隨筆傾吐，哀音無次，讀者烏得於語句間求之。（沈德潛古詩源劉詩評）

郭璞三首

璞字景純，河東聞喜人。文章冠一時，尤妙於陰陽算曆卜筮之術。王敦起兵爲記室參軍，敦既謀逆，使筮曰無成，壽且不久。敦大怒，即收斬之。年四十九（西元二七六—三二四年）。王敦平，追贈弘農太守。有爾雅注五卷，山海經注二十三卷，楚詞注二卷，集十七卷。（丁撰全晉詩小傳）

游仙三首

京華游俠窟。山林隱遯棲。朱門何足榮。未若託蓬萊㈠。臨源挹清波。陵岡掇丹荑㈡。靈谿可潛盤。安事登雲梯。漆園有傲吏。萊氏有逸妻㈢。進則保龍見。退爲觸藩羝㈣。高蹈風塵外。長揖謝夷齊㈤。

註釋 ㈠蓬萊、方丈、瀛洲，相傳爲仙人居處，在渤海中。㈡本草經：「赤芝一曰丹芝，食之延年。」李善曰：「凡草之初生，通名曰荑，故曰丹荑。」漆園吏指莊子。㈢列女傳：「萊子逃世，耕於蒙山之陽，或言之楚，楚王遂駕至老萊之門。楚王曰：『守國之孤，願變先生之志。』老萊曰：『諾。』妻曰：『妾聞居亂世爲人制，能免於患乎？妾不能爲人所制。』投其畚而去，老萊乃隨而隱。」㈣王闓運云：「進、退二字，宜互易。」㈤夷齊，伯夷、叔齊。

青谿千餘仞。中有一道士。雲生梁棟間。風出窗戶裡。借問此何誰。云是鬼谷子。㈠ 翹迹企潁陽。臨河思洗耳㈡。閶闔西南來。潛波渙鱗起。靈妃顧我笑㈢。粲然啓玉齒。蹇脩時不存㈣。要之將誰使。

註釋 ㈠縱橫家之祖，戰國時蘇秦、張儀之師。姓名不詳，所居地曰鬼谷。㈡許由隱於潁川之陽，堯欲禪位於由，由以其言不善，乃臨河而洗其耳。㈢靈妃，宓妃也。㈣今稱媒人曰蹇脩。蹇脩本伏犧之臣，伏犧令蹇脩爲媒以通辭理。楚詞離騷「吾令蹇脩以爲理」。

翡翠戲蘭苕㈠。容色更相鮮。綠蘿結高林。蒙籠蓋一山。中有冥寂士。靜嘯撫清絃。放情凌霄外。嚼蘂挹飛泉。赤松臨上遊。駕鴻乘紫煙㈡。左挹浮丘袖。右拍洪崖肩㈢。借問蜉蝣輩。寧知龜鶴年。

註釋 ㈠翡翠，鳥名。㈡嵇康答難曰「偓佺以柏實方目，赤松以水玉乘烟」。乘烟，騰烟而上也。㈢浮丘、洪崖，皆古仙人。見劉向列仙傳。

題解

李善曰：「凡遊仙之篇，皆所以滓穢塵網，錙銖纓紱，餐霞倒景，餌玉玄都，而璞之制文多自敍，雖志狹中區，而詞無俗累，見非前識，良有以哉。」（文選遊仙題下注）

詩論摘輯

憲章潘岳，文體相輝，彪炳可翫，始變永嘉平淡之體，故稱中興第一。（鍾嶸詩品中）

景純艷逸，足冠中興。郊賦既穆穆以大觀，仙詩亦飄飄而凌雲矣。（劉勰文心龍雕才略篇）

陶淵明九首

淵明字元亮，入宋名潛。潯陽柴桑人（今江西省星子縣）。太尉長沙公侃之曾孫。少有高趣，親老家貧，起爲州祭酒，不堪吏職，解歸躬耕自資。隆安中爲鎭軍參軍。義熙元年，遷建威參軍。未幾求爲彭澤令，在縣八十餘日，解印去。曁入宋終身不仕，延年誄之，謚曰靖節徵士（以上據丁撰全晋詩陶詩小傳）。案宋書隱逸傳云：「陶潛字淵明，或云，淵明字元亮。」陶氏元嘉四年卒，時年六十三。（西元三六五—四二七）陶澍陶氏年譜依之，作「生於晉哀帝興甯三年乙丑，歿於宋文帝元嘉四年丁卯，得年六十三。」惟近人梁啓超陶淵明年譜，謂「晉簡文帝咸安二年壬申（三七二）先生生。」「宋文帝元嘉四年丁卯，先生五十六歲，其年九月先生卒。」古直陶譜，謂年五十二歲，論尙未定，仍依陶譜，作年六十三歲。

始作鎮軍參軍經曲阿作㊀

弱齡寄事外。委懷在琴書。被褐欣自得。屢空常晏如。時來苟冥會。宛轡憩通衢。投策命晨旅。暫與園田疏。眇眇孤舟逝。綿綿歸思紆。我行豈不遙。登降千里餘。目倦川塗異。心念山澤居。望雲慚高鳥。臨水愧游魚。眞想初在襟。誰謂形迹拘。聊且憑化遷。終返班生廬㊁。

註釋　㊀曲阿，今丹陽縣。㊁班固幽通賦：「終保己而貽則，里止仁之所廬。」故曰班生廬。

詩論摘輯

羅大經曰：「淵明望雲慚高鳥四句，似此胸襟，豈爲外榮所點染哉？山谷曰『佩玉而心若槁木，立朝而意在東山』，亦此意。」（陶集箋註引）

詠貧士

萬族各有託。孤雲獨無依。曖曖空中滅。何時見餘暉。朝霞開宿霧。衆鳥相與飛。遲遲出林翮。未夕復來歸。量力守故轍。豈不寒與飢。知音苟不存。已矣何所悲。

詩論摘輯

潛玉（唐）曰：「靖節先生孤士也。篇中曰孤松、曰孤雲，皆自說語。顏延年曰：『物尙孤生』，先生眞孤生也。」（陶集引）

讀山海經㊀錄一

孟夏草木長。繞屋樹扶疏。衆鳥欣有託。吾亦愛吾廬。旣耕亦已種。且還讀我書。窮巷隔深轍。頗迴

故人車。歡言酌春酒。摘我園中蔬。微雨從東來。好風與之俱。汎覽周王傳㊁。流觀山海圖。俛仰終
宇宙。不樂復何如。

註釋 ㊀何焯曰：「山海經，劉歆校定，載海內外山川人物之異。」此詩原十三首，此選第一首。㊁穆天子傳，書名

歸園田居二首

少無適俗韻。性本愛邱山。誤落塵網中。一去三十年㊀。羈鳥戀舊林。池魚思故淵。開荒南野際。守
拙歸園田。方宅十餘畝。草屋八九間。榆柳蔭後簷。桃李羅堂前。曖曖遠人村。依依墟里煙。狗吠深
巷中。雞鳴高樹顛。戶庭無塵雜。虛室有餘閒。久在樊籠中。復得返自然。

註釋 ㊀三十載，陶澍箋謂當作「十三」，古直箋亦有辨。㊁闇昧不明之貌。離騷：「時曖曖其將罷兮」。

野外罕人事。窮巷寡輪鞅。白日掩荆扉。虛室絕塵想。時復墟曲中。披草共來往。相見無雜言。但道
桑麻長。桑麻日已長。我土日已廣。常恐霜霰至。零落同草莽。

飲酒并序錄四

余閒居寡歡。兼比夜已長，偶有名酒。無夕不飲。顧影獨盡。忽焉復醉。既醉之後。輒題數句自娛。紙墨遂多
。辭無詮次。聊命故人書之。以爲歡笑爾。

衰榮無定在。彼此更共之。邵生瓜田中㊀。寧似東陵時。寒暑有代謝。人道每如茲。達人解其會。逝
將不復疑。忽與一觴酒。日夕歡相持。

註釋 ㊀邵生，秦東陵侯，秦亡爲布衣，種瓜於長安城東，瓜美，故世謂東陵瓜。

結廬在人境。而無車馬喧。問君何能爾。心遠地自偏。采菊東籬下。悠然見南山。山氣日夕佳。飛鳥
相與還。此中有眞意。欲辨已忘言。

秋菊有佳色。裛露掇其英㊀。汎此忘憂物。遠我遺世情。一觴雖獨進。杯盡壺自傾。日入羣動息。歸

鳥趨林鳴。嘯傲東軒下。聊復得此生。

註釋　㈠裛沾浥也，善注裛，坌衣香也，露坌花亦謂之裛。此似謂朝掇花露。

羲農去我久㈠。舉世少復眞。汲汲魯中叟㈡。彌縫使其淳。鳳鳥雖不至㈢。禮樂暫得新。洙泗輟微響。漂流逮狂秦。詩書復何罪。一朝成灰塵。區區諸老翁。爲事誠殷勤。如何絕世下㈣。六籍無一親。終日馳車走。不見所問津。若復不快飲。空負頭上巾。但恨多謬誤。君當恕醉人。

註釋　㈠羲農，伏羲神農。㈡魯中叟，謂孔子。㈢論語：「鳳鳥不至，河不出圖」，謂孔子雖不遇，而禮樂賴之復興。㈣絕世下，謂今日也。

詩論摘輯

宋徵士陶潛，其源出於應璩，又協左思風力。文體省靜，殆無長語，篤意眞古，辭意婉愜，每觀其文，想其人德，世歎其質直。…古今隱逸詩人之宗也。（鍾嶸詩品卷中）

有疑陶淵明詩，篇篇有酒，吾觀其意不在酒，亦寄酒爲迹者也。其文章不羣，辭采精拔，跌宕昭彰，獨絕衆類，抑揚爽朗，莫之與京。（梁昭明太子陶淵明集序）

吾於詩人無所好，獨好陶淵明詩，淵明詩不多，然質而實綺，癯而實腴，自曹、劉、沈、謝、李、杜諸人，莫能及也。（陶靖節集引蘇東坡語）

淵明詩初視若散緩，熟視有奇趣，如曰：「日暮巾柴車，路暗光已夕，歸人望烟火，稚子候簷隙。」又曰：「采菊東籬下，悠然見南山。」又曰：「曖曖遠人村，依依墟里烟，犬吠深巷中，雞鳴桑樹顚。」大率才高意遠，則所寓得其妙，遂能如此，如大匠運斤，無斧鑿痕。（釋惠洪冷齋夜語引東坡語陶集箋注）

讀陶詩如所云「清風徐來，水波不興」，想此老悠然之致。（明陸時雍詩鏡總論）

晉人多尙放達，獨淵明有憂勤語，有自任語，有知足語，有悲憤語，有樂天安命語，有物我同得語，倘幸列孔門，

何必不在季次原憲下。（沈德潛說詩晬語）

謝靈運五首

靈運小名客兒，玄孫，晉陳郡（[illegible]）陽夏人，以祖父並葬始甯縣，遂移籍會稽（今浙江紹興），晉孝武時襲封康樂公，累遷黃門侍郎。時宋公劉裕位相國，以爲從事中郎。遷世子左衞率。及宋受禪，降爵爲侯，起爲散騎常侍，轉太子左衞率。武帝崩，出爲永嘉太守，在郡辭歸始甯。文帝登祚，徵爲祕書監，遷侍中，未遷，後稱疾歸，好尋山陟險。會稽太守孟顗表其有異志，文帝惜其才，授臨川內史，後爲有司所糾，徙廣州。尋以事，詔就廣州棄市，年四十九（西元三八四—四三三）。著有晉書三十六卷，集二十卷。（以上據丁撰全宋詩謝小傳）謝詩有民國黃節撰謝康樂詩註（藝文書局本）

述祖德詩二首錄一

中原昔喪亂㊀。喪亂豈解已。崩騰永嘉末。逼迫太元始㊁。河外無反正。江介有蹙圮㊂。萬邦咸震慴。
橫流賴君子。拯溺由道情。龕暴資神理㊃。秦趙欣來蘇。燕魏遲文軌㊄。賢相謝世運㊅。遠圖因事止。
高揖七州外㊆。拂衣五湖裡。隨山疏濬潭。傍巖藝枌梓㊇。遺情捨塵物。貞觀丘壑美㊈。

註釋 ㊀中原，李善注謂洛陽也。晉懷帝、愍帝時，石勒、劉聰等賊破洛陽。㊁永嘉，晉懷帝年號。太元，晉孝武帝年號。㊂江介，東晉也。蹙圮，爾雅「圮，敗覆也」謂東晉疆宇日蹙，政治日壞。㊃龕，勝也。㊄中庸：「書同文、車同軌」，遲言未能收復也。㊅賢相謂謝安也。㊆七州，方回謂「指謝玄所解之徐兗青司冀幽并七州都督耳」。㊇藝，樹也。㊈李善注：「貞，正也。觀，視也。言正視丘壑之美。」

登池上樓㊀

潛虬媚幽姿。飛鴻響遠音。薄霄愧雲浮。棲川怍淵沈。進德智所拙。退耕力不任。徇祿反窮海㊁。臥
痾對空林。衾枕昧節候。褰開暫窺臨㊂。傾耳聆波瀾。舉目眺嶇嶔㊃。初景革緒風㊄。新陽改故陰。池
塘生春草。園柳變鳴禽。祁祁傷豳歌。萋萋感楚吟㊅。索居易永久。離羣難處心。持操豈獨古。無悶

徵在今㈦。

註釋 ㈠李善注：「永嘉郡池上樓。」梁茝林（章鉅）曰：『太平寰宇記九十九「謝公池，在溫州西北三里積穀山東」，池塘生春草，卽此處。』㈡窮海，謂永嘉郡。㈢褰，揭也。寬按衾枕二句，今本胡刻文選善注本無之，此依黃注謝詩本。㈣嶇嶔，高貌。㈤初景，初日也。革，除也。緒，餘也。楚詞曰「欸秋冬之緒風」。㈥毛傳：『祁祁，衆多也。』詩豳風七月：「春日遲遲。采蘩祁祁。女心傷悲。殆及公子同歸。」楚辭招隱：「王孫遊兮不歸。春草生兮萋萋。」㈦莊子：『罔兩問影曰：「曩子坐，今子起，何其無特操與。」』易乾卦文言「遯世無悶，不見是而無悶，樂則行之，憂則違之；確乎其不可拔，潛龍也。」徵，驗也。言己之寂寞，自能耐守，遯世無悶，卽我持操，非必古人乃有，於今亦可徵驗也。」黃氏補注謂操卽曲，持操卽上豳風楚吟。

詩論摘輯

「池塘生春草，園柳變鳴禽，」世多不解此語爲工，蓋欲以奇求之耳。此語之工，正在無所用意，猝然與景物相遇，借以成章，不假繩削，故非常情所能道。（宋葉夢得石林詩話）

廬陵王墓下作㈠

曉月發雲陽。落日次朱方㈡。含悽泛廣川。灑淚眺連岡㈢。眷言懷君子。沈痛切中腸。道消絕憤懣。運開申悲涼。神期恒若存。德音初不忘㈣。徂謝易永久。松柏森已行。延州協心許。楚老惜蘭芳。解劍竟何及。撫墳徒自傷㈤。平生疑若人。通蔽互相妨。理感深情慟。定非識所將㈥。脆促良可哀。夭枉特兼常。一隨往化滅。安用空名揚。舉聲泣已灑。長歎不成章。

註釋 ㈠宋武帝子義眞，封廬陵王。聰明好文，常與靈運周旋。少帝時，徐羨之奏廢廬陵王爲庶人，殺之。㈡雲陽，今江蘇丹陽縣。朱方，卽丹徒。㈢連岡，平山也。青烏子相冢書：「天子葬高山，諸侯葬連岡。」㈣德音，詩德音不忘，令聞也。㈤新序：「延陵季子將西聘晉，帶寶劍以過徐君，徐君不言而色欲之。季子爲有上國之事，未獻也；然心許之矣。及反，徐君死。於是以劍帶挂墓樹而去。」漢書：「龔勝，楚人也。勝卒，一老父來弔，其哭甚哀，既而曰：『嗟乎，薰以香自燒，膏以明自銷，龔生竟夭天年，非吾徒也。』遂起而出，莫知其誰。」㈥黃節注云：「蓋釋上二句「平生疑若人，通蔽互相妨。」寬按：謂己有還陵解劍之言，與楚老惜蘭之痛，但不免蔽於生死交情之痛耳。

七里瀨㈠

羈心積秋晨。晨積展遊眺㈡。孤客傷逝湍。徒旅苦奔峭㈢。石淺水潺湲㈣。日落山照曜。荒林紛沃若。哀禽相叫嘯㈤。遭物悼遷斥。存期得要妙㈥。既秉上皇心。豈屑末代誚㈦。目覩嚴子瀨。想屬任公釣㈧。誰謂古今殊。異代可同調㈨。

註釋 ㈠瀨，水流沙上也。李善注引甘州記：「桐廬縣有七里瀨，瀨下數里至嚴陵瀨。」按在富春釣台之西，亦曰「七里灘。」㈡羈心，羈旅之心也。展，適也。㈢逝，往。湍，急流也。奔峭，狀水之湍急。㈣潺湲，水流貌。㈤沃，柔也。㈥遷斥，時靈運被放出外。期，時也。㈦秉，持也。屑，顧也。㈧七里灘一名嚴陵瀨。嚴光，字子陵。光武除為諫大夫，不屈。退耕於富春，後人名其釣處為「嚴陵瀨。」莊子：「任公子為大鉤巨綸，五十犗以為餌。」㈨調，運也。

遊赤石進帆海㈠

首夏猶清和。芳草亦未歇㈡。水宿淹晨暮。陰霞屢興沒㈢。周覽倦瀛壖。況乃陵窮髮㈣。川后時安流。天吳靜不發㈤。揚帆採石華。掛席拾海月㈥。溟漲無端倪。虛舟有超越㈦。仲連輕齊組。子牟眷魏闕㈧。矜名道不足。適己物可忽㈨。請附任公言。終然謝夭伐㈩。

註釋 ㈠靈運遊名山志曰：「永甯安固二縣中路東南，便是赤石，又枕海。」永甯即今溫州永嘉縣。安固即今瑞安縣。帆海，宋鄭緝之永嘉郡記：「帆遊山，地昔為海，多過舟，故山以帆名。」孫仲容曰：「帆遊山，在今瑞安縣北四十五里。」據此，則今之帆遊山，即昔之帆海也。或解為揚帆泛海，非是。㈡張衡歸田賦：「仲春令月，時和氣清。」言「猶」者，謂初夏氣仍清和。後來竟以四月爲清和月。歇，盡也。㈢水宿，宿於舟中也。淹，久也。陰霞，猶言晦明。㈣壖，岸邊地也。陂，躐也。莊子：「窮髮之北，有冥海者，天池也。」註，李云：「髮，猶毛也。」司馬云：「北極之下無毛之地也。」㈤川后，波神。天吳，水伯。㈥揚帆，掛席，異辭同義。石華，今瑞安人謂之「龜足」，俗人謂之「觀音足。」海月，水母也。朱珔引汪氏質疑謂「石華猶言嵐翠，采拾字不妨活用」。亦備一說。㈦溟猶莊子言北溟南溟之溟。端倪，涯際也。㈧高誘曰，「子牟，魏公子。一說，魏，象魏也。言身在江海之上，心乃在王室也。」二句言仲連輕齊組而之海上，明海上可悅。既悅海上，恐有輕朝廷之譏，故云「子牟眷魏闕。」㈨矜，尙也。忽，忘也。㈩孔子圍於陳，太公任弔之，曰，「直木先伐，甘泉先竭，其意者飾智以驚愚，修身以明汚，昭昭若揭日月而行，故不免也。」孔子曰「善」。乃逃大澤之中，入獸不亂羣，入鳥不亂行，鳥獸不惡，而况人乎。（見莊子）謝，去也。

詩論摘輯

宋臨川太守謝靈運，其源出於陳思，雜有景陽之體，故尙巧似而逸蕩過之。……名章迥句，處處閒起，麗典新聲，絡繹奔會，譬猶青松之拔灌木，白玉之映塵沙，未足貶其高潔也（鍾嶸詩品卷上）。

康樂爲文，直於情性，尙於作用，不顧詞彩，而風流自然（唐釋皎然詩式）。

建安之作，全在氣象，不可尋枝摘葉。靈運之詩已是徹首尾成對句矣，是以不及建安也。（嚴羽滄浪詩話）。

謝靈運天資奇麗，運思精鑿，雖格體創變，是潘陸之餘法也。其雅縟乃過之（明王世貞藝苑卮言）。

前人評康樂詩，謂「東海揚帆，風日流利」，此不公允。大約匠心獨造，少規往則，鉤深極微，而漸近自然，流覽閒適中，時時浹洽理趣。（沈德潛說詩晬語）

謝公蔚然成一祖，衣被萬世，獨有千古。

讀謝公能識於經營慘澹，迷悶深苦而又元氣結撰，斯得之矣。

謝公思深氣沈，無一字率意漫下。……

謝公氣韻沈酣，精嚴法律，力透紙背，似顏魯公書。

謝公造句極巧，而出之不覺，但見其渾成，巧之至也。（以上方東樹昭昧詹言卷五大謝）

鮑照三首

照一作昭，字明遠（唐人避武后嫌名故作昭），東海人。文詞贍逸，尤長於樂府。始謁臨川王（劉）義慶，貢詩言志。擢爲國侍郎，遷秣陵令，文帝選爲中書舍人，上方以文章自高，頗多忌，由是賦述不敢騁其才。後臨海王子頊鎮荊州，以爲前軍參軍，時江外諸王皆拒命，子頊敗，遂遇害。卒年四十（?）大約生於宋武帝永初二年，卒於宋明帝泰始二年（據姜著歷代名人年表）。有集十卷，今有黃節注鮑參軍詩。

還都道中作㊀

昨夜宿南陵㊁。今旦入蘆洲。客行惜日月。崩波不可留㊂。侵星赴早路。畢景逐前儔。鱗鱗夕雲起。獵獵晚風遒。騰沙鬱黃霧。翻浪揚白鷗。登艫眺淮甸㊃。掩泣望荊流。絕目盡平原。時見遠煙浮。倏悲坐還合。俄思甚兼秋。未嘗違戶庭。安能千里遊。誰令乏古節。貽此越鄉憂。

註釋 ㊀黃節注鮑詩作「上潯陽還都道中作」。五臣注「照爲臨海王參軍，從荊州還」。㊁黃節注：六朝時江州東界畫於南陵，非今之南陵，蓋謂江津要地。㊂崩波即奔波。㊃艫，船前頭刺櫂處也。

擬古八首錄一

十五諷詩書。篇翰靡不通。弱冠參多士。飛步遊秦宮。側覲君子論。預見古人風。兩說窮舌端㊀。五車摧筆鋒㊁。羞當白璧貺。恥受聊城功。晚節從世務。乘障遠和戎㊂。解佩襲犀渠㊃。卷袠奉盧弓㊄。始願力不及。安知今所終。

註釋 ㊀李善注謂戰國魯仲連說新垣衍及下聊城。黃節補注謂兩可之說也。㊁莊子：「惠施多方，其書五車」。

」筆鋒，筆端也。轉詩外傳「避文士之筆端」㊂漢書：「武帝使博士狄山乘障」，卽行道也。㊃佩，文服也，犀渠，甲也。㊄奏書衣也，盧弓征伐之弓也。兩句有棄文就武之意。

詩論摘輯

曾國藩云：「前十句，以舌端筆鋒跌宕自喜，晚節四句，僅以和戎見長，悼本志之變化。末二句，言今之事似異於昔，後之遇又當異於今。」

代君子有所思㊀

西出登雀臺㊁。東下望雲闕。層閣肅天居。馳道直如髮㊂。繡甍結飛霞。璇題納行月。築山擬蓬壺。穿池類溟渤。選色遍齊代。徵聲帀卭越㊃。陳鍾陪夕讌。笙歌待明發。年貌不可還。身意會盈歇。蟻壤漏山河。絲淚毀金骨㊄。器惡含滿欹㊅。物忌厚生沒。智哉衆多士。服理辯昭昧。

註釋 ㊀王僧虔技錄：「君子有所思行，相和歌瑟調，三十八曲之一。」案此擬古曲，徒歌非能絃管也。黃注題上代下有「陸平原」三字。㊁銅雀臺，在漳水上，曹操所築。㊂馳道，天子之道。㊃卭，蜀地，帀遍也。㊄絲淚，淚之微者。金骨之堅，喻親之篤者，言讒邪之人，只下如絲之淚，而金骨爲之傷毀也。㊅魯桓公廟有欹器，注水滿則覆，孔子曰：「夫物惡有滿而不覆者?」

詩論摘輯

宋參軍鮑照，其原出於二張，喜製形狀寫物之詞，得景陽之諔詭，含茂先之靡嫚，骨節强於謝混，驅邁疾於顏延，總四家而擅美，跨兩代而孤出，嗟其才秀人微，故取湮當代，然貴尙巧似，不避危仄，頗傷清雅之調，故言險俗者，多以附照。

發唱驚挺，操調險急，雕藻淫艷，傾炫心魂。（以上鍾嶸詩品）

鮑照詩華而不弱（詩人玉屑引宋子京祁語）。

謝朓三首

朓字玄暉，僕射景仁之從孫，少有美名。隨齊王子隆鎭荆州，以爲文學，未幾，求還都。除新安王記室，尋兼尙書殿中郎。宣城王鸞輔政，以爲驃騎諮議，掌中書詔誥，轉中書郎，補宣城太守，後遷至吏部郎，兼備尉。永元初，江祏謀立始安王遙光，引以爲黨，不從，收下獄死。朓生於宋孝武帝大明八年（西元四六四），卒於齊明帝建武元年（西元四九四），年三十六。有集十二卷逸集一卷。（以上據丁福保全齊詩謝詩小傳及姜著歷代名人年里碑傳總表）

暫使下都夜發新林至京贈西府同僚㊀

大江流日夜。客心悲未央。徒念關山近。終知反路長。秋河曙耿耿。寒渚夜蒼蒼。引顧見京室。宮雉正相望㊁。金波麗鳷鵲㊂。玉繩低建章㊃。驅車鼎門外㊄。思見昭丘陽。馳暉不可接。何況隔兩鄉。風雲有鳥路。江漢限無梁。常恐鷹隼擊。時菊委嚴霜。寄言罻羅者㊅。寥廓已高翔。

註釋 ㊀丹陽記：白鷺洲南邊卽新林浦。今在江北安徽和縣境。㊁宮雉，宮牆也。周禮：王城隅之制九雉。㊂麗，連也。張揖漢書注：「鳷鵲觀在雲陽甘泉宮外」。㊃春秋元命苞：玉衡北兩星爲玉繩星。建章，漢宮名。㊄帝王世紀：成王定鼎於郟鄏，其南門名定鼎門，蓋九鼎所從入也。㊅罻羅，網羅，毛萇詩傳：「古者鷹隼擊，然後罻羅設。」

晚登三山還望京邑㊀

灞涘望長安。河陽視京縣。白日麗飛甍㊁。參差皆可見。餘霞散成綺。澄江靜如練。喧鳥覆春洲。雜英滿芳甸。去矣方滯淫。懷哉罷歡宴。佳期悵何許㊂。淚下如流霰。有情知望鄉。誰能鬒不變㊃。

註釋 ㊀丹陽記：江甯縣北十二里，濱江有三山相接，卽名爲三山，舊時津濟道也。今在南京。㊁甍，屋簷也。㊂五臣注：佳期，謂友朋也，何許，謂不見也。㊃鬒，黑髮也。

之宣城出新林浦向板橋㊀

江路西南永。歸流東北騖。天際識歸舟。雲中辨江樹。旅思倦搖搖㊁。孤遊昔已屢。旣懽懷祿情。復協滄州趣。囂塵自玆隔。賞心于此遇。雖無玄豹姿。終隱南山霧㊂。

註釋　㈠水經注：江水經三山，又幽浦出焉。水上南北結浮橋渡水，故曰板橋。今江甯縣板橋鎭。㈡毛詩黍離：「中心搖搖」。㈢列女傳：「南山有玄豹，隱霧而七日不食」，此喩賢者隱居而文彩自見。

詩論摘輯

齊吏部謝朓，其原出於謝混，微傷細密……然奇章秀句，往往警遒，是使叔源失步，明遠變色，善自發詩端，而末篇多躓，此意銳而才弱也。（鍾嶸詩品中）

元暉詩如「春草秋更綠，公子未西歸」，「大江流日夜，客心悲未央」等語，皆得三百五篇餘韻，是以古今以爲奇作……（宋葛立方韵語陽秋卷一歷代詩話本）

陶潛、謝朓詩皆平淡有思致，非後來詩人怵心劌目琱琢者所爲也。（同前）

玄暉不唯工發端，撰造精麗，風華映人，一時之傑……特不如靈運者，匪直材力小弱，靈運語俳而氣古，玄暉調俳而氣今。（王世貞藝苑巵言）

齊人寥寥，謝玄暉獨有一代，以靈心妙悟，覺筆墨之中，筆墨之外，別有一段深情名理。（沈德潛說詩晬語）

江淹四首

淹字文通，濟陽考城人。弱冠以五經授宋始安王劉子眞，爲南徐州新安王從事奉朝請，始安薨，歷宋齊兩代，明帝（蕭鸞）時，仕至祕書監兼衞尉。入梁爲散騎常侍，遷金紫光祿大夫。卒年六十二，謚曰憲，有齊史十二卷、集二十卷，後集十卷。（西元四四五—五〇五）。（據丁氏全梁詩江詩小傳。）

從冠軍建平王登廬山香爐峯㈠

廣成愛神鼎。淮南好丹經㈡。此山具鸞鶴。往來盡仙靈㈢。瑤草正翕赩。玉樹信葱青㈣。絳氣下縈薄。白雲上杳冥。中坐瞰蜿虹。俛伏視流星。不尋遐怪極。則知耳目驚。日落長沙渚。曾陰萬里生㊄。藉蘭素多意。臨風默含情。方學松柏隱。羞逐市井名。幸承光誦末。伏思託後旍㈥。

註釋 ㈠建平王劉景素、宏子。㈡廣成子者，古之仙人也，抱朴子：「丹內神鼎中，夏至之後暴之，」漢淮南王劉安，好道術之士，於是八公乃往，遂授以丹經。㈢張僧鑒豫州記曰，洪井西有鸞崗，舊說云洪崖先生乘鸞所憩處也。鸞崗西有鶴嶺，云王子喬控鶴所經處也。㈣瑤草，玉芝也。翕艴，盛貌。㈤曾，重也。蔡邕月令章句：「陰者密雲也。此言重雲。㈥光誦，華篇也。後旍，後乘也。

望荆山㈠

奉義至江漢㈡。始知楚塞長。南關繞桐柏。西嶽出魯陽。寒郊無留影。秋月懸清光。悲風橈重林。雲霞肅川漲㈢。歲晏君如何。零淚沾衣裳。玉柱空掩露㈣。金樽坐含霜。一聞苦寒奏。更使艷歌傷。

註釋 ㈠荆山，在今湖北省南漳縣西，建平王景素爲荆州刺史，江淹授景素五經。㈡奉義，稟義也。㈢說文曰橈，曲木也。肅，寒也。漲，水大貌。㈣玉柱，箏柱也。楚辭曰：衣納納而掩露。

雜體詩錄二：古離別

遠與君別者。乃至鴈門關㈠。黃雲蔽千里。遊子何時還。送君如昨日。簷前露已團㈡。不惜蕙草晚。所悲道里寒。君在天一涯。妾身長別離。願一見顏色。不異瓊樹枝㈢。兎絲及水萍。所寄終不移㈣。

註釋 ㈠鴈門郡今山西。㈡詩：「野有蔓草，零露團兮。」言露漸凝結也。㈢李陵贈蘇武詩曰，思得瓊樹枝，以解長飢渴。㈣爾雅曰：女蘿，兎絲也。

休上人㈠別怨

西北秋風至。楚客心悠哉。日暮碧雲合。佳人殊未來。露采方汎豔。月華始徘徊。相思巫山渚。悵望陽雲臺。膏鑪絕沈燎。綺席生浮埃。桂水日千里。因之平生懷。

註釋 ㈠沙門惠休，俗姓湯，詩多妖艷。此爲文通擬體也。㈡鑪，薰鑪也。

詩論摘輯

文通詩體總雜，喜於摹擬。筋力於王微，成就於謝朓。（鍾嶸詩品序）

文通，仲言（何遜），辭藻斐然，雖非出羣之雄，亦是一時能手。（沈德潛說詩晬語）

沈約三首

約字休文，吳興武康人。宋泰始中，蔡興宗引爲安西記事參軍。入齊爲太子家令，累遷吏部侍郎，出爲東陽太守，明帝徵爲五兵尚書。及梁武受禪，以佐命功，除僕射，歷尚書令侍中，封建昌侯，加特進卒，年六十三（四四一—五一三）諡曰隱，集一〇一卷。

學省愁臥㊀

秋風吹廣陌。蕭瑟入南闈。愁人掩軒臥。高牕時動扉。虛館清陰滿。神宇曖微微。細蟲垂戶織。夕鳥傍櫩飛㊁。纓珮空爲忝㊂。江海事多違㊃。山中有桂樹㊄。歲暮可言歸。

註釋 ㊀學省，國學也。約在南齊爲國子祭酒。㊁櫩同檐。㊂瓔珮，官服飾也。㊃江海避世之士。㊄淮南招隱士：「攀桂枝兮聊淹留」，寓歸隱之意。

應王中丞思遠吟月㊀

月華臨靜夜。夜靜滅氛埃。方暉竟戶入㊁。圓影隙中來。高樓切思婦。西園游上才。網軒映珠綴㊂。應門照綠苔。洞房殊未曉。清光信悠哉。

註釋 ㊀齊書：「王思遠爲御史中丞」。㊁方暉，月也。㊂李善注：珠疑爲朱之寫誤，出楚詞「網綴朱戶到方連」。

早發定山㊀

夙齡愛遠壑。晚蒞見奇山㊁。標峯綵虹外。置嶺白雲間。傾壁忽斜豎。絕頂復孤員㊂。歸海流漫漫。出浦水淺淺㊃。野棠開未落。山櫻發欲然。忘歸屬蘭杜。懷祿寄芳荃。眷言採三秀。徘徊望九仙㊄。

註釋 ㈠定山：約爲東陽太守，定山道所經也。㈡夙齡，早歲。涖，臨也。㈢山頂曰冢，故曰「孤員」。㈣淺淺，流疾貌，楚詞「石瀨兮淺淺」。㈤三秀，楚詞：「采三秀於山間」，王逸曰，三秀謂芝草也。」九仙見列仙傳，涓子齊人，後授伯陽九仙法，然疑是山名。

詩論摘輯

觀休文衆製，五言最優。詳其文體，察其餘論，固知憲章鮑明遠也。所以不閑於經綸，而長於清怨……故當詞密於范，意淺於江矣。（鍾嶸詩品卷中）

沈約有聲無韻，有色無華。（陸時雍詩鏡總論）

隱侯短章，略存古體。（沈德潛說詩晬語）

何遜二首

遜字仲言，東海郯人。承天曾孫也。遜八歲能賦詩，天監中起奉朝請，遷中衞，建安王水曹行參軍。遷江州猶掌書記，還爲安西安成二王參軍事，兼尙書水部郎。服闋除仁威廬陵王記室，復隨府江州，未幾卒。（據八代詩菁華錄）

入西塞示南府同僚

露清曉風冷。天曙江晃爽㈠。薄雲巖際宿。初月波中上。黯黯連嶂陰㈡。騷騷急沫響㈢。迴楂急礙浪㈣。羣飛爭戲廣。伊余本羈客。重暌復心賞。望鄉雖一路。懷歸成二想。在昔愛名山。自知懽獨往。清遊乃落魄。得性隨怡養。年事以蹉跎。生平任浩蕩。方還讓夷路。誰知羨魚網㈤。

註釋 ㈠晃，明也，暝也。爽，明也。」㈡說文：「黯，深黑也。」韻會：「嶂，山之高險者。」㈢騷騷，急疾貌。㈣廣韻：楂，水中浮木也。㈤漢書：「臨淵羨魚，不如退而結網」。

和蕭諮議岑離閨怨

曉河沒高棟㈠。斜月半空庭。窗中度落葉。簾外隔飛螢。含悲（玉臺作情）下翠帳。掩泣閉金屏㈡。昔期今未返。春草寒復青。思君無轉易。何異北辰星㊂。

註釋　㈠河，天河也。㈡卽屏風之飾詞。㈢論語：「譬如北辰，居其所而衆星共之」。

詩論摘輯

東觀餘錄云：「隋經籍志，唐藝文志何遜集皆八卷，晉天福本但有詩兩卷，今世傳本是也。獨春明宋氏有舊本八卷特完，因借傳之。然少陵嘗引「昏鴉接翅歸，金粟裹搔頭」等語，而此集無有，猶當有軼者。集中若「團團月隱洲，輕燕逐花飛」，「遶岸平沙合，連山遠霧浮」，「岸花臨水發，江燕遶檣飛」，「游魚上急瀨，薄雲巖際宿。」等語。子美皆采爲己句，但小異耳。故曰「能詩何水曹」，信非虛賞。古人論詩，但愛遜「露濕寒塘草，月映清淮流」，及「夜雨滴空階，曉燈暗離室」爲佳。殊不知遜秀句若此者殊多，如九日侍宴云：「疏樹翻高葉，寒流聚細紋」，「日斜迢遞宇，風起嵯峨雲。」答高博士云：「幽蝶弄晚花，清池映疏竹。」還渡五洲云：「蕭散烟霧晚，淒清江漢秋。」答庾郎丹云：「蛺蝶縈空戲。」日暮望江橋云：「水影漾長橋」。贈崔錄事云：「沙流遶岸清，川平看鳥遠。」送行云：「江暗雨欲來，浪白風初起。」庾子山輩有所不逮。其警語尙多，如早梅云：「枝橫却月觀，花遶凌風台」，銅雀妓云：「曲中相顧起，日暮松柏聲」，句殊雄古。而顏黃門（之推）謂其「每病辛苦，饒貧寒氣」，無乃太貶乎？（案見顏氏家訓卷四文章篇見後條）（苕溪漁隱叢話後集）

何遜詩實爲清巧，多形似之言。揚都論者恨其「每病辛苦，饒貧寒氣」，不及劉孝綽之雍容也。雖然劉甚忌之，平生誦何詩常云：「蘧居響北闕，懎懎不道車。」又撰詩苑，只取何兩篇，時人譏其不廣。……江南語曰：『梁有三何，子朗最多』，三何者遜及思澄子朗也。」（顏氏家訓案此顏氏並無貶詞）

何遜詩語實際，了無滯色，其探景每入幽微，語氣悠柔，讀之殊不盡纏綿之致。（明陸時雍詩鏡）

徐陵二首

陵字孝穆，東海郯人，摛之子。初爲梁晉安王參軍，累遷至散騎常侍，仕陳歷侍中安右將軍，光祿大夫，太子少傅，南徐州大中正，建昌縣開國侯。氣局深遠，清簡寡欲，爲一代文宗。有集三十卷，玉台新詠十卷。後主至德元年卒，年七十七（西元五〇七—五八三年）。（略據丁撰全陳詩徐詩小傳）

走筆戲書應令

此日乍殷勤。相嫌不如春。今宵花燭淚。非是夜迎人。舞席秋來卷。歌筵無數塵。曾經新代故。那惡故迎新。片月窺花簟㊀。輕寒入錦巾㊁。秋來應瘦盡。偏自著腰身。

註釋 ㊀南史王儉嘗集才學之士，賞廬江何憲以五花簟、白團扇㊁錦巾、頭巾，漢魏六朝王公多以幅巾爲雅。

山齋

桃源驚往客。鶴嶠斷來賓。復有風雲處。蕭條無俗人。山寒微有雪。石路本無塵。竹徑蒙籠巧。茅齋結構新。燒香披道記㊀。懸鏡厭山神㊁。砌水何年溜。簷桐幾度春。雲霞一已絕。寧辨漢將秦㊂。

註釋 ㊀披道記，謂讀道書。㊁抱朴子：道士以明鏡九寸懸於背，老魅不敢近。㊂桃花源記「不知有漢，甯知魏晉」。

詩論摘輯

陳之視梁，抑又降焉。子堅孝穆，略具體裁，專求佳句，差强人意云爾。（沈德潛說詩晬語）

庾信二首

信字子山，父肩吾爲梁太子中庶子，東海徐摛爲左尉率，摛子陵及信，並爲抄撰學士。父子在東宮，文並綺艷，世號徐庾體。以度支郎中聘東魏，文章辭令，盛爲鄴下所稱。元帝時，復以御史中丞聘西魏。大軍南討，遂留長安。累遷司宗中大夫，明帝、武帝，雅好文學，信特蒙恩禮，至於趙滕諸王，周旋款至，若布衣交焉。（以上丁撰八代詩菁華錄小傳）生於梁武帝天監十二年，卒於隋開皇元年。年六十九歲（依倪璠子山年譜滕王逌序庾集作六十九歲）（西元五一三—五八一年）。有文集二十卷，今傳世有倪璠撰庾子山集注。

奉和示內人

然香鬱金屋。吹管鳳凰臺㊀。春朝迎雨去。秋夜隔河來。聽歌雲卽斷。聞琴鶴倒囘㊁。春窗刻鳳下。寒壁畫花開。定取流霞氣㊂。時添承露杯。

註釋　㊀說文：「然，燃也。」鬱金，香草也。列仙傳：「簫史善吹簫，秦穆公女弄玉好之，公遂以女妻焉，遂教弄玉作鳳鳴，爲作鳳凰台。」㊁春秋：「師曠爲晉平公作淸角之音，有玄鶴二八，從南方來。」㊂流霞，仙人之酒也。

擬詠懷　二十七首錄二

步兵未飮酒。中散未彈琴㊀。索索無眞氣。昏昏有俗心。涸鮒常思水。驚飛每失林。風雲能變色。松竹且悲吟。由來不得意。何必往長岑㊁。

倐忽市朝變。蒼茫人事非。避讒猶采葛。忘情遂食薇。懷愁正搖落。中心愴有違。獨憐生意盡。空驚槐樹衰㊂。

註釋　㊀阮籍爲步兵校尉，有詠懷詩八十二首。嵇康爲中散大夫，臨刑彈琴一曲，曰廣陵散從此絕矣。㊁後漢崔駰嘗出爲長岑長，自以遠去不得意，遂不之官而歸。㊂庾氏有枯樹賦，引殷仲文「顧庭槐而嘆」。

詩論摘輯

子山之詩，綺而有質，艷而有骨，淸而不薄，新而不尖，所以爲老成也。（升庵詩話丁氏八代詩引）

王褒庾信，佳句不乏，蒙氣亦多，以是知此道之將終也。（明陸時雍詩鏡總論）

三　唐代

陳子昂六首

子昂字伯玉，唐梓州射洪人（今四川射洪縣）。擢進士第（唐才子傳作開耀二年），子昂集附趙儋所撰碑云：睿宗文明元年進士，武后朝爲靈台正字，遷右衞冑曹參軍，擢右拾遺，武攸宜征契丹，表子昂爲參謀，聖歷初，以父老，表解官，父喪廬墓次，縣令段珪因事收繫獄中，憂憤而卒（以上據高步瀛唐宋文舉要甲編陳文小傳），年爲四十歲。西元六五六—六九五（據姜亮夫歷代名人年里碑傳總表）

感遇㈠三十八首錄四

蘭若生春夏㈡。芊蔚何青青㈢。幽獨空林色。朱蕤冒紫莖㈣。遲遲白日晚。嫋嫋秋風生㈤。歲華盡搖落。芳意竟何成。

註釋 ㈠吳汝綸曰：此自傷不遇明時。㈡蘭若，謂蘭草杜若也，皆香草。㈢芊蔚，草木茂盛貌。㈣蕤，草木華垂貌。㈤嫋嫋，長弱貌。楚詞王逸注：和風搖木貌。

白日每不歸。青陽時暮矣㈠。茫茫吾何思。林臥觀無始。衆芳委時晦。鶗鴂鳴悲耳㈡。鴻荒世已頹。誰識巢居子㈢。

註釋 ㈠青陽，春也。㈡鶗鴂，杜鵑也。㈢巢居子，謂有巢氏時代巢居之人。

微霜知歲晏。斧柯始青青。況乃金天夕㈠。浩露沾羣英㈡。登山望宇宙。白日已西暝。雲海方蕩潏㈢。孤鱗安得寧㈣。

註釋 ㈠金天，秋天也。㈡浩露，浩大也，謂重露。羣英，卽羣芳，楚詞「夕餐秋菊之落英」。㈢潏，水湧出。㈣孤鱗，義同尺鮒。

朝發宜都渚㈠。浩然思故鄉。故鄉不可見。路隔巫山陽。巫山綵雲沒。高丘正微茫。佇立望已久。涕落沾衣裳。豈茲越鄉感。憶昔楚襄王㈡。朝雲無處所。荊國亦淪亡㈢。

註釋 ㈠宜都渚，今湖北宜都縣，小洲曰渚。又渚宮，楚別宮也。㈡宋王有高唐賦，託楚襄王夢神女事。㈢荊國，楚國也。

薊丘覽古篇贈盧居士藏用　七首錄二

南登碣石坂㈠。遙望黃金臺㈡。丘陵盡喬木。昭王安在哉㈢。霸圖悵已矣。驅馬復歸來。

註釋　㈠碣石：禹貢「灰石碣石入於河」，又「太行恆山至於碣石入於海」，所在傳說不一，大約今河北省樂亭縣或昌黎縣附近。㈡黃金台，在河北省大興縣東南。清一統志：「燕昭王於易水東南築黃金台。」㈢燕昭王，名平，燕王噲之子。

秦王日無道㈠。太子怨亦深㈡。一聞田光義㈢。匕首贈千金。其事雖不立。千載爲傷心。

註釋　㈠秦王，秦始皇嬴政。㈡太子，名丹，怨秦，求得荊軻入秦刺之，見史記刺客荊軻傳。㈢田光，燕人，善荊軻，薦之太子丹。

詩論摘輯

唐興三百年，其間詩人不可勝數，所可舉者，陳子昂有感遇詩三十首。（白居易與元九詩）

陳子昂初變齊梁之弊，一返雅正，其詩以理勝情，以氣勝辭。（吟譜）

子昂卓立千古，橫制頹波，天下翕然，質文一變。感遇之篇，感激頓挫，微顯闡幽，庶幾見變化之朕，以接乎天人之際。（明胡震亨唐音癸籤評彙引盧藏用序）

陳正字淘洗六朝，鉛華都盡，托寄大阮，微加斷裁，而天韻不及。（明王世貞藝苑卮言）

唐興文章，承徐庾餘風，駢麗穠縟，子昂橫制頹波，始歸雅正，李杜以下，咸推崇之。（清修全唐詩陳詩小序）

陳伯玉力排俳優，仰追曩哲，讀感遇等章，何啻黃初正始間也。（沈德潛說詩晬語）

王維六首

維字摩詰，太原祁人。（今山西祁縣）生於唐武后聖曆二年。開元十九年擢進士第。（依唐才子傳）天寶間爲給事中。安祿山陷兩都，維爲所得，服藥陽瘖。賊平，責移太子中允，後仕至尙書右丞。卒於肅宗乾元二年，年六十二。（西六九九—七五九）維以詩名盛於開元天寶間，晚得宋之問藍田別墅在輞川、輞水周於舍下。居常蔬食不茹葷血，尤長五言詩，書畫特臻其妙。有王右丞集二十八卷，清趙殿成箋注。

送綦毋潛落第還鄉㊀

聖代無隱者。英靈盡來歸㊁。遂令東山客㊂。不得顧采薇。既至君門遠。孰云吾道非。江淮度寒食㊃。京洛縫春衣。置酒臨長道。同心與我違。行當浮桂棹㊄。未幾拂荊扉。遠樹帶行客。孤城當落暉。吾謀適不用㊅。勿謂知音稀。

註釋 ㊀綦毋潛，字孝通，荊南人。開元十四年成進士，唐書有傳在藝文志。㊁東山客，謝安隱東山，有高世之志。見世說新語。㊂史記伯夷列傳：「隱於首陽山，采薇而食。」㊃荊楚歲時記：「冬至後一百五日，謂之寒食，禁火三日。」㊄楚辭：「桂棹兮蘭槳」，喻舟行也。㊅左傳繞朝贈策士會曰：「無謂秦無人，吾謀適不用也。」

齊州送祖三㊀

相逢方一笑。相送還成泣。祖帳已傷離㊁。荒城復愁入。天寒遠山淨。日暮長河急。解纜君已遙。望君猶佇立。

註釋 ㊀據摩詰集原注，河嶽英靈集、文苑英華、唐文粹、唐詩記事并作「淇上送趙仙舟」，國秀集作「河上送趙仙舟」。齊州，今山東濟南市。㊁祖帳，祖祭道路之神，祖帳即祖席所設之帳。

奉寄韋大夫陟㊀

荒城自蕭索。萬里山河空。天高秋日迥。嘹唳聞歸鴻。寒塘映衰草。高館落疏桐。臨此歲方晏。顧景詠悲翁㊁。故人不可見。寂寞平林東㊂。

註釋 ㊀韋陟，累官吏部侍郎，凡五爲太守。㊁悲翁，曲名。宋書：「漢鼓吹鐃歌十八曲，二曰思悲翁」。㊂毛詩傳：「平林，林木之在平地者也。」

贈裴十迪

風景日夕佳。與君賦新詩。澹然望遠空。如意方支頤㊀。春風動百草。蘭蕙生我籬。曖曖日暖閨。田家來致詞。欣欣春還臯㊁。澹澹水生陂。桃李雖未開。荑蕚滿其枝。請君理還策㊂。敢告將農時。

註釋　㊀猶滿意也。或曰器物名，亦名搔杖，爲搔背癢之具，多以玉或竹製之。支頤，以手托頤也。㊁臯，水邊淤地也。㊂策，杖也。

別弟縉後登青龍寺望藍田山㊀

陌上新別離。蒼茫四郊晦。登高不見君。故山復雲外。遠樹蔽行人。長天隱秋塞。心悲宦遊子。何處飛征蓋。

註釋　㊀長安南門之外，有青龍寺，本隋靈感寺。景雲二年，改立爲青龍寺。北枕高原，南望爽塏，有登眺之美。

青谿

言入黃花川㊀。每逐青谿水。隨山將萬轉。趣途無百里。聲喧亂石中。色靜深松裏。漾漾汎菱荇。澄澄映葭葦。我心素已閒。清川澹如此。請留盤石上。垂釣將已矣。

註釋　㊀清一統志：「黃花川在漢中府鳳縣東北一十里，唐黃花縣以此名。」

李白五首

白字太白，隴西成紀人，涼武昭王暠九世孫。或曰山東人，或曰蜀人。（寬按作蜀人爲宜）少有逸才，志氣宏放，飄然有超世之心。天寶初至長安，見賀知章，知章見其文歎曰：「子謫仙人也。」有詔供奉翰林，不爲親近所容。懇求還山，乃浪跡江湖，終日沈飲。坐永王璘事，長流夜郎，會赦得還。寶應元年依族人李陽冰於當塗，病卒，年六十四（西元六九九年—七六二年）（據姜撰歷代人物年里碑傳綜表）。行世集有：楊齊賢註李太白集三十卷。（中

華書局王琦集註李太白集三十六卷四部備要本）。（台北學生書局影印李太白文集）

古風

大雅久不作㈠。吾衰竟誰陳。王風委蔓草。戰國多荊榛。龍虎相啖食。兵戈逮狂秦。正聲何微茫㈡。哀怨起騷人㈢。揚馬激頹波。開流蕩無垠。廢興雖萬變。憲章亦已淪㈣。自從建安來。綺麗不足珍。聖代復元古。垂衣貴清眞。羣才屬休明。乘運共躍鱗。文質相炳煥。衆星羅秋旻。我志在刪述。垂輝映千春。希聖如有立㈤。絕筆於獲麟㈥。

註釋 ㈠大雅，詩經篇名。㈡正聲，謂正風、正雅也。㈢騷人，屈原作離騷，宋玉作招魂。文心雕龍有辨騷篇。㈣憲章，法度也。孟子：「孔子祖述堯舜，憲章文武。」㈤希聖，謂希望聖人而企及之，孟子：「賢希聖、聖希天。」㈥獲麟，孔子作春秋至哀公十四年，獲麟而絕筆。

詩評

掃魏晉之陋，起騷人之廢，太白蓋以自任矣。（楊齊賢分類補註李太白詩註）

贈郎中崔宗之㈠

胡鷹拂海翼。翺翔鳴素秋。驚雲辭沙朔。飄蕩迷河洲。（一作胡鷹度日邊。雨龍天地秋。玉容鳴沙塞。風雪迷河洲。）有如飛蓬人。去逐萬里遊。登高望浮雲。髣髴如舊丘。日從海旁沒。水向天邊流。長嘯倚孤劍。目極心悠悠。歲晏歸去來。富貴安可求。仲尼七十說㈡。歷聘莫見收。魯連逃千金。珪組豈可酬㈢。時哉苟不會。草木爲我儔。希君同攜手。長住南山幽。

註釋 ㈠舊唐書：「崔宗之，宰相日用之子，襲封齊公。」㈡淮南子：「孔子欲行王道，七十說而無所偶。」㈢魯連，齊人，事見戰國策。

新林浦阻風寄友人

潮水定可信。天風難與期。清晨西北轉。薄暮東南吹。以此難挂席。佳期益相思。海月破圓（一作團）景。菰蔣生綠池㈠。昨日北湖梅㈡。花開已滿枝（一作昨日北湖花，初間來滿枝）。今朝白門柳㈢。夾道垂青絲。歲物忽如此。我來定幾時。紛紛江上雪。草草客中悲。明發新林浦。空吟謝脁詩㈣。

註釋　㈠菰蔣，爾雅：「靈草也。江東人呼爲菱草」。㈡北湖，卽今玄武湖。㈢白門，建康城西門也。㈣謝脁詩，脁有「之宣城出新林浦向板橋」詩。

金鄉送韋八之西京

客自長安來。還歸長安去。狂風吹我心。西挂咸陽樹。此情不可道。此別何時遇。望望不見君。連山起雲霧。

送郗昂謫巴中

瑤草寒不死㈠。移植滄江濱。東風灑雨露。會入天地春。予若洞庭葉㈡。隨波送逐臣。思歸未可得。書此謝情人。

註釋　㈠瑤草，見杜詩贈李白瑤草註。㈡洞庭葉，楚辭：「洞庭波兮木葉下。」

詩論摘輯

不讀非聖之書，恥爲鄭衞之作，……凡所著述、言多諷興，自三代以來，風騷之後，馳驅屈宋，鞭撻揚馬，千載獨步，惟公一人。（唐李陽冰草堂集序）

作詩先用看李杜、如士人治本經然。本既立，次第方可看蘇黃以次諸家詩。（朱子語——詩人玉屑引）

太白古風，與陳子昂感遇之作，筆力相上下，唐之詩人，皆在下風。（劉後村語——唐詩品彙引）

五言古詩及七言歌行、太白以氣爲主、以自然爲宗、以俊逸高暢爲貴。（明王世貞詩藝苑卮言）

太白文法，全同漢魏，渾化不可測。（清方東樹昭昧詹言）

杜甫十首

甫字子美，其先襄陽人。曾祖依藝爲鞏令，因居鞏。祖審言，父閑。甫生於唐睿宗先天元年壬子（卽景雲三年，西元七一二年），卒於代宗大歷五年庚戌（西元七七〇年），年五十九。天寶初應進士不第，後獻三大禮賦，授京兆府兵曹參軍。安祿山陷京師，肅宗卽位靈武，自賊中遯赴行在，拜左拾遺。避亂就食入蜀，嚴武鎭成都，表爲參謀檢校工部員外郎，築草堂浣花里。武死蜀亂，攜家避亂荆楚，旅病卒於湘南。元和中歸葬偃師首陽山，元稹志其墓，唐書、新唐書皆有傳，集經宋人編定，今傳世流行本有㈠仇兆鰲撰杜詩分類詳註二十卷，㈡錢謙益撰杜詩箋注，㈢楊倫撰杜詩鏡銓。

望嶽

岱宗夫如何㈠。齊魯青未了。造化鍾神秀。陰陽割昏曉。盪胸生層雲。決眥入歸鳥㈡。會當凌絕頂。一覽衆山小。

註釋 ㈠泰山亦曰岱宗，在山東泰安縣北五里。㈡決開也。眥目眶也。司馬相如賦：「中必決眥」，此句言登覽之遠也。

羌村三首錄一

崢嶸赤雲西㈠。日脚下平地。柴門鳥雀噪。歸客千里至。妻孥怪我在。驚定還拭淚。世亂遭飄蕩。生還偶然遂。鄰人滿牆頭。感歎亦歔欷㈢。夜闌更秉燭。相對如夢寐。

註釋 ㈠崢嶸，高峻貌。漢書：「赤雲起而蔽日。」㈡歔欷，哀泣之聲。

自京赴奉先縣詠懷五百字㈠

杜陵有布衣。老大意轉拙。許身一何愚。竊比稷與契。居然成濩落㈡。白首甘契闊㈢。蓋棺事則已。此志常覬豁㈣。窮年憂黎元。嘆息腸內熱㈤。取笑同學翁。浩歌彌激烈。非無江海志。蕭灑送日月。生逢堯舜君。不忍便永訣。當今廊廟具㈥。構厦豈云缺。葵藿傾太陽㈦。物性固莫奪。顧惟螻蟻輩。但自求其穴㈧。胡爲慕大鯨。輒擬偃溟渤㈨。以茲悟生理㈩。獨耻事干謁。兀兀遂至今。忍爲塵埃沒。終愧巢與由⑪。未能易其節。沈飲聊自遣。放歌頗愁絕。（仇注作「破」）歲暮百草零。疾風高岡裂。天衢陰崢嶸⑫。客子中夜發。霜嚴衣帶斷。指直不得結。凌晨過驪山⑬。御榻在嵽嵲⑭。蚩尤塞寒空⑮。蹴踏崖谷滑。瑤池氣鬱律⑯。羽林相摩戛⑰。君臣皆歡娛。樂動殷膠葛⑱。賜浴皆長纓⑲。與宴非短褐⑳。彤庭所分帛㉑。本自寒女出。鞭撻其夫家。聚斂貢城闕㉒。聖人筐篚恩㉓。實欲邦國活。臣如忽至理。君豈棄此物。多士盈朝廷。仁者宜戰慄。況聞內金盤。盡在衞霍室㉔。中堂舞（仇作有）神仙。煙霧蒙玉質。煖客貂鼠裘㉕。悲管逐清瑟㉖。勸客駝蹄羹㉗。霜橙壓香橘。朱門酒肉臭。路有凍死骨。榮枯咫尺異。惆悵難再述。北轅就涇渭。官渡又改轍。羣水從西下。極目高崒兀㉘。疑是崆峒來㉙。恐觸天柱折㉚。河梁幸未拆。枝撐聲窸窣㉛。行李相攀援。川廣不可越㉜。老妻寄異縣㉝。十口隔風雪。誰能久不顧。庶往共饑渴。入門聞號咷。幼子餓已卒。吾寧捨一哀。里巷亦嗚咽。所愧爲人父。無食致夭折。豈知秋禾登㉞。貧窶有倉卒。生常免租稅。名不隸征伐㉟。撫迹猶酸辛。平人固騷屑㊱。默思失業徒。因念遠戍卒㊲。憂端齊終南。澒洞不可掇㊳。

註釋　㈠鶴注天寶十四載十一月初作，仇註削去。奉先，原蒲城縣，開元四年改爲奉先，以奉睿宗橋陵。今山西省永濟縣。㈡廓落也。卽落拓不遇之意。㈢毛詩：「死生契闊」，注：「勤苦也」。此指朋友隔絕。㈣覬幸也。豁，疏達之貌，此謂希望有日能表明此志。㈤莊子人間世：「我其內熱與」。㈥：謂朝廷自有人材。㈦葵，植物，藿，野菜，植物向陽，此喻愛君。㈧此斥常人顧身家，猶螻蟻顧其洞穴。㈨溟，渤海也。鯨魚，大魚。偃息溟海，此自喻。㈩養生之理。⑪巢父、許由，堯時隱者。⑫本高峻之貌，又寒氣凜冽之義。仇註：「杜詩常用崢嶸，如『旅食歲崢嶸』，年高也。『崢嶸赤雲西』，雲高也。『天衢陰崢嶸』，陰盛也。」⑬驪山卽藍田山，今陝西省臨潼縣東南。⑭讀ㄉㄧㄝˊㄋㄧㄝˊ山高之貌。⑮錢箋「正十一月，借蚩尤以喻兵象也」。⑯瑤池相傳爲西王母所居。鬱律，班固西京賦：「隆窟崔萃，隱轔鬱律」，注：「深峻之貌」，又黑盛貌。⑰天子禁衞，摩戛言衞卒之盛。⑱各本不同，錢注本「樛葛」，宋本作「湯嶱」，此依仇本，注：廣大貌，又亂貌。⑲明皇於華清宮中，治長湯數十，賜從臣浴，出明皇雜錄。長纓用國策楚莊王從姬絕纓事，暗諷內外不別也。⑳一作袒褐。布衣之士。㉑彤庭，宮也，陛階赤石色。㉒城闕指京師，掊克聚斂以充貢京師。㉓詩序：「實幣帛筐篚，以將其厚意」。指宮廷頒賜。㉔衞青、霍去病，皆漢武帝外戚，又霍光女，漢昭帝后，此指楊氏。㉕貂鼠出東北嶺外之地，製裘極貴重。㉖言歌舞之盛。㉗駝峯八珍之一。㉘危高之貌。㉙渭水發源安定郡岍頭山，即崆峒山。㉚傳說太古共工氏怒，以頭觸不周山，折天柱，絕地維，出列子。此隱喻國家將覆也。㉛讀ㄒㄧㄥㄨˋ。㉜出詩「誰謂河廣，一葦航之」。㉝時杜公寄家於此。㉞宋本作「未登」，此依仇注本。㉟謂己因業儒得免僉丁。㊱紛擾之貌。㊲時祿山反信已傳，而玄宗不信，故婉其詞。㊳淮南子「未有天地，鴻濛澒洞」，又水勢洶湧之貌，讀ㄏㄨㄥˇㄉㄨㄥˋ。

佳人

絕代有佳人。幽居在空谷。自云良家子㈠。零落依草木。關中昔喪亂。兄弟遭殺戮。官高何足論。不得收骨肉。世情惡衰歇。萬事隨轉燭。夫婿輕薄兒。新人美如玉。合昏尚知時㈡。鴛鴦不獨宿。但見新人笑。那聞舊人哭。在山泉水清。出山泉水濁。侍婢賣珠迴。牽蘿補茅屋。摘花不插鬢。采柏動盈掬。天寒翠袖薄。日暮倚修竹。

註釋 ㈠良家子，即世族子弟。史記外戚傳：「竇姬以良家子入宮侍太后。」㈡合昏，草名。或名夜合、合歡。落葉喬木，小葉入夜則合，故曰合昏。

前出塞

磨刀嗚咽水。水赤刃傷手。欲輕腸斷聲。心緒亂已久。丈夫誓許國。憤惋復何有。功名圖麒麟㈠。戰骨當速朽。

註釋　㊀麒麟，漢宮閣名，蕭何造以藏祕書，處賢才也。

後出塞

朝進東門營㊀。暮上河陽橋㊁。落日照大旗。馬鳴風蕭蕭。平沙列萬幕。部伍各見招。中天懸明月。令嚴夜寂寥。悲笳數聲動。壯士慘不驕。借問大將誰。恐是霍驃姚㊂。

註釋　㊀東門營，錢註引胡三省通鑑注：「上東門之地，唐爲鎭。」卽通鑑所記李光弼進軍河橋之地。㊁河陽縣古孟津，跨河有浮橋，杜預所建。㊂漢武帝以霍去病爲驃姚校尉，故曰霍驃姚。

夢李白二首

死別已呑聲㊀。生別長惻惻㊁。江南瘴癘地。逐客無消息。故人入我夢。明我長相憶。君今在羅網。何以有羽翼。恐非平生魂。路遠不可測。魂來楓林青。魂返關塞黑。落月滿屋梁。猶疑照顏色。水深波浪濶。無使蛟龍得。

浮雲終日行。遊子久不至。三夜頻夢君。情親見君意。告歸常局促。苦道來不易。江湖多風波。舟楫恐失墜。出門搔白首。若負平生志。冠蓋滿京華。斯人獨憔悴。孰云網恢恢㊂。將老身反累。千秋萬歲名。寂寞身後事。

題解　天寶十五載，白臥廬山，永王璘迫致之。璘軍敗，白坐繫潯陽獄，肅宗乾元元年終以汙璘事，長流夜郞，遂泛洞庭，上峽江，至巫山，以赦得釋，憩岳陽江夏。（錢謙益杜詩箋註）

註釋　㊀惻，痛也。㊁瘴癘，南方山林間暑濕之病。㊂老子：「天網恢恢。」恢，大也。

詩評

「明月照高樓，想見餘光輝」，李陵逸詩也。子建「明月照高樓，流光正徘徊」，全用此語，而不用其意，遂為建安絕唱。少陵「落月滿屋梁，猶疑照顏色」，正用其意，而少變其句，亦為唐句崢嶸。今學者第知曹杜二句之妙，而不知其出於漢也。（杜詩詳註引胡應麟語）

石壕吏㊀

暮投石壕村。有吏夜捉人。老翁踰牆走。老婦出門看。吏呼一何怒。婦啼一何苦。聽婦前致詞。三男鄴城戍㊁。一男附書至。二男新戰死。存者且偷生。死者長已矣。室中更無人。惟有乳下孫。孫有母未去。出入無完裙。老嫗力雖衰。請從吏夜歸。急應河陽役㊂。猶得備晨炊。夜久語聲絕。如聞泣幽咽。天明登前途。獨與老翁別。

註釋 ㊀王應麟云：「石壕蓋陝州陝縣之石壕鎮也。」今河南省陝縣。㊁鄴城今河南省臨漳縣，安慶緒保鄴城。㊂河陽，今河南省孟縣。圍鄴兵潰，郭子儀退保河陽，李光弼代之，東守河陽三城。

詩評 其事何長，其言何簡。吏呼二語，便當數千言。（杜詩詳註引陸時雍語）

新婚別

兔絲附蓬麻。引蔓故不長㊀。嫁女與征夫。不如棄路旁。結髮為君妻。席不煖君牀。暮婚晨告別。無乃太匆忙。君行雖不遠。守邊赴河陽。妾身未分明。何以拜姑嫜㊁。父母養我時。日夜令我藏。生女有所歸。雞狗亦得將。君今往死地。沈痛迫中腸。誓欲隨君去。形勢反蒼黃。勿為新婚念。努力事戎行。婦人在軍中。兵氣恐不揚。自嗟貧家女。久致羅襦裳。羅襦不復施。對君洗紅妝。仰視百鳥飛。大小必雙翔。人事多錯迕。與君永相望。

註釋 ㊀古詩「與君為新婚，兔絲附女蘿。」埤雅「在木為女蘿，在草為兔絲。」此言兔絲當施於松柏，今附蓬廁，故引蔓不長也。㈡姑嫜，卽舅姑也。㈢孔稚圭北山移文：「蒼黃反覆」，謂行役之急。

詩評

仇兆鰲謂：「陳琳飮馬長城窟，設爲問答，此三吏三別諸篇所自來也。」

又曰：「此詩君字凡七見。君妻、君牀，聚之暫也。君行、君往，別之速也。隨君，情之切也。對君，意之傷也，與君永望，志之貞且堅也。頻頻呼君，幾於一聲一淚。」

黃生曰：「新安吏以下，述當時征戍之苦。其源出於變風變雅，而植體於蘇李曹劉之間。」（以上皆見杜詩詳註引）

詩論摘輯

古今詩人衆矣，而杜子美爲首。（蘇軾錢箋引）

杜子美之於詩，實積衆流之長。昔蘇武李陵之詩，長於高妙；曹植劉公幹之詩，長於豪逸；陶潛阮籍之詩，長於沖澹；謝靈運鮑照之詩，長於峻潔；徐陵庾信之詩，長於藻麗。於是子美窮高妙之格，極豪逸之氣，包沖澹之趣，兼峻潔之姿，備藻麗之態，而諸家所不及焉。（秦觀進論。草堂詩話引）

由杜子美以來，四百餘年，斯文委地。文章之士，隨其所能，傑出時輩，未有升子美之堂者。……子美詩妙處，乃在無意於文。夫無意而意已至，非廣之以國風雅頌，深之以離騷九歌，安能咀嚼其意味，闖然入其門耶？（黃庭堅大雅堂記—詩人玉屑引）

十首以前，少陵較難入，百首以後，青蓮較易厭。揚之則高華，抑之則沈實，有色有聲，有氣有言，有味有態，濃淡深淺，奇正開闔，各極其則，吾不能不服膺少陵。（明王世貞語—唐音癸籤引）

杜詩別於諸家，在包略一切。其時露敗缺處，正是無所不有處。（沈德潛說詩晬語）

至於子美，蓋所謂上薄風雅，下該沈宋，言奪蘇李，氣吞曹劉，掩顏謝之孤高，雜徐庾之流麗，盡得古今之勢，而兼文人之所獨專矣。（元稹杜甫墓誌銘）

至甫渾涵汪茫，千彙萬狀，兼古今而有之。（新唐書贊）

蘇李十九首後，五言最盛，大率優柔善入，婉而多風。少陵才力標舉，縱橫揮霍，詩品又一變矣。要其感時傷亂，憂黎元，希稷卨，生平抱負，悉流露於楮墨間，詩之變，情之正也。（清沈德潛說詩晬語）

寬按：拙著「杜詩欣賞」論杜身世篇較詳，可以參閱。

韋應物四首

韋應物，京兆長安人。少以三衞郎事明皇，晚更折節讀書。（代宗）永泰中授京兆功曹，遷洛陽丞，大曆十四年，自鄠令制除櫟陽令，以疾辭不就。（德宗）建中三年拜比部員外郎，出爲滁州刺史。久之調江州，追赴闕，改左司郎中。復出爲蘇州刺史。應物性高潔，所在焚香掃地而坐。唯顧況劉長卿、丘丹、秦系，皎然之儔，得廁賓客，與之酬唱。其人閑澹簡遠，人比之陶潛，稱陶韋云。集十卷。（據全唐詩韋詩小序）案應物生於開元二十五年（西元七三六年），卒年不詳，約在貞元初年，年五十餘（據古今文選一二六七期韋詩作者）。是輩行尚後於劉長卿，長卿嘗以罪繫蘇州獄，往來蘇州，與之倡和，不能謂爲賓客也。

郡齋雨中與諸文士集㈠

兵衞森畫戟㈡。宴寢凝清香㈢。海上風雨至。逍遙池閣涼。煩痾近消散。嘉賓復滿堂。自慚居處崇。未覩斯民康。理會是非遣㈣。性達形迹忘。鮮肥屬時禁。蔬果幸見嘗。俯飲一盃酒。仰聆金玉章。神歡體自輕。意欲凌風翔。吳中盛文史。羣彥今汪洋。方知大藩地。豈曰財賦彊。

註釋 ㈠劉太眞與韋蘇州書云：「顧著作來巴，足下郡齋宴集想亦示，何情致暢茂遒逸之如此。」則知蘇州此詩爲當時所貴如此。燕集所作，乃「兵衞森畫戟，宴寢凝清香」也。（據詩人玉屑引王直方詩話）此詩首二句黃山谷曾以分韻，見任註山谷詩內集。㈡畫戟，兵器，戟上加畫飾者。㈢宴，安也。宴居謂閒居也。寢，人所居曰寢，宴寢謂居室即內寢也。㈣理會是非遣：莊子齊物論「彼亦一是非，此亦一是非，故曰莫若以明」，理會則是非遣也。

詩評

蘇州詩：「身多疾病思田里，邑有流亡愧俸錢」，郡中宴集云：「自慚居處崇，未覩斯民康」。余謂士君子，當切切作此語，彼一意供租，專事土木，而視民如讎者，得無愧此詩乎。（詩人玉屑引碧溪詩話）

幽居

貴賤雖異等。出門皆有營。獨無外物牽。遂此幽居情。微雨夜來過。不知春草生。青山忽已曙。鳥雀繞樹鳴。時與道人偶。或隨樵者行。自當安蹇劣㈠。誰謂薄世榮。

註釋　㈠蹇，跛也。

寄全椒山中道士㈠

今朝郡齋冷。忽念山中客。澗底束荊薪。歸來煮白石㈡。欲持一瓢酒。遠慰風雨夕。落葉滿空山。何處尋行迹。

註釋　㈠全椒，今安徽全椒縣，山中，即神山中。清一統志：「安徽滁州神山，在全椒縣西」。㈡神仙傳：「白石先生者，嘗煮白石爲糧。」

詩評

許彥周曰：『落葉滿空山，何處尋行迹』，東坡用其韻曰：『寄語庵中人，飛空本無迹』，此非才不逮，蓋絕唱不能和也。

沈歸愚曰：化工筆，與陶淵明「采菊東籬下，悠然見南山」，妙處不關言語意思。

初發揚子寄元大校書

悽悽去親愛。泛泛入煙霧。歸棹洛陽人。殘鐘廣陵樹㈠。今朝爲此別。何處還相遇。世事波上舟。沿洄安得住㈡。

㈠廣陵，今江都。㈡說文：「沿，緣水而下也。」「逆流而上曰泝洄。」

詩論摘輯

蘇州歌行，才麗之外，頗近興諷。其五言詩又高雅閒澹，自成一家之體。（詩人玉屑引白樂天語）

其詩清深妙麗，雖唐詩人之盛，亦少其比。（詩人玉屑引韓子蒼（駒）語）

自李杜以來，古人詩法盡廢，惟蘇州有六朝風致，最爲流麗。（苕溪漁隱叢話引呂氏童蒙訓）

風懷澄澹推韋柳，佳處多從五字求，解識無聲絃指妙，柳州那得並蘇州。（王世禛論詩絕句）

韋詩至處，每在淡然無意，所謂天籟也。（高步瀛唐宋詩舉要引沈歸愚語）

柳宗元三首

宗元字子厚，原籍河東解縣人，少遊江南，登進士第，應舉宏詞，授校書郎，調藍田尉。貞元十九年爲監察御史裏行。王叔文、韋執誼用事，尤奇待子厚，擢尚書禮部員外郎。會叔文敗，子厚貶永州司馬。憲宗元和十年移柳州刺史，十四年卒，年四十七歲，生於代宗大曆八年（西元七七三—八一九年）新舊唐書皆有傳。（以上據高步瀛唐宋詩舉要）

初秋夜坐贈吳武陵㈠

稍稍雨侵竹㈡。翻翻鵲驚叢。美人隔湘浦。一夕生秋風。積霧杳難極。滄波浩無窮。相思豈云遠。卽席莫與同。若人抱奇音。朱絃緪枯桐㈢。清商激西顥㈣。泛灩凌長空㈤。自得本無作。天成諒非功。希聲閟大樸㈥。聾俗何由聰㈦。

註釋 ㈠吳武陵，信州人，原名子偘，元和初擢進士第，坐事流永州，與子厚相遇。新唐書文藝傳有傳。㈡稍稍，謝朓贈王晉安詩「稍稍枝早勁」，稍與梢同。㈢緪，急張絃也。㈣西顥，出漢書郊祀歌「西顥沆碭。」注：西方少昊也。㈤泛灩，浮動也。㈥大樸：嵇叔夜難自然好學論：「洪荒之士，大朴未虧」。㈦聾俗，文選趙景眞與嵇茂齊書：「奏韶舞於聾俗」，謂流俗也。

南磵中題㊀

秋氣集南磵。獨遊亭午時㊁。廻風一蕭瑟。林影久參差。始至若有得。稍深遂忘疲。羈禽響幽谷。寒藻舞淪漪㊂。去國魂已遠。懷人淚空垂。孤生易爲感。失路少所宜。索寞竟何事。徘徊只自知。誰爲後來者。當與此心期。

註釋　㊀南磵：磵與澗同字，卽集中永州八記袁家渴以南，有石澗記卽此。㊁亭午，正午也。㊂淪漪，小風水成文轉如輪也。

初夏雨夜尋愚溪

悠悠雨初霽。獨遶淸溪曲。引杖試荒泉。解帶圍新竹。沈吟亦何事。寂寞固所欲。幸此息營營㊀。嘯歌靜炎燠。

註釋　㊀營營，往來周旋貌。

詩論摘輯

李杜之後，詩人繼出，雖有遠意，而才不逮意。獨韋應物、柳子厚，發濃纖於簡古，寄至味於澹泊，非餘子所及也。……子厚詩在陶淵明下，韋蘇州上。退之豪放奇險則過之，而溫麗靖深不及也。（苕溪漁隱叢話引東坡語）

子厚詩尤深遠難識，前賢亦未推重，自老坡發明其妙，學者方漸知之。（苕溪漁隱叢話引詩眼）

柳宗元詩與王摩詰、韋應物相上下，頗有陶家風氣。（唐音癸籤引陳直齋語）

柳子厚詩與韋應物並稱。然子厚之工緻，乃不若蘇州之蕭散自然。（唐音癸籤引劉履之語）

第二部分　五言今體

淵源——詩論摘輯

五言絕，起兩漢，其時未有五律，但六朝短古，概目歌行，至唐方曰絕句。又五言律在七言絕前，故先聯後絕耳。（胡應麟語）

五言絕尙眞切，質多勝文。……五言絕昉於兩漢，七言絕肇自六朝，源流迥別，體制自殊，至意當含蓄，語務春容，則二者一體也。（仇兆鰲杜少陵集分類詳注引）

顧華玉云：「五言絕以調古爲上乘，以情眞爲得體。」調古則韻高，情眞則意遠，華玉標此二者，則雄奇俊亮，皆所不貴；論雖稍偏，自是五言絕第一義。（唐音癸籤法微二）

五言律，陰鏗、何遜、庾信、徐陵，已開其體。唐初人研揣聲音，穩順體勢，其制乃備。神龍（中宗年號）之世，陳、（子昂）杜、（審言）沈、（佺期）宋、（之問），渾金璞玉，不須追琢，自然名貴，開寶以來，李太白之明麗，王摩詰、孟浩然之自得，分道揚鑣，並推極勝。杜子美獨闢畦徑，寓縱橫排奡於整密中，故應包函一切。終唐之世，變態雖多，無有越諸家之範圍者矣。以此求之，有餘師焉。（沈德潛說詩晬語）

五言律體，肇自齊梁，而極盛於唐。要其大端，亦有二格。陳、（子昂）杜、沈、宋，典麗精工；王、孟、儲、韋，清言閑遠，此其概也。然右丞贈送諸什，往往闌入高（適）、岑（參）、鹿門（孟）、蘇州（韋），雖自成趣，終非大手。太白風華逸宕，特過諸人，而後之學者，才非天仙，多流率易。唯工部（杜）諸作，氣象巍峨，規模宏

遠，當其神來境詣，錯綜幻化，不可端倪，千古以還，一人而已。（仇著杜少陵集登兗州城樓詩附考引胡應麟語）

自休文（沈約）論詩，倡言聲病，子山（庾）有作，音調益諧。逮至唐賢，遂成律體。（高步瀛唐宋詩舉要五言律小序）

概論　詩論摘輯（唐代）

唐初承陳隋之弊，多尊徐庾，遂致頹靡不振，張子壽（九齡）蘇廷碩（頲）張道濟（說）相繼而興，各以風雅爲師，而盧昇之（照鄰）、王子安（勃），務欲凌跨三謝，劉希夷、王昌齡、沈雲卿（佺期）、宋少連（之問），亦欲蹴駕江薛。固無不可者。奈何溺於久習，終不能改其舊，甚至以律法相高，益有四聲八病之嫌矣。惟陳伯玉（子昂）痛陳其弊，專師漢魏，而及景純淵明，可謂挺然不羣之士，復古之功，於是爲大。開元天寶中，杜子美復繼出，上薄風雅，下該沈宋，才奪蘇李，氣吞曹劉，掩顏謝之孤高，雜徐庾之流麗，眞可謂集大成者，而諸作皆廢矣。並時而作，有李太白，宗風騷建安七子，其格極高，其變化若神龍之不可羈。有王摩詰，依倣淵明，雖運詞清雅，而萎弱少風骨。有韋應物，祖襲靈運，能一寄穠鮮於簡淡之中，淵明以來，蓋一人而已。他如岑參、高達夫、劉長卿、孟浩然、元次山之屬，咸以興寄相高，取法建安。至於大歷之際，錢（起）郎（士元）還師沈宋，而苗（發）崔（顥）盧（綸）耿（湋）吉（中孚）李（端、益）諸家，亦皆本伯玉而師黃初，詩道於是爲最盛。韓柳起於元和之間，韓初效建安，晚自成家，勢若掀雷抉電，撐抉於天地之垠，柳斟酌於陶謝之中，而措詞俊逸清研，應物而下，一人而已。元（稹）白（居易）近於輕俗，王（建）張（籍）過於浮麗，要皆同師於古樂府。賈閬仙獨變入僻，以矯豔於元白，劉夢得步驟少陵，而氣韻不足，杜牧之沈涵靈運，而句意尚奇；孟東野陰祖沈謝，而流於蹇澀，盧仝則又自出新意，而涉於怪詭。至於李長吉、溫飛卿、李商隱、段成式，專誇靡曼，雖人人各有所師，而詩之變又極矣。比之大歷，尚有所不逮，況廁之開元哉？過此以往，若朱慶餘、項子遷、李文山、鄭守愚、杜彥之、吳子華輩，則又駁乎不足議也。（宋濂宋學士集答章秀才論詩書）

有唐三百年，詩衆體備矣。故有近體、往體、長短篇，五七言律絕句等制，莫不興於始，成於中，流於變而陊之於終。至於聲律興象，文辭理致，各有品格高下之不同，略而言之，則有初唐、盛唐、晚唐之殊。詳而分之，貞觀，永徽之時，虞（世南）魏（徵）諸公，稍離舊習，王楊盧駱，因加美麗，劉希夷有閨幃之作，上官儀有婉媚之體，此初唐之始製也。神龍以還，洎開元初，陳子昂古風雅正，李巨山文章宿老、沈宋之新聲，蘇（頲）張（說）之大手筆，此初唐之漸盛也，天寶間，則有李翰林之飄逸，杜工部之沈鬱，孟襄陽之淸雅，王右丞之精緻，儲光羲之眞率，王昌齡之聳俊，高適岑參之悲壯，李頎常建之超凡，此盛唐之盛者也，大歷貞元中，則有韋蘇州（應物）之雅澹，劉隨州（長卿）之閑曠，錢（起）郎（士元）之淸贍，皇甫（曾、冉）之冲秀，秦公緒（系）之山林，李從一（端）之台閣，此中唐之再盛也。下暨元和之際，則有柳愚溪（宗元）之超然復古，韓昌黎之博大其詞，張王樂府，得其故實，元白序事，務在分明，與夫李賀盧仝之鬼怪，孟郊賈島之飢寒，此晚唐之變也。降而開成以後，則有杜牧之之豪縱，溫飛卿之綺靡，李義山之隱僻，許用晦（渾）之偶對，他若劉滄、馬戴、李羣玉、李頻輩，尙能黽勉氣格，埒邁時流，此晚唐變態之極，而遺風餘韻，猶有存者焉。（明高棅唐詩品彙序坊刻詩詞叢論引）

詩至唐而衆體悉備，亦諸法畢該。故稱詩者必視唐人爲標準，如射之就彀率，治器之就規矩焉。蓋唐當開國之初，卽用聲律取士，聚天下才智英傑之彥，悉從事六義之學，以爲進身之階，則習之者固已專且勤矣。而又堂陛之賡和，友朋之贈處，與夫登臨讌賞之卽事感懷，勞人遷客之觸物寓興，一舉而託之於詩。窮達殊途，悲愉異境，而以言夫攄寫性情，則其致一也。（淸修全唐詩康熙帝御製序）

甲　絕句

王維七首

山中見諸弟妹

山中多法侶。禪誦自爲羣㊀。城郭遙相望。惟應見白雲。

註釋　㊀禪誦，謂坐禪誦經也。

贈韋穆十八

與君青眼客㊀。共有白雲心。不向東山去㊁。日令春草深。

註釋 ㊀晉阮籍能爲青白眼。見世俗之士，以白眼對之，反之則以青眼。㊁謝安隱居東山，有高世之志。

鳥鳴磵

人閑桂花落。夜靜春山空。月出驚山鳥。時鳴春澗中。

送別

山中相送罷。日暮掩柴扉。春草明年綠。王孫歸不歸㊀。

註釋 ㊀楚詞：「王孫行兮不歸，春草生兮萋萋。」

別輞川別業

依遲動車馬。惆悵出松蘿。忍別青山去。其如綠水何。

息夫人㊀

莫以今時寵。能忘舊日恩。看花滿眼淚。不共楚王言。

註釋 ㊀左傳：「楚子滅息，以息嬀歸，生堵敖及成王焉。未言、楚子問之，對曰：吾一婦人，而事二夫，縱弗能死，其又奚言。」

雜詩

已見寒梅發。復聞啼鳥聲。愁心視春草。畏向玉階生。

詩論摘輯

王右丞、韋蘇州，澄澹精緻，格在其中。（唐司空圖與李生論詩書）

王右丞如秋水芙蕖，倚風自笑。（詩人玉屑引曜翁詩評）

山谷老人曰：余頃年登山臨水，未嘗不讀王摩詰：「行到水窮處，坐看雲起時。」故知此老胸次，有泉石膏肓之疾。（苕溪漁隱叢話）

五言絕句，當以王右丞爲絕唱。（四友齋詩說）

摩詰輞川詩，余深愛之，每以語人，輒無解余意者。（朱子語類）

王右丞詞秀調雅，意新理愜，在泉成珠，着壁成繪，一字一句，皆出常境。（唐音癸籤引唐殷璠語）

右丞輞川諸作，都是自出機杼，名言兩忘，色相俱泯，另是一家體裁。（胡元瑞語）

王昌齡三首

昌齡字少伯，唐京兆人。登開元十五年進士，補祕書郎。二十二年中宏詞科，調汜水尉，遷江甯丞。晚節不護細行，貶龍標尉，卒。（唐才子傳謂云歸鄉里，爲刺史閭丘曉所殺）詩緒密而思清，與高適、王之渙齊名，時謂王江甯。（全唐詩小序）

朝來曲

日昃鳴珂動。花連繡戶春。盤龍玉臺鏡。唯待畫眉人㊀。

註釋 ㊀漢書張敞傳：「閨房之事，有甚於畫眉者。」此指夫壻。

答武陵太守

仗劍行千里。微軀感一言。曾爲大梁客㊀。不負信陵恩。

註釋 ㊀大梁，今河南省開封市，爲戰國時魏都。

送郭司倉

映門淮水綠。留騎主人心。明月隨良掾。春潮夜夜深。

劉長卿二首

長卿字文房，河間人，或曰宣城人（姚合極玄集）。開元二十一年進士第，至德中歷監察御史，以檢校祠部員外郎，爲轉運使判官，知淮南鄂岳留後。鄂岳觀察使吳仲孺誣奏，貶潘州南巴尉（今廣東省高要），會有爲之辨者，除睦州司馬，後除隨州刺史。（略據高著庚宋詩舉要劉詩小序）按長卿避亂，曾寄寓鄱陽、宣州、宜興，均有別墅，卒年不見於史，大約在德宗建中年間。

聽彈琴

泠泠七絃上。靜聽松風寒㊀。古調雖自愛。今人多不彈。

註釋　㊀松風，琴調名。

送靈澈㊀

蒼蒼竹林寺㊁。杳杳鐘聲晚。荷笠戴斜陽。青山獨歸遠。

註釋　㊀靈澈，唐詩僧，俗姓湯，會稽人，有詩傳世。㊁竹林寺，在今江蘇鎮江縣城南，舊爲晉戴顒住宅，捨於曇度爲寺。

李白四首

九日龍山飲㊀

九日龍山飲。黃花笑逐臣。醉看風落帽㊁。舞愛月留人。

註釋　㊀龍山，在今安徽當塗縣。卽桓溫九月九日登此置酒，風吹孟嘉帽處。㊁風落帽，晉孟嘉事，見世新說語。

九月十日卽事

昨日登高罷。今朝更舉觴。菊花何太苦。遭此兩重陽。

獨坐敬亭山㊀

衆鳥高飛盡。孤雲獨去閑。相看兩不厭。只有敬亭山。

註釋 ㊀敬亭山，在今安徽宣城縣。

勞勞亭㊀

天下傷心處。勞勞送客亭。春風知別苦。不遣柳條青。

註釋 ㊀勞勞亭，即新亭。在江甯縣南，古送別之所。

詩論摘輯

李杜二公，正不當優劣。太白有一二妙處，子美不能道；子美有一二妙處，太白不能作。（嚴羽滄浪詩話）

少陵詩法如孫吳，太白詩法如李廣。（同上）

太白想落天外，局自變生，大江無風，波浪自湧，白雲卷舒，從風變滅，此殆天授，非人力也，（沈德潛說詩晬語）

孟浩然一首

浩然字浩然，唐襄州襄陽人（今湖北省襄陽縣）。少好節義，喜賑人急難。隱鹿門山，年四十始遊京師，閑遊祕省，秋月新霽，諸英華賦詩作會，浩然句曰「微雲渡河漢，疏雨滴梧桐。」舉座嗟其清絕，咸爲擱筆。張九齡爲荆州，辟置於府。府罷，開元二十八年病疽背卒，年五十有二（西元六八八——七四〇）。浩然文不爲仕，佇興而作，務掇精英，匠心獨作，五言詩天下稱其盡美。（新唐書文藝傳及唐王士元孟集序）

宿建德江

移舟泊煙渚。日暮客愁新。野曠天低樹。江清月近人。

杜甫三首

八陣圖㊀

功蓋三分國。名成八陣圖。江流石不轉。遺恨失吞吳。

註釋 ㊀八陣圖，相傳爲蜀諸葛亮所造，以爲推演兵法。遺跡有三：一、四川省奉節縣南。二、陝西省沔縣東南。三、四川省新都縣。

復愁　十二首錄二

萬國尚防寇。故園今若何。昔歸相識少。早已戰場多。

每恨陶彭澤㊀。無錢對菊花。於今九日至㊁。自覺酒須賒。

註釋　㊀陶淵明曾爲彭澤令。㊁陶淵明有九日閒居詩。

張祜一首

祜字承吉，淸河人。長慶中，令狐楚嘗荐於朝，不報，隱丹陽曲河地以終。按唐才子傳張祜作張祐（據中華版唐詩三百首詳析）。

宮詞

故國三千里。深宮二十年。一聲河滿子㊀。雙淚落君前。

註釋　㊀河滿子，唐樂曲名，見郭茂倩樂府詩集。唐音癸籤一作何滿子。白樂天云：「滄州何滿犯罪繫獄，撰此曲以進。四辭八疊，其聲哀斷。」

李商隱二首

商隱字義山、懷州河內人（今河南省沁陽縣）。令狐楚鎭河陽（今河南溫縣），奇其文，使與諸子遊。文宗開成二年（八三七）擢進士第，會昌（武宗）二年又試書判中選。王茂元鎭河陽，辟掌書記，以子妻之。茂元爲李德裕所厚，令狐與德裕相讎怨，故令狐子綯，薄義山背德。後綯爲相，義山陳情，憾終不解。義山歷依鄭亞、盧弘正，後柳仲郢節度劍南東川，辟爲判官檢校工部員外郎，府罷，客滎陽卒。（以上據高著唐宋詩舉要李詩小序）按義山又號玉谿生（此地在王屋山下），生於唐憲宗元和七年（西元八一三年），卒於宣宗大中十二年（八五八），年四十七。（據姜著歷代人物年里碑傳綜表）

滯雨

滯雨長安夜。殘燈獨客愁。故鄉雲水地。歸夢不宜秋。

樂遊原㊀

向晚意不適。驅車登古原。夕陽無限好。只是近黃昏。

註釋 ㊀樂遊原，在長安南八里。其地居京城最高處，唐時都人每就此登賞祓禊。

李頻一首

頻字德新，壽昌人。唐大中時進士，祕書郎，遷建州刺史。（據中華書局唐詩三百首詳析）

渡漢江

嶺外音書絕㊀。經冬復立春。近鄉情更怯。不敢問來人。

註釋 ㊀嶺外指廣東。唐宋謂兩粵在五嶺外。

乙 律 句

王維八首

使至塞上 案此折腰體、中失粘。

單車欲問邊。屬國過居延㊀。征蓬出漢塞。歸雁入胡天。大漠孤煙直。長河落日圓。蕭關逢候騎㊁。都護在燕然㊂。

註釋 ㊀屬國，漢官名。蘇武拜典屬國。張掖居延縣西北有居延澤，在今甘肅。㊁蕭關，在今甘肅省固原縣東南。候騎，今斥候。㊂燕然，今外蒙古杭愛山。漢竇憲破單于勒銘於此。

秋夜獨坐

獨坐悲雙鬢。空堂欲二更。雨中山果落。鐙下草蟲鳴。白髮終難變。黃金不可成。欲知除老病。唯有學無生。

詩評 此詩殆摩詰晚年時作，由空山寂寞，夜雨蕭瑟，而引起對身世之多艱，而感到生命之幻滅。「唯有學无生」，非解脫語，無可奈何語也。(克寬按)

送楊長史赴果州㈠

褒斜不容幰㈡。之子去何之。鳥道一千里。猿聲十二時。官橋祭酒客㈢。山木女郎祠㈣。別後同明月。君應聽子規。

註釋 ㈠瀛奎律髓長史下有「濟」字。果州：唐書地理志「山南西道有果州南充郡」按今四川南充縣。㈡梁州記：「萬石城泝漢上，七里有褒斜谷。南口曰褒，北口曰斜，長四百七十里。」幰，車幔也。㈢祭酒：官名。後漢張魯傳：「五百家立一祭酒。」㈣五丈溪南有女郎山，山上有女郎塚及女郎廟。

酬虞部蘇員外過藍田別業不見留之作

貧居依谷口。喬木帶荒村。石路枉回駕。山家誰候門。漁舟膠凍浦。獵火燒寒原。唯有白雲外。疏鐘聞夜猿。

從岐王夜宴衛家山池應教㈠

座客香貂滿。宮娃綺幔張。澗花輕粉色。山月少燈光。積翠紗窗暗。飛泉繡戶涼。還將歌舞出。歸路莫愁長。

註釋 ㈠岐王爲睿宗第四子，名範。好學，又工書，雅愛文章。詳見舊唐書本傳。

詩評

此詩猶是初唐體面，與神龍應制之作氣格相似。（克寬）

喜祖三至留宿㊀

門前洛陽客。下馬拂征衣。不枉故人駕。平生多掩扉。行人返深巷。積雪帶餘暉。早歲同袍者㊁。高車何處歸㊂。

註釋 ㊀祖三，即祖詠。盛唐詩人。㊁同袍，言同年也。㊂高車，喻高位也。

送梓州李使君㊀

萬壑樹參天。千山響杜鵑。山中一夜雨。樹杪百重泉。漢女輸橦布㊁。巴人訟芋田。文翁翻教授㊂。不敢倚先賢。

註釋 ㊀梓州，四川三台縣。㊁左思蜀都賦：「布有橦華」。注：「橦華者樹名，其華柔毳，可績為布。」㊂文翁，漢舒人，為蜀郡守，教化蜀人。

詩評

律詩貴工於發端，承接二句，尤貴得勢。如「萬壑樹參天，千山響杜鵑」，即接「山中一夜雨，樹杪百重泉」此皆轉石萬仞手也。（王士禛）

送劉司直赴安西㊀

絕域陽關道。胡沙與塞塵。三春時有鴈。萬里少行人。苜蓿隨天馬。蒲桃逐漢臣㊁。當令外國懼。不敢覓和親。

註釋 ㊀唐書百官志：「大理寺有司直六人，從六品上。」唐有安西都護府，本龜茲國。㊁苜蓿、蒲桃、天馬、皆漢武帝時得自西域。

韋蘇州詩韻高而氣清，王右丞詩格老而味長，皆五言之宗匠。然互有得失，不無優劣。以標韻觀之，右丞詩遠不逮蘇州。至於詞不迫切而味甚長，雖蘇州亦不逮也。（張戒歲寒堂詩話）

右丞詩自有二派：綺麗精工者，沈宋合調；幽閒古澹者，儲孟同聲。（唐音癸籤）

五言律極盛於唐，要其大端，亦有二格：陳、杜、沈、宋，典麗精工；王、孟、儲、韋，清空閒遠，此大概也。然右丞贈送諸什，往往闌入高、岑、鹿門、蘇州，雖自成趣，終非大手。（唐音癸籤）

王右丞兼有華麗、雄壯、清適三種筆意。（陳衍石遺室詩話）

孟浩然四首

宿桐廬江寄廣陵舊遊㈠

山暝聽猿愁。滄江急夜流。風鳴兩岸葉。月照一孤舟。建德非吾土㈡。維揚憶舊遊。還將兩行淚。遙寄海西頭。

註釋　㈠桐廬：在浙江省桐廬縣。廣陵，今之揚州。㈡建德，即桐廬縣。

早寒江上有懷

木落雁南渡。北風江上寒。我家襄水曲。遙隔楚雲端。鄉淚客中盡。孤帆天際看。迷津欲有問。平海夕漫漫。

與諸子登峴山作

人事有代謝。往來成古今。江山留勝蹟。我輩復登臨。水落魚梁淺。天寒夢澤深。羊公碑尚在。讀罷淚沾襟。

詩評

羊公登峴山，嘗慨然太息，顧謂鄒湛等曰：「自有宇宙，便有此山，由來賢達勝士，登此遠望，皆湮沒無聞，使人

悲傷！」首句卽用其意，淚沾襟字有羊公登臨意。（十八家詩注王有宗評）

起得高古，略無粉色，而情景俱稱，悲慨甚於形容，眞峴山詩也。（宋劉辰翁語見蕭著孟浩然詩說）

赴京途中遇雪

迢遞秦京道。蒼茫歲暮天。窮陰連晦朔。積雪滿山川。落雁迷沙渚。飢烏集野田。客愁空佇立。不見有人烟。

詩論摘輯

詩有必不能廢者，雖衆體未備，而獨擅一家之長，如孟浩然洮洮易盡，止以五言雋永，千載並稱王、孟。（王世懋藝圃擷餘）

王孟詩大段相近，而體格又自微別。王淸而遠，孟淸而切。（紀昀批瀛奎律髓語）

李白九首

寄淮南友人

紅顏悲舊國。青歲歇芳洲㈠。不待金門詔。空將寶劍遊。海雲迷驛道。江月隱鄉樓。復作淮南客。因逢桂樹留㈡。

註釋 ㈠青歲，猶言青春。㈡淮南小山招隱士：「桂樹叢生兮山之幽」，「攀援桂枝兮聊淹留」。

秋登宣城謝朓北樓

江城如畫裏。山晚望晴空。兩水夾明鏡。雙橋落彩虹。人煙寒橘柚。秋色老梧桐。誰念北樓上。臨風懷謝公。

詩評

此詩起句似晚唐，中二聯言景而豪壯，則晚唐所無也。……起句所謂「江城如畫裏」者，卽指此三四一聯之景與五

六皆是也。（瀛奎律髓方回此詩批語）

送友人

青山橫北郭。白水遶東城。此地一爲別。孤蓬萬里征㊀。浮雲遊子意。落日故人情。揮手自茲去。蕭蕭班馬鳴。

註釋 ㊀孤蓬、鮑照蕪城賦：「孤蓬自振。」蓬，草類。

送別

斗酒渭城邊㊀。壚頭醉不眠。梨花千樹雪。楊葉萬條烟。惜別傾壺醑㊁。臨分贈馬鞭㊂。看君潁上去。新月到家園。

註釋 ㊀長安在渭濱，故謂渭城。㊁醑，美酒也。㊂贈鞭：左傳「繞朝贈策士會曰『勿謂秦無人也』。」

送友人入蜀

見說蠶叢路㊀。崎嶇不易行。山從人面起。雲傍馬頭生。芳樹籠秦棧㊁。春流遶蜀城。升沉應已定。不必問君平㊂。

註釋 ㊀秦武王使五丁開蠶叢，卽今蜀道。㊁秦棧，自秦入蜀之道，以其山路懸險，架木而度，謂之秦棧。㊂君平，漢人嚴遵，賣卜於成都。

金陵三首錄二

晉家南渡日。此地舊長安。地卽帝王宅。山爲龍虎盤㊀。金陵空壯觀。天塹淨波瀾㊁。醉客迴橈去。吳歌且自歡。

六代興亡國㊃。三杯爲爾歌。苑方秦地少。山似洛陽多。古殿吳花草。深宮晉綺羅。併隨人事滅。東逝與滄波。

註釋 ㈠吳志：諸葛亮謂大帝曰：「鍾阜龍蟠，石城虎踞，帝王之宅也。」㈡天塹，指長江。㈢吳、東晉、宋、齊、梁、陳，均都建業，故曰六代。

謝公亭㈠

謝公離別處。風景每生愁。客散青天月。山空碧水流。池花春映日。窗竹夜鳴秋。今古一相接。長歌懷舊遊。

註釋 ㈠謝公亭在宣城縣北二里。謝朓范雲所遊宴處。

夜泊牛渚懷古㈠

牛渚西江夜。青天無片雲。登舟望秋月。空憶謝將軍㈡。余亦能高詠。斯人不可聞。明朝挂帆席。楓葉落紛紛㈢。

註釋 ㈠牛渚，今安徽省當塗縣境采石磯附近。㈡謝將軍，晉謝尚也。

詩論摘輯

盛唐人禪也，太白則仙也，於律體中以飛動飄姚之勢，運廣遠奇逸之思，此獨成一境者。（姚惜抱五言今體詩鈔例言）

杜甫七首

登兗州城樓㈠

東郡趨庭日。南樓縱目初。浮雲連海岱。平野入青徐。孤嶂秦碑在㈡。荒城魯殿餘㈢。從來多古意。臨眺獨躊躕。

註釋 ㈠兗州，今山東滋陽縣。㈡始皇二十八年，上鄒嶧山，刻石頌秦功德，故曰秦碑。㈢魯殿，魯靈光殿也，漢魯恭王所建，在曲阜東二里。王褒有魯靈光殿賦。

詩評

此詩中兩聯，似皆言景。然後聯感慨，言秦魯俱亡，以古意二字結之，卽東坡用蘭亭意也。（瀛奎律髓方回批）
前半登樓之景，後半懷古之情，其驅使名勝古迹能作第一種語，此與岳陽詩樓並足陵轢千古。（仇注引黃生語）
此工部少年之作，句句謹嚴，中年以後，神明變化，不可方物矣。（紀昀批語見瀛奎律髓）
機圓局緊，詞姸聲朗，五律正宗。（十八家詩鈔注本王有宗評）

月夜

今夜鄜州月㈠。閨中只獨看。遙憐小兒女。未解憶長安。香霧雲鬟濕。清輝玉臂寒。何時倚虛幌㈡。雙照淚痕乾。

註釋 ㈠鄜州，今陝西鄜縣。天寶十五年，公陷賊在長安，家鄜州。㈡幌，帷幔也。

詩評

入手便擺落現境，純從對面着筆，蹊徑甚別。前後四句，又純爲預擬之詞，通首無一筆着正面，機軸奇絕。（紀昀批語見瀛奎律髓）

春望

國破山河在。城春草木深。感時花濺淚。恨別鳥驚心。烽火連三月。家書抵萬金。白頭搔更短。渾欲不勝簪。

詩評

詩云：「牂羊墳首，三星在罶」，言不可久。古人爲詩，貴於意在言外，使人思而得之，故言之者無罪，聞之者足以戒也。近世詩人，惟杜子美最得詩人之體。如「國破山河在，城春草木深，感時花濺淚，恨別鳥驚心」，山河在，明無餘物矣；草木深，明無人矣；花鳥平時可娛之物，見之而泣，聞之而悲，則時可知矣。（溫公詩話）

送翰林張司馬南海勒碑㈠

冠冕通南極㊁。文章落上臺㊂。詔從三殿去㊃。碑到百蠻開。野館濃花發。春帆細雨來。不知滄海上。天遣幾時回。

註釋 ㊀黃鶴曰：「翰林無司馬。玄宗置翰林院，延文章之士，下至僧、道、書、畫、琴、棋、數術之士，皆處於此，謂之待詔。今云勒碑，或鐫刻之流也。」浦起龍云：「翰林或奉詔勒碑，兼授司馬新銜，即新書時載詔呂向爲鐫勒使之類。」㊁南極，此指南海。㊂上台，星名。㊃兩京雜記：「大明宮有麟德殿，此殿三面，故以三殿爲名。」

天末懷李白

涼風起天末。君子意如何。鴻雁幾時到。江湖秋水多。文章憎命達㊀。魑魅喜人過。應共寃魂語。投詩贈汨羅㊁。

註釋 ㊀此句言文章窮而益工，反似憎命之達者。㊁汨羅，水名，在今湖南湘陰縣。屈原自沈於此。

江漢

江漢思歸客。乾坤一腐儒。片雲天共遠。永夜月同孤。落日心猶壯。秋風病欲蘇㊀。古來存老馬㊁。不必取長途。

註釋 ㊀蘇，醒也。言病新起，如夢之醒也。㊁齊桓伐山戎，迷路，以老馬前導，曰：「老馬識路」。此句謂雖不能行遠，尚可資其智也。

登岳陽樓

昔聞洞庭水。今上岳陽樓。吳楚東南坼㊀。乾坤日夜浮。親朋無一字。老病有孤舟。戎馬關山北。憑軒涕泗流。

註釋 ㊀坼，裂也。

詩評

岳陽樓天下壯觀。孟、杜二詩，盡之矣。中兩聯前言景，後言情，詩之一體也。（瀛奎律髓方回語）

因登樓而望洞庭，乃云：「昔聞洞庭水，今上岳陽樓」，是倒入法。三四「吳楚、乾坤」，則目之所見，心之所思，已不在岳陽矣。故直接「親朋老病」云云。落句五字，總收上七句，筆力千鈞。（紀昀批瀛奎律髓引馮班語）

詩論摘輯

太白風華逸宕、特過諸人、而後之學者，才匪天仙、多流率意。惟工部諸作，氣象巍峨，規模宏遠，當其神來境詣，錯綜幻化，不可端倪，千古以還，一人而已。（唐音癸籤引胡元瑞語）

劉長卿 六首

松江獨宿

洞庭初下葉。孤客不勝愁。明月天涯夜。青山江上秋。一官成白首。萬里寄滄州。久被浮名繫。能無愧海鷗。

餘干旅舍㊀

搖落暮天迥㊁。青楓霜葉稀。孤城向水閉。獨鳥背人飛。渡口月初上。隣家漁未歸。鄉心正欲絕。何處擣寒衣。

註釋 ㊀餘干，今江西省餘干縣。㊁楚辭九辨：「蕭瑟兮草木搖落而變衰」。

北歸次秋浦界青谿口㊀

萬里猨啼斷㊁。孤村客暫依。雁過彭蠡暮㊂。人向宛陵稀㊃。舊路青山在。餘生白首歸。漸知行近北。不見鷓鴣飛。

註釋 ㊀秋浦，今安徽省貴池縣。㊁水經注：「猿啼三聲人斷腸。」㊂彭蠡，今江西鄱陽湖區城。㊃宛陵，今安徽省宣城縣。

穆陵關北逢人歸漁陽㊀

逢君穆陵路。匹馬向桑乾㊁。楚國蒼山古。幽州白日寒㊂。城池百戰後。耆舊幾家殘。處處蓬蒿遍。歸人掩淚看。

註釋 ㊀漁陽，今河北省密雲縣。穆陵關在今河南光山湖北麻城縣之間。㊁桑乾，今河北省永定河，一名盧溝河。㊂幽州，今北平一帶。

逢郴州使因寄鄭協律㊀

相思楚天外。夢寐楚猨吟。更落淮南葉㊁。難爲江上心。衡陽問人遠。湘水向君深。欲逐孤帆去。茫茫何處尋。

註釋 ㊀今湖南郴縣。協律，唐太理寺官，正八品。㊁淮南葉，淮南子「木葉落長年悲」。

送李中丞之襄州㊀

流落征南將㊁。曾驅十萬師㊂。罷歸無舊業。老去戀明時。獨立三邊靜㊃。輕生一劍知。茫茫江漢上。日暮復何之。

註釋 ㊀襄州，今湖北省襄陽。李中丞名垣。見通鑑。㊁征南，晉杜預爲征南將軍。㊂史記淮陰侯傳「陛下可將一萬人」。㊃三邊：謂西南北三邊也。

詩論摘輯

詩體雖不新奇，而能鍊飾。大抵十首以上，語意相同，於落句尤甚，思銳才窄也。（唐高仲武中興間氣集劉小傳序）

權德輿稱爲五言長城……每題詩不言姓，但言長卿，以天下無不知其名者。（元辛文房唐才子傳）

長卿詩細淡而不顯煥，當緩緩味之，不可造次一觀而已。（唐音癸籤引方回語）

李杜之後，五言當學劉長卿、郎士元，下此則十才子。

韋蘇州律詩似古，劉隨州古詩似律。……其筆力豪贍，氣格老成……與杜子美並時，其得意處，子美之亞匹也。（以上宋張戒歲寒堂詩話）

劉隨州五言長城，如「幽州白日寒」，語不可多得。（王世貞藝苑巵言）

錢劉並稱，錢似不及劉。錢意揚，劉意沈，錢調輕，劉調重。（同上）

中興高步屬錢郎，拈得維摩一瓣香。不解雌黃高仲武，長城何意貶文房。（王士禛馬上論詩絕句）

錢起二首

起字仲文，吳興人。天寶十載登進士第，官祕書省校書郎，終尚書考功郎中。大曆中與韓翃、李端輩，號十才子。詩格新奇，理致清贍。有集十三卷。（上據全唐詩錢詩小傳，集名錢考功集，收於商務印書館四部叢刊中。錢氏僅附唐書文藝傳盧綸傳中，生卒不詳。）

谷口書齋寄楊補闕

泉壑帶芳茨。雲霞生薜帷㊀。竹憐新雨後。山愛夕陽時。閒鷺棲常早。秋花落更遲㊁。家僮掃蘿徑。昨與故人期。

註釋 ㊀薜帷：楚辭「網薜荔兮爲帷」，薜、藥草，卽當歸。㊁菊謝最晚，故謂之秋花。

和萬年成少府寓直㊀

赤縣新秋夜㊁。文人藻思催。鐘聲自仙掖㊂。月夜近霜臺㊃。一葉兼螢度。孤雲帶雁來。明朝紫書下㊄。應問長卿才㊅。

註釋 ㊀萬年，唐京兆府萬年縣。今陝西省長安縣。少府，縣丞也。㊁赤縣，萬年爲京都所治，爲赤縣。㊂唐門下、中書二省，在禁中左右兩掖，故謂之掖省。㊃霜台，御史台。㊄詔書封紫泥，故曰紫書。㊅長卿：司馬相如字。

員外體格新奇，理致清贍，越從登第，挺冠詞林。文宗右丞，許以高格。右丞沒後，員外爲雄，芟齊宋之浮游，削梁陳之靡嫚，迥然獨立，莫之能京。（中興間氣集小序）

郎士元二首

士元字君冑，中山人。天寶十五載擢進士第。寶應初選畿縣官，詔試中書，補渭南尉，歷右拾遺，出爲郢州刺史。與錢起齊名，自丞相以下，出使作牧，二君無詩祖餞，時論鄙之。故語曰：「前有沈宋，後有錢郎」。（以上據全唐詩郎詩小傳）按郎名見唐書藝文志，生卒不詳。

送彭將軍

雙旌漢飛將㊀。萬里獨橫戈。春色臨邊盡。黃雲出塞多。鼓鼙悲絕漠。烽戍隔長河。莫斷陰山路。天驕已請和㊁。

詮釋 ㊀飛將，漢李廣號飛將軍。㊁天驕，指胡人。

盩厔縣鄭礒宅送錢大

暮蟬不可聽。落葉豈堪聞。共是悲秋客。那知此路分。荒城被流水。遠鴈入寒雲。陶令門前菊㊀。餘花可贈君。

詮釋 ㊀陶淵明爲彭澤令，愛菊。

詩論摘輯

古謂謝朓工於發端，比之於今，有慚沮矣。（中興間氣集）

司空曙二首

曙字文明（新書作初明），廣平人。登進士第。……貞元中爲水部郎中，終虞部郎中。（以上據高著唐宋詩學要）

雲陽館與韓紳留別

故人江海別。幾度隔山川。乍見翻疑夢。相悲各問年。孤燈寒照雨。深竹暗浮煙。更有明朝恨。離盃惜共傳。

詩評　三四千古名句，能傳人久別初見之神。（高引吳汝綸語）

喜外弟盧綸見宿

靜夜四無隣。荒居舊業貧。雨中黃葉樹。燈下白頭人。以我獨沈久。愧君相見頻。平生自有分。況是蔡家親㊀。

註釋　㊀羊祜蔡邕外孫，討吳賊有功。乞以賜舅子蔡襲。

戴叔倫二首

叔倫字幼公，潤州金壇人。劉晏管鹽鐵，表主運湖南。嗣曹王皋領湖南、江西，表佐幕府。試守撫州刺史，俄即眞，遷容管經略使卒。（以上據全唐詩小傳。新唐書有傳。）

除夜宿石頭驛

旅舘誰相問。寒燈獨可親。一年將盡夜。萬里未歸人。寥落悲前事。支離笑此身。愁顏與衰鬢。明日又逢春。

詩評　此詩眞所謂情景交融者，其意態兀傲處不減杜公。（吳汝綸語）

雨

歷歷悲心亂。迢迢獨夜長。春帆江上雨。曉鏡鬢邊霜。啼鳥雲山靜。落花溪水香㊀。家人應念我。與汝黯相忘。

註釋 ㊀落花溪水香，用禪宗曹溪水香故事。

姚合三首

合陝州峽石人，（今河南省陝縣）宰相崇之曾孫。登元和進士第。授武功（今陝西武功縣）主簿。調富平萬年尉。寶歷中監察御史，戶部員外郎，出爲荆杭州刺史。後爲給事中，陝虢觀察使。開成末終祕書監，與馬戴、曹冠卿、殷堯藩、張籍遊，李頻師之。合詩名重一時，稱姚武功云（據全唐詩姚詩小序）。與賈島同時，號姚賈，所爲詩十卷，及選集王維，祖詠等一十八人詩爲極元集。今傳世有姚武功集。（商務四部叢刋本）

武功縣中

縣去帝城遠。爲官與隱齊。馬隨山鹿放。雞雜野禽棲。遶舍惟藤架。侵階是藥畦。更師嵇叔夜㊀。不擬作書題。

註釋 ㊀嵇叔夜，三國魏嵇康字，嘗有與山巨源絶交書，謂性懶慢，不喜答人書。

閒居遣懷

永日厨煙絶。何曾暫廢吟。閒詩隨事緝。小酒恣情斟㊀。看月嫌松密。垂綸愛水深。世間多少事。無事可關心。

註釋 ㊀小酒，疑薄酒也，謂山醪味薄耳。

送李侍御過夏州㊀

酬恩不顧名。走馬覺身輕。迢遞河邊路。蒼茫塞上城㊁。沙寒無宿雁。胡近少閒兵。飲罷揮鞭去。傍人意氣生。

註釋 ㊀夏州，今甯夏省靈武縣。㊁塞上城，長城也。

詩評

此詩以「胡近少閒兵」一句，能道邊塞間難道之語。（方回語）

武功之極渾成者，得句入神。（紀昀語）

詩論摘輯

（姚）詩亦一時新體也。而格卑於島，細巧則或過之。（瀛奎律髓）

島難吟，有清冽之風；合易作，皆平澹之氣。……蓋多歷下邑，官況蕭條，山縣荒涼，風景凋弊之間，工描寫也。（唐才子傳）

姚祕監詩，洗濯既淨，挺拔欲高，得趣於浪仙之僻，而運以爽亮，取材於籍（張）、建（王）之淺，而媚以菁芬。（唐音癸籤）

李商隱三首

哭劉戸司蕡㊀

路有論寃謫。言皆在中興。空聞遷賈誼。不得相孫宏㊁。江闊惟回首。天高但撫膺。昔年相送地。春雪滿黃陵㊂。

註釋 ㊀劉蕡，字去華。太和年間對策忤宦官，以罪貶柳州司戶參軍卒。㊁公孫宏，漢武帝時相，以對策得幸，徒步取卿相。㊂黃陵，在岳陽洞庭湖口。

詩評

長沙地暖，而方春雨雪，豈非君子道消，陰氣盛長之所致乎？落句深病去華之寃也。（朱鶴齡義山集箋注評）

夜飲

卜夜容衰鬢㊀。開筵屬異方。燭分歌扇淚。雨送酒船香㊁。江海三年客。乾坤百戰場。誰能醉酩酊㊂。淹臥劇清漳。

註釋 ㊀左傳二十三年，陳公子完曰：「臣卜其晝，未卜其夜」。㊁酒船，酒器也。㊂劉楨詩：「余嬰沈痼疾，竄身清漳濱。」今彰德附近。

蟬

本以高難飽。徒勞恨費聲。五更疏欲斷。一樹碧無情。薄宦梗猶泛㊀。故園蕪已平。煩君最相警。我亦舉家清。

註釋 ㊀梗泛：戰國策蘇秦曰：「今者臣來，過於淄上，有土偶人與桃梗相語，土偶曰：「今子東國之桃梗也，刻削子以爲人，雨下，淄水至，流子而去，則子漂漂者將何如耳。」（漂一作泛）

詩評

起二句意在筆先。前四句寫蟬卽自喻，後四句自寫仍歸到蟬，隱顯分合，章法可玩。（朱鶴齡義山詩注題下評）

溫庭筠二首

庭筠本名岐，字飛卿。太原祁人。工詞章，與李義山齊名，稱溫李。唐宣宗大中初舉進士不第。徐商鎭襄陽、署爲巡官，不得志，去歸江東，後爲隨縣尉卒。（高著唐宋詩舉要溫詩小序）案庭筠以在揚州受辱令狐綯虞侯，致書雪冤，遭貶爲方城尉，又路貶隨縣尉卒。生卒不詳，今人夏承燾氏有溫飛卿紀年考實。集九卷，明顧予咸註。

送人東遊

荒戍落黃葉。浩然離故關㊀。高風漢陽渡。初日郢門山㊁。江上幾人在。天涯孤櫂還。何當重相見。尊酒慰離顏。

註釋　㊀浩然，孟子「予浩然有歸志」㊁郢門，卽荆門。

商山早行

晨起動征鐸㊀。客行悲故鄉。雞聲茅店月。人迹板橋霜㊁。槲葉落山路。枳花明驛牆。因思杜陵夢㊂。鳧雁滿回塘。

註釋　㊀鐸，鈴聲也。㊁板橋，在河南正陽縣商山道中。㊂杜陵，漢宣帝之陵，長安五陵之一。

詩論摘輯

六一居士（歐陽修）喜溫庭筠「鷄聲茅店月，人迹板橋霜」，嘗作過張至祕校莊詩曰：「鳥聲梅店雨，野色板橋春，效其體也。（溫飛卿集箋注引三山老人語錄一則）

司空圖三首

圖字表聖，河中虞鄉人。（今山西省平陸縣）咸通末（唐懿宗）舉進士第，由宣歙幕歷禮部郎中。僖宗行東，用爲知制誥中書舍人。歸隱中條山王官谷，龍紀乾甯間（昭宗），徵拜舊官及以戶兵二部侍郎召，皆不起。遷洛後，被召入朝，以野耄乞歸，朱全忠受禪，召爲禮部尙書，不食而卒。圖少有俊才，晚年避世棲遯，自號知非子、耐辱居士。有一鳴集三十卷，內詩十卷。（以上據淸修全唐詩司空詩小序）按表聖年七十有二，生於唐文宗開成元年，卒於五代後梁開平元年（西元八五六——九〇七）。論詩主含蓄神韻，所著詩品二十四則，爲淸王士禛詩論所自出。

早春

傷懷同客處。病眼卽花朝㊀。草嫩侵沙長。冰輕着雨銷。風光知可愛。客髮不相饒。早晚丹丘伴。除書肯見招。

註釋　㊀花朝，俗農曆二月十二日爲百花生日。或曰，洛陽風俗，以二月二日時花朝。

江行二首錄一

地闊分吳塞㈠。楓高映楚天。迴（一作曲）塘春晝雨。方𥶡夜深船。行紀添新夢。羈愁甚往年。何時京洛客。馬上見人煙。

註釋 ㈠吳塞，指西塞山，在武昌下。

下方二首錄一

昏旦松軒下。怡然對一瓢。雨微吟足思。花落夢無憀。細事當朞遣。衰容喜鏡饒。溪僧有深趣。書至又相邀。

第三部分　七言古體

淵源

七言沿起，咸曰柏梁。然甯戚扣牛，已肇南山之篇矣。其爲則也，聲長字縱，易以成文，故蘊氣琱詞，與五言略異。要而論之，滄浪（孺子歌）擅其奇，柏梁宏其質，四愁（張衡作）墜其雋，燕歌開其靡（魏文燕歌行），他或雜見於樂篇，或援格于賦系，妍媸之間，可以類推矣。（明徐禎卿談藝錄）

七言歌行，靡非樂府，然至唐始暢。其發也，如千鈞之弩，一舉透革，縱之則文漪落霞，舒卷絢爛。一入促節，則淒風急雨，窈冥變化，轉折頓挫，如天驥下坂，明珠走盤。收之則如柝聲一擊，萬騎忽斂，寂然無聲。（唐音癸籤引王世貞藝苑卮言。）

大風柏梁，七言權輿也。自時厥後，如魏文燕歌行，陳琳飲馬長城窟，鮑昭行路難，皆稱傑構，唐人起而不相沿襲，變態備焉，學七言古詩者，當以唐代爲楷式。（沈德潛說詩晬語）

詩莫難於七古，七古以才氣爲主。縱橫變化，雄奇渾灝，亦由天授，不可强能。杜公太白，天地元氣，直與史記相埒。二千年來，只此二人。（方東樹昭昧詹言卷十一總論）

唐初七言，亦沿六朝餘習。至李杜出而縱橫變化，不主故常，如大海迴瀾，萬怪惶惑，而詩之門戶以廓，詩之運用益神。王李岑高，雖各有所長，以視二公之上九天，下九淵，天馬行空不可羈絡，非諸子所能逮也。盛唐而後，以

昌黎爲一大宗，其力足與李杜相埒，而變化較少，然雄奇精奧，實亦一代之雄也。（高步瀛唐宋詩舉要七言古詩小序）

李白七首

行路難二首

金罇清酒斗十千。玉盤珍羞直萬錢。停杯投筯不能食。拔劍四顧心茫然。欲渡黃河冰塞川。將登太行雪暗天。閑來垂釣坐溪上。忽復乘舟夢日邊㊀。行路難。行路難。多歧路。今安在。長風破浪會有時。直挂雲帆濟滄海。

大道如青天。我獨不得出。羞逐長安社中兒。赤鷄白狗賭梨栗。彈劍作歌奏苦聲。曳裾王門不稱情。淮陰市井笑韓信。漢朝公卿忌賈生。君不見昔時燕家重郭隗。擁篲折節無嫌猜。劇辛樂毅感恩分㊁。輸肝剖膽効英才。昭王白骨縈蔓草。誰人更掃黃金臺。行路難。歸去來。

註釋　㊀乘舟夢日：尙書伊摯將應湯命，夢乘船過日月之旁。㊁郭隗、劇辛、樂毅，並爲燕昭王所敬禮者。

詩評

李白歌詩，度越六代，與漢魏樂府爭衡。（詩人玉屑引山谷語）

青蓮工於樂府，蓋其才思橫溢，無所發抒，輒借此以逞筆力……。（趙翼甌北詩話卷一李靑蓮詩）

長相思

長相思。在長安。絡緯秋啼金井欄㊀。微霜凄凄簟色寒。孤燈不明思欲絕。卷帷望月空長嘆。美人如花隔雲端。上有青冥之高天。下有淥水之波瀾。天長路遠魂飛苦。夢魂不到關山難。長相思。摧心肝。

註釋　㊀絡緯，蟲屬，直翅類螽斯科，俗稱紡織娘。

宣州謝朓樓餞別校書叔雲

棄我去者。昨日之日不可留。亂我心者。今日之日多煩憂。長風萬里送秋雁。對此可以酣高樓。蓬萊文章建安骨㊀。中間小謝又清發。俱懷逸興壯思飛。欲上青天攬明月。抽刀斷水水更流。舉杯消愁愁更愁。人生（一作男兒）在世不稱意。明朝散髮弄扁舟。

註釋 ㊀漢代學者稱東觀爲老氏藏室，道家蓬山，唐宋人稱祕書省爲蓬萊道山。建安文學有風骨。㊁小謝指惠連，靈運族弟，但亦有稱謝朓爲小謝者，依題係指朓。

扶風豪士歌

洛陽三月飛胡沙。洛陽城中人怨嗟。天津流水波赤血㊀。白骨相撐如亂麻。我亦東奔向吳國。浮雲四塞道路賒。東方日出啼早雅。城門人開掃落花。梧桐楊柳拂金井。來醉扶風豪士家㊁。扶風豪士天下奇。意氣相傾山可移。作人不倚將軍勢。飲酒豈顧尙書期㊂。雕盤綺食會衆客。吳歌趙舞香風吹。原嘗春陵六國時㊃。開心寫意君所知。堂中各有三千士。明日報恩知是誰。撫長劍。一揚眉。清水白石何離離。脫吾帽。向君笑。飲君酒。爲君吟。張良未逐青松去。橋邊黃石知我心。

註釋 ㊀天津，橋名，在洛水上。㊁洛陽三月四句，言安祿山破東京。我亦東奔四句，自敍避亂來吳，因至扶風豪士之家，扶風豪士當亦秦人而同時避亂於吳者。㊂尙書期：（漢書）陳遵飲必留客，有刺史與尙書期會，乃入見遵母白狀，始從後閤放出。㊃原嘗春陵，謂戰國時平原、孟嘗、春申、信陵四公子。

廬山謠寄盧侍御虛舟

我本楚狂人㊀。鳳歌笑（一本作哭）孔丘。手持綠玉杖（一作枝）。朝別黃鶴樓。五嶽尋仙不辭遠。一生好入名山遊。廬山秀出南斗傍。屏風九疊雲錦張。影落明湖青黛光。金闕前開二峯長㊁。銀河倒挂（一作寫）三石梁。香爐瀑布遙相望。迴崖沓嶂峻（一作何）蒼蒼。翠影紅霞映朝日（一作點千里）。鳥飛不到吳天長。登高壯觀天地閒。大江茫茫去不還。黃雲萬里動風色。白波九道流雪山㈢。好爲廬山謠。興因廬山發。閑窺石鏡清我心㈣。謝公行處蒼苔沒（一作：綠羅開處懸明月）（一作酒）㈤。早服還丹無世情㈥。琴心三疊道初成㈦。遙見僊人綵雲裡。手把芙蓉朝玉京㈧。先期汗漫九垓上。願接盧敖遊太清㈨。

註釋　㈠高士傳：「陸通字接輿，佯狂不仕，時人謂之楚狂。孔子適楚，接輿遊其門曰：「鳳兮鳳兮，何如德之衰也。」㈡二峯，謂香爐峯雙劍峯。㈢「九江孔殷」僞孔傳：江於此州界分目爲九道。㈣一統志：石鏡峯在南康府西，有一圓石，懸崖明淨，照人見影，隱現無時。」㈤謝公，謝靈運有登廬山絕頂望諸嶠詩。㈥抱朴子：「還丹服一刀圭，百日仙也。」㈦琴心三疊：（黃庭內景經）「琴心三疊舞胎仙」梁注琴和也，疊積也。㈧玉京，道書天帝之居。㈨盧敖，古隱士。淮南子高注：「敖，燕人。秦始皇召以爲博士，使求神仙而不返。」

金陵酒肆留別

白門柳花滿（一作酒）店香㈠。吳姬壓酒喚客嘗㈡。金陵子弟來相送。欲行不行各盡觴。請君問取東流水。別意與之誰短長。

註釋　㈠南史：「劉宋之世，宮門外六門設竹籬，有發白虎樽者言：白門三重門，竹籬穿不完，乃改立都牆，後遂稱金陵爲白門。」㈡壓酒：以米釀酒，待將熟時，則壓而取之也。

詩評

山谷言「學者不見古人得意處，但得其皮毛，所以去之更遠。如『風吹柳花滿店香』，若人復能爲此句，亦未是太白。至於『吳姬壓酒勸客嘗』，壓酒字他人亦難及。『金陵子弟來相送，欲飲不飲各盡觴』，益不同。『請君試問東流水，別意與之誰短長』，至此乃眞太白妙處，當潛心焉。……」（詩人玉屑引詩眼）

詩論摘輯

故其言多似天仙之辭。凡所著述，言多諷興。自三代以來，風騷之後，馳驅屈宋，鞭撻揚馬，千載獨步，惟公一人。（唐李陽冰太白集序）

李白詩祖風騷，宗漢魏，下至徐庾楊王，亦時用之。善掉弄，造出奇怪，驚動心目，忽然撇出，妙出無聲，其詩家之仙乎？（唐音癸籤引元陳繹曾語）

杜甫四首

送孔巢父謝病歸遊江東兼呈李白

巢父掉頭不肯住。東將入海隨煙霧。詩卷長留天地間㊀。釣竿欲拂珊瑚（一云三珠）樹㊁。深山大澤龍蛇遠。春寒野陰風景暮。蓬萊織女迴雲車㊂。指點虛無是征路（一作歸路）。自是君身有仙骨。世人那得知其故。惜君只欲苦死留。富貴何如草頭露。蔡侯靜者意有餘㊃。清夜置酒臨前除。罷琴惆悵月照席。幾歲寄我空中書㊄。南尋禹穴見李白㊅。道甫問訊今何如。

註釋 ㊀詩卷：巢父有徂徠集行於世。㊁述異記：「珊瑚生海底，枝面無葉，大者高五六尺。」㊂蓬萊在東海，織女爲吳越分野，故云。㊃蔡侯：置酒者。㊄梁高僧傳：「史宗不知何許人，常在廣陵百士埭，有一道人取小兒到一山，山上作書付小兒，令其捉杖，飄然而去。或聞足下浪聲，送至百士埭。史宗開書大驚，曰汝那得蓬萊道人耶。」㊅禹穴，在會稽，今浙江山陰縣治。

奉先劉少府新畫山水障歌

堂上不合生楓樹。怪底江山起煙霧。聞君埽卻赤縣圖㊀。乘興遣畫滄洲趣㊁。畫師亦無數。好手不可遇。對此融心神。知君重毫素。豈但祁岳與鄭虔㊂。筆迹遠過楊契丹㊃。得非玄圃裂㊄。無乃瀟湘翻。悄然坐我天姥下㊅。耳邊已似聞清猿。反思前夜風雨急。乃是蒲城鬼神入㊆。元氣淋漓障猶濕。眞宰上訴天應泣。野亭春還雜花遠。漁翁暝踏孤舟立。滄浪水深青且闊㊇。欹岸側島秋毫末。不見湘妃鼓瑟時㊈。至今斑竹臨江活㊉。劉侯天機精。愛畫入骨髓。自有兩兒郎。揮灑亦莫比。大兒聰明到。能添老樹顛崖裡。小兒心孔開。貌得山僧及童子⑪。若耶溪。雲門寺⑫。吾獨胡爲在泥滓。青鞋布襪從此始。

註釋 ㊀聞君二句，謂除去舊畫地理圖。而新畫山水也。劉爲奉先尉，寫其邑之山水，故曰赤縣圖。㊁滄州，海上也。謝朓詩「復協滄州趣」，言有出世之趣。㊂祈岳與鄭虔，皆善畫之士。見李嗣眞畫錄。㊃歷代名畫記：楊契丹，隋朝畫家，六法頗該，殊豐骨氣，山東體製，允屬斯人。㊄崐崙之山三級：下曰樊桐，一名板桐。二曰玄圃，一名閬風。上曰層城。㊅天姥，山名，在浙江新昌縣。㊆蒲城，卽奉先。見五古奉先詠懷詩注。㊇滄浪洲在湖北均縣北。青溟，指海。㊈楚辭：「使湘靈鼓瑟兮。」㊉斑竹，有斑紋之竹，亦名湘妃竹。⑪貌，音邈。描繪工肖也。⑫水經注：若耶溪上承嶕峴麻溪……水至清，照衆山倒影，窺之如畫。又曰：山陰縣南有玉笥竹林雲門天柱精舍，……盡泉石之好。按若耶溪在今浙江紹興縣南，雲門寺在紹興縣南門。

詩評

高著引沈德潛云：「題畫詩開出異境，後人往往宗之。」

方東樹昭昧詹言七古論此詩云：「章法作用，奇怪神妙，此爲第一，韓蘇以下無之。」又云：「每接不測，奇幻無倫。若耶四句，另一意作結，乃是興也，遠情闊韻」。

哀江頭

少陵野老吞聲哭㊀。春日潛行曲江曲。江頭宮殿鎖千門。細柳新蒲爲誰綠。憶昔霓旌下南苑㊁。苑中萬物生顏色。昭陽殿裡第一人㊂。同輦隨君侍君側。輦前才人帶弓箭㊃。白馬嚼齧黃金勒。翻身向天仰射雲。一箭（箭一作笑）正墜雙飛翼。明眸皓齒今何在。血汚遊魂歸不得㊄。清渭東流劍閣深㊅。去住彼此無消息。人生有情淚沾臆。江水江花豈終極。黃昏胡騎塵滿城。欲往城南望（望一作忘）南北。

註釋 ㈠少陵野老，公自稱也。與醉時歌自稱杜陵野客同。㈡南苑，卽芙蓉苑。㈢昭陽殿，貴妃所居，故亦指貴妃也。㈣才人，宮人也。唐百官志內官才人七人。官四品。㈤血汚遊魂，謂玄宗幸蜀，行至馬嵬坡，縊貴妃於佛堂梨樹之所。㈥清渭，貴妃縊處。劍閣，玄宗入蜀所經。㈦忘南北：一云望城北。（錢箋）陸游筆記：欲往城南忘南北，言惶惑避死，不能記孰爲南北也。荆公集句兩篇皆作「望城北」，蓋傳本偶異耳，北人謂向爲望，欲往城南乃向城北，亦不能記南北之意。

詩評

哀江頭弔楊妃也。「憶昔」句極敘昔年貴寵奢麗。「明眸」四句敘貴妃縊死，明皇入蜀，生死去住，彼此心傷。末四句言其悲感。（曾國藩十八家詩評語）

仇註引迂叟詩話：「唐曲江，開元天寶間，旁有殿宇，安史亂後，其地盡廢。唐文宗覽杜甫詩：因建紫雲樓、落霞亭，歲時賜宴，又詔有司於兩岸建亭舘焉。」

茅屋為秋風所破歌

八月秋高風怒號。卷我屋上三重茅。茅飛渡江灑（一作滿）江郊。高者掛罥長林梢㈠。下者飄轉沈塘坳㈡。南村羣童欺我老無力。忍能對面爲盜賊。公然抱茅入竹去。脣焦口燥呼不得。歸來倚杖自歎息。俄頃風定雲墨色。秋天漠漠向昏黑。布衾多年冷似鐵。驕兒惡臥踏裡裂。牀頭屋漏無乾處。雨脚如麻未斷絕。自經喪亂少睡眠。長夜沾濕何由徹㈢。安得廣厦千萬間。大庇天下寒士俱歡顏。風雨不動安如山。嗚呼何時眼前突兀見此屋。吾廬獨破受凍死亦足。

註釋 ㈠罥，挂也。音絹。㈡坳，窪下也。莊子：「覆杯水於坳堂之上，而芥爲之舟。」㈢徹，徹曉，卽達旦也。

韓愈五首

愈字退之，鄧州南陽人（依今人季良說，應爲河南溫縣，河內南陽也——寬按）。貞元八年進士第。董晉爲宣武節度使，表署爲觀察判官。調四門博士，遷監察御史，上疏極論宮市，貶陽山令。改江甯法曹參軍。元和初，權知國子博士，分司東部。改都官員外郎，即拜河南令，遷職方員外郎。復爲博士，改比部郎中，史館脩撰，轉考功知制誥，進中書舍人。裴度宣慰淮西，奏愈行軍司馬，吳元濟平，遷刑部侍郎。憲宗遣使者往鳳翔迎佛骨，愈上表極諫，帝大怒，貶潮州刺史。召拜國子祭酒，轉兵部侍郎，又轉禮部侍郎，長慶四年卒。（按韓公生於代宗大曆三年。公元七六八，歿於穆宗長慶四年，公元八二四，年五十七歲）謚曰文。新舊唐書皆有傳（據高步瀛唐宋文舉要韓氏小傳。）。著有昌黎先生集，傳世本有世界書局版韓昌黎全集，詩有顧嗣立昌黎詩箋注十一卷。（學生書局版）

山石

山石犖确行徑微㊀。黃昏到寺蝙蝠飛。升堂坐階新雨足。芭蕉葉大支子肥。僧言古壁佛畫好。以火來照所見稀。鋪牀拂席置羹飯。疏糲㊁亦足飽我飢。夜深靜臥百蟲絕。清月出嶺光入扉。天明獨去無道路。出入高下窮烟霏。山紅澗碧紛爛漫。時見松櫪皆十圍㊂。當流赤足蹋澗石。水聲激激風吹衣。人生如此自可樂。豈必局束爲人鞿㊃。嗟哉吾黨二三子。安得至老不更歸。

註釋 ㊀犖确：山石不平貌，讀ㄌㄨㄛ ㄑㄝ。㊁糲：麄米也。㊂櫪：與櫟同，木名。㊃繮在口曰鞿，馬絡頭也。

桃源圖

神仙有無何眇茫。桃源之說誠荒唐㊀。流水盤迴山百轉。生綃數幅垂中堂。武陵太守好事者。題封遠寄南宮下㊁。南宮先生忻得之。波濤入筆驅文辭。文工畫妙各臻極。異境恍惚移於斯。架巖鑿谷開宮室。接屋連牆千萬日。嬴顛劉蹶了不聞㊂。地坼天分非所惜。種桃處處惟開花。川原近遠蒸紅霞。初來猶自念鄉邑。歲久此地還成家。漁舟之子來何所。物色相猜更問語。大蛇中斷喪前王㊃。羣馬南渡開新主㊄。聽終辭絕共悽然。自說經今六百年。當時萬事皆眼見。不知幾許猶流傳。爭持酒食來相饋。禮數不同樽俎異。月明伴宿玉堂空。骨冷魂清無夢寐。夜半金雞啁哳鳴㈥。火輪飛出客心驚。人閒有累不可住。依然離別難爲情。船開棹進一迴顧。萬里蒼蒼烟水暮。世俗寧知僞與眞。至今傳者武陵人㈦。

註釋 ㈠荒唐，廣大無畔域也。㈡南宮，古尚書省，象列宿之南宮，每謂禮部爲南宮。㈢秦姓嬴，漢姓劉。謂秦漢皆亡也。㈣蛇中斷，事見史記：「高祖被酒夜行澤中，前有大蛇當路，乃拔劍擊斬蛇，蛇遂分爲兩。」㈤晉書：「大安之際，童謠云五馬浮渡江，一馬化爲龍。元帝與西陽、汝南、南頓、彭城五王獲濟，而帝竟登大位。」㈥楚詞「鵾鷄啁哳而悲鳴」，啁哳讀ㄓㄡㄓㄚ。㈦陶淵明桃花源記「晉太元中，武陵人，捕魚爲業；」武陵今湖南省常德縣。

古意

大華峯頭玉井蓮㈠。開花十丈藕如船。冷比雪霜甘比蜜。一片入口沉痾痊。我欲求之不憚遠。青壁無路難夤緣㈡。安得長梯上摘實。下種七澤根株連㈢。

註釋 ㈠華山山頂有池，生千葉蓮花，服之羽化，名玉井蓮。㈡夤緣，攀附也。㈢古謂「楚有七澤」，當在今湖北境，此則比况之詞。

感春五首錄二

辛夷高花最先開㈠。青天露坐始此廻。已呼孺人戛鳴瑟。更遣稚子傳清杯。選壯軍興不爲用。坐狂朝論無由陪。如今到死得閒處。還有詩賦歌康哉㈡。

洛陽東風幾時來。川波岸柳春全迴。宮門一鎖不復啓㈢。雖有九陌無塵埃。策馬上橋朝日出。樓闕赤白正崔嵬。孤吟屢闋㈣莫與和。寸恨至短誰能裁。

註釋 ㈠辛夷，落葉喬木，生山地。高一二丈，春初開白花，大如蓮，香味頗烈。㈡尚書皐陶歌曰「庶事康哉」此頌聖也。㊂洛陽為唐東都，天寶以後，天子不復東巡，故有「宮門一鎖」之語。㊃闋，斷也，讀缺。

詩論摘輯

韓公茹古涵今，無有端崖，及其酣放，豪典快字，凌紙怪發，鯨鏗春麗，驚耀天下。（唐皇甫湜語）

韓吏部歌詩累百篇，驅駕氣勢，若掀雷抉電，撐扶於天地之垠。（司空圖語）

書之美者，莫如顏魯公，然書法之壞，自魯公始，詩之美者，莫如韓退之，然詩格之變，自退之始。（詩人玉屑引東坡語）

退之詩，大體才氣有餘，故能擒能縱，顛倒崛奇，無施不可。放之則如長江大河，瀾翻洶湧，滾滾不窮；收之則藏形匿影，乍出乍沒，姿態橫生，變怪百出。可喜可愕，可畏可服也。（宋張戒歲寒堂詩話）

昌黎豪傑自命，欲以學問才力跨越李杜之上。然恢張處多，變化處少，力有餘而巧不足也。（沈德潛說詩晬語）

韓公縱橫變化，若不及杜公，而邱壑亦多，不欲似杜，非不能也。

韓詩無一句猶人，又恢張處多，頓挫處多。（以上方東樹昭昧詹言）

白居易二首

居易字樂天，下邽人（今陝西渭南）。貞元中擢進士第，補校書郎。元和初對制策入等，調盩厔尉，集賢校理。尋詔為翰林學士左拾遺，拜贊善大夫，以言事貶江州司馬，徙忠州刺史。穆宗初徵為主客郎中知制詔，復乞外，歷杭、蘇二州刺史。文宗立，以祕書監召，遷刑部侍郎，俄移病，除太子賓客，分司東都。拜河南尹，開成初起為同州刺史，不拜，改太子少傅。會昌初以刑部尚書致仕，卒贈尚書右僕射，謚曰文。自號醉吟先生，亦稱香山居士。與同年元稹酬詠，號「元白」，晚與劉禹錫酬詠，號「劉白」。有長慶集詩十七卷，別集補遺二卷。（西元七七二——八四六，年七四歲）

醉後走筆酬劉五主簿長句之贈兼簡張太祝賈二十四先輩

劉兄文高行孤立。十五年前名翕習㈠。是時相遇在符離㈡。我年二十君三十。得意忘年心跡親。寓居同縣日知聞。衡門寂寞朝尋我㈢。古寺蕭條暮訪君。朝來暮去多攜手。窮巷貧居何所有。秋燈夜寫聯句詩。春雪朝傾煖寒酒。陴湖綠愛白鷗飛。濉水清憐紅鯉肥㈣。偶語閒攀芳樹立。相扶醉蹋落花歸。張賈弟兄同里巷。乘閒數數來相訪。雨天連宿草堂中。月夜徐行石橋上。我年漸長忽自驚。鏡中冉冉髭鬢生。心畏後時同勵志。身牽前事各求名。問我栖栖何所適。鄉人薦爲鹿鳴客㈤。二千里別謝交遊。三十韻詩慰行役。出門可憐唯一身。敝裘瘦馬入咸秦㈥。鼕鼕街鼓紅塵暗。晚到長安無主人。二賈二張與余弟㈦。驅車邐迤來相繼。操詞握賦爲干戈。鋒鋭森然勝氣多。齊入文場同苦戰。五人十載九登科。二張得雋名居甲。美退爭雄重告捷。棠棣輝榮並桂枝。芝蘭芬馥和荊葉。惟有沅犀屈未伸㈧。握中自謂駭雞珍㈨。三年不鳴鳴必大。豈獨駭雞當駭人。元和運啓千年聖。同遇明時余最幸。始辭秘閣吏王畿。遽到諫垣升禁闈。蹇步何堪鳴佩玉。衰容不稱著朝衣。閶闔晨開朝百辟。冕旒不動香煙碧。步登龍尾上虛空。立去天顏無咫尺。宮花似雪從乘輿。禁月如霜坐直廬㈩。身賤每驚隨內宴。才微常媿草天書(十一)。晚松寒竹新昌第。聯居密近門多閉。日暮銀臺下直回。故人到門門暫開。回頭下馬一相顧。塵土滿衣何處來。斂手炎涼敘未畢。先說舊山今悔出。汶陽旅宦少歡娛。江左羈遊費時日。贈我一篇行路吟。吟之句句披沙金。歲月徒催白髮貌。泥塗不屈青雲心。誰會茫茫天地意。短才獲用長才棄。我隨鵷鷺入煙雲(十二)。謬上丹墀爲近臣。君同鸞鳳棲荊棘。猶著青袍作選人。惆悵知賢不能薦。徒爲出入蓬萊殿(十三)。月慚諫紙二百張。歲媿俸錢三十萬。大抵浮榮何足道。幾度相逢卽身老。且傾斗酒慰羈愁。重話符離問舊遊。北巷鄰居幾家去。東林舊院何人住。五里邨花落復開。流溝山色應如故(十四)。感此酬君千字詩。醉中分手又何之。須知通塞尋常事。莫嘆浮沈先後時。慷慨臨歧重相勉。殷勤別後加飧飯。君不見買臣衣錦還故鄉(十五)。五十身榮未爲晚。

註釋 ㈠翕習，盛貌。㈡符離，縣名，東楚邑。今屬安徽宿縣。㈢衡門，橫木爲門。語見毛詩泌。㈣濉水，在梁郡，受汴入泗。今安徽宿靈二縣境。㈤鹿鳴客：唐時宴貢，歌鹿鳴之詩，謂應舉入京也。㈥秦都咸陽，故有謂咸陽爲咸秦。㈦弟，謂行簡，字知退。㈧沅犀，謂劉五。㈨駭雞，卽駭雞犀，犀角名，爲珍貴之品。㈩直廬，待直之所也。㈠天書，詔敕也。㈡鵷鷺，謂朝官之行列，如鵷鷺之整齊也。㈢蓬萊殿，大明宮有蓬萊殿。㈣五里郵、流溝，皆符離境內地名。㈤朱買臣少貧，妻不堪其貧，棄之。至五十歲，拜中大夫侍中，出爲會稽太守，衣錦還鄉。

琵琶行

元和十年，予左遷九江郡司馬。明年秋，送客湓浦口，聞舟船中夜彈琵琶者，聽其音錚錚然，有京都聲。問其人，本長安倡女，嘗學琵琶於穆曹二善才。年長色衰，委身爲賈人婦。遂命酒，使快彈數曲。曲罷憫然，自敍少小時歡樂事，今漂淪顦顇，轉徙於江湖間。予出官二年，恬然自安，感斯人言，是夕始覺有遷謫意，因爲長句，歌以贈之。凡六百一十二言，命曰琵琶行。

潯陽江頭夜送客。楓葉荻花秋瑟瑟。主人下馬客在船。舉酒欲飲無管絃。醉不成歡慘將別。別時茫茫江浸月。忽聞水上琵琶聲。主人忘歸客不發。尋聲暗問彈者誰。琵琶聲停欲語遲。移船相近邀相見。添酒回燈重開宴。千呼萬喚始出來。猶抱琵琶半遮面。轉軸撥絃三兩聲。未成曲調先有情。絃絃掩抑聲聲思。似訴平生不得志。低眉信手續續彈。說盡心中無限事。輕攏慢撚抹復挑。初爲霓裳後六么㈠。大絃嘈嘈如急雨。小絃切切如私語。嘈嘈切切錯雜彈。大珠小珠落玉盤。閒關鶯語花底滑。幽咽泉流水下灘。水泉冷澀絃疑絕。疑絕不通聲漸歇。別有幽愁暗恨生。此時無聲勝有聲。銀瓶乍破水漿迸。鐵騎突出刀鎗鳴。曲終收撥當心畫。四絃一聲如裂帛。東船西舫悄無言。唯見江心秋月白。沈吟放撥插絃中。整頓衣裳起斂容。自言本是京城女。家在蝦蟆陵下住㈡。十三學得琵琶成。名屬教坊第一部㈢。曲罷曾教善才伏㈣。妝成每被秋孃妬。五陵年少爭纏頭㈤。一曲紅綃不知數。鈿頭銀篦擊節碎㈥

。血色羅裙翻酒污。今年歡笑復明年。秋月春風等閒度。弟走從軍阿姨死。暮去朝來顏色故。門前冷落鞍馬稀。老大嫁作商人婦。商人重利輕別離。前月浮梁買茶去㈦。去來江口守空船。繞船月明江水寒。夜深忽夢少年事。夢啼妝淚紅闌干。我聞琵琶已歎息。又聞此語重唧唧。同是天涯淪落人。相逢何必曾相識。我從去年辭帝京。謫居臥病潯陽城。潯陽地僻無音樂。終歲不聞絲竹聲。住近湓江地低濕。黃蘆苦竹遶宅生。其閒旦暮聞何物。杜鵑啼血猿哀鳴。春江花朝秋月夜。往往取酒還獨傾。豈無山歌與村笛。嘔啞嘲哳難爲聽㈧。今夜聞君琵琶語。如聽仙樂耳暫明。莫辭更坐彈一曲。爲君翻作琵琶行。感我此言良久立。卻坐促絃絃轉急。淒淒不似向前聲。滿座重聞皆掩泣。座中泣下誰最多。江州司馬青衫濕。

註釋 ㈠霓裳，卽霓裳羽衣曲。六么，卽錄要。曲名。㈡蝦蟆陵在萬年縣六里，今西安市外。㈢教坊，唐書：「武德後置內教坊於禁中。開元中又置內教坊於蓬萊殿側。有音聲博士，京都置左右教坊，掌優俳雜妓。右多善歌，左多工舞。以中官爲教坊使。」㈣善才，唐時曲師之稱。㈤纏頭，以賞歌舞者。㈥鈿，揷鬢金華也，篦，同鎞，釵也。㈦浮梁，縣名，唐置，屬饒州。今江西浮梁縣。㈧嘲哳，與啁哳同。聲繁細貌。音見韓詩桃源圖注。

詩論摘輯

白居易諷諭詩長於激，閒適詩長於遣，感傷詩長於切。律詩百言而上長於贍，古詩百言而下長於情。（集序）

樂天善大篇，但格製不高，局於淺切，又不能變風操，故讀而易厭。（東坡）

白詩祖樂府，務欲爲風俗之用。元與白同志，白意古詞俗，元詞古意俗。（以上唐音癸籤引）

樂天每作詩，令老嫗解之，問曰解否？嫗曰解，則錄之，不解又改之。故唐末之詩，近於鄙俚也。（墨客揮犀）

廣大居然太傅宜，沙中金屑苦難披，詩名流播雞林遠，獨愧文章替左司。（王士禛戲倣遺山論詩絕句）

白居易詩，傳爲老嫗都解，余謂此言亦不盡然……然有作意處，寄托深遠……言淺而深，意微而顯，此風人之能事

也。（清葉燮原詩外篇）

中唐詩以韓孟元白爲首。韓孟尙奇警，言人所不敢言，元白尙坦易，務言人所共欲言。……坦易者多觸景生情，因事起意，眼前景，口頭語，自能沁人心脾，耐人咀嚼，此元白較勝於韓孟也。（趙翼甌北詩話卷四論白香山）

香山詩則七律不甚動人，古體則令人心賞意愜，得一篇則愛一篇……其筆快如幷翦，銳如昆刀，無不達之隱，無稍晦之句，工夫又鍛鍊至潔，看是平易，其實精純。（同前）

李賀三首

賀字長吉。唐宗室，系出高祖子鄭王亮。家居今河南宜陽縣之昌谷，故集名昌谷集。少聰慧，七歲能文。韓愈、皇甫湜過之，賦「高軒過」，大驚異。父名晉肅，遂不應進士，官至太常協律郎。年廿七而卒（貞元六年—元和十一年，西七九〇—八一六——據姜著歷代名人年里碑傳總表。）長吉耽吟成癖，詩格奇麗冷澀，出自楚騷，長於樂府歌行，幾追蹤太白。杜牧序昌谷集稱其詩：「蓋騷之苗裔，理雖不及，辭或過之。」李商隱有李賀小傳，紀其軼事。唐書藝文志有傳，詩集四卷，全唐詩編爲五卷。集收商務印書館四部叢刊。臺北世界景印李賀詩解四卷，明曾益注。李長吉歌詩彙解四卷，首卷一卷，外集一卷，序一卷，考一卷。清王琦注。昌谷詩集注四卷，外傳一卷，序一卷，凡例一卷，清姚文燮注。方扶南批本李長吉詩集一卷，清方世舉批。又上海掃葉山房黎二樵批本李長吉詩四卷。又李長吉文集一册臺北學生書局景印。

李憑箜篌引㊀

吳絲蜀桐張高秋。空山凝雲頹不流。江娥啼竹素女愁㊁。李憑中國彈箜篌。崑山玉碎鳳凰叫㊂。芙蓉泣露香蘭笑。十二門前融冷光㊃。二十三絲動紫皇㊄。女媧鍊石補天處㊅。石破天驚逗秋雨。夢入神仙教神嫗。老魚跳波瘦蛟舞。吳質不眠倚桂樹㊆。露脚斜飛濕寒兎。

註釋 ㊀箜篌，古樂器。史記集解應劭曰：「武帝命樂人侯調始造箜篌。一作空侯，又作坎侯。」隋書音樂志謂

「出身西域」。事物原始謂：「箜篌體曲而長，二十三弦，抱於懷中，兩手齊奏之」。今已失傳。樂府有箜篌引，相和六曲之一。李憑，據王琦注蓋梨園子弟，楊巨源有聽李憑箜篌詩，殆卽此人。㈡湘娥，舜之二妃。博物志：「舜死，二妃淚下，染竹成斑，死爲湘江之神。」史記秦本紀：「天帝使素女鼓五十弦瑟。」㈢玉產崐山。卽崐崙山。㈣三輔決錄：長安十門。此指京師。㈤紫皇，紫微也，星座名，爲天帝之座。㈥淮南子：「女媧鍊五色石以補蒼天。」㈦吳質應爲吳剛之誤。酉陽雜俎：「月桂高五百丈，下有一人常斫之，樹創隨合，人姓吳，名剛。」

雁門太守行㈠

黑雲壓城城欲摧㈡。甲光向日金鱗開。角聲滿天秋色裏。塞上臙脂凝夜紫㈢。半捲紅旗臨易水。霜重鼓寒聲不起。報君黃金臺上意㈣。提攜玉龍爲君死㈤。

註釋 ㈠雁門在今山西省。古樂府有雁門太守行，言邊塞征戰之事。㈡明楊愼云：「凡兵圍城，必有怪雲變氣……予在滇値安鳳之變，見日暈兩重，黑雲如蛟在其側，始信賀之善狀物也。」㈢古今注云：「秦築長城，土皆紫色。」此言紫塞之土，爲臙脂之色。㈣燕昭王築臺以尊郭隗，後世名曰黃金臺。㈤玉龍，言劍也。刀劍錄：「漢明帝永平二年鑄一劍作龍形。」

金銅仙人辭漢歌並序

魏明帝㈠青龍九年八月，詔宮官牽車西取漢孝武㈡捧露仙人㈢，欲立置殿前。宮官既拆盤，仙人臨行，潸然淚下。唐諸王孫李賀，遂作金銅仙人辭漢歌。

茂陵劉郎秋風客。夜聞馬嘶曉無迹㈣。畫欄桂樹懸秋香。三十六宮土花碧㈤。魏官牽車指千里。東關酸風射眸子。空將漢月出宮門。憶君淸淚如鉛水㈥。衰蘭送客咸陽道。天若有情天亦老。攜盤獨出月荒涼。渭城已遠波聲小㈦。

註釋 ㈠魏明帝名叡，文帝丕子。㈡漢景帝子名徹，好神仙。㈢三輔故事：「承露盤高二十丈，大七圍。」魏略云：「景初元年明帝徙長安銅人承露盤」。與序稍不同。㈣曾注云：「夜聞馬嘶，言方聞人馬之赫奕，曉無迹，明一朝死而無聞也。」王琦注：「謂其魂魄之靈，或於晦夜出遊，仗馬嘶鳴，宛然如在，至曉則隱匿不見矣。」按太平御覽皇王引漢武故事，紀漢武魂出墓售玉杯事，可作此句傍證。㈤三輔黃圖云：漢未央、長樂、建章、甘泉等宮，共三十六所。駱賓王帝京篇。「漢家離宮三十六。」㈥三輔黃圖云：神明臺上有承露盤，以承鉛水玉露。㈦渭城，即咸陽城。武帝時所更名。

詩論摘輯

宋景文公在館嘗評唐人詩云：「太白仙才，長吉鬼才。」（文獻通考經籍志）

李賀有太白之語，而無太白之才。太白以意為主，而失於少文；賀以詞為主，而失於少理。（張戒歲寒堂詩話）

大曆以後，解樂府遺音者，惟李賀一人。設色少濃，而閎旨多寓篇外，刻於用語，渾於用意。（毛馳黃詩辨坻紙）

李賀所賦銅人、銅臺、銅駝、梁臺，慟興亡、歎桑海，如與今人語今事，握手結胸，愴淚連洏也。（李世熊昌谷詩解序）

從來琢句之妙，無有過於李長吉者。

細讀長吉詩，下筆自無庸俗之病。（以上二則唐宋詩舉要引黎二樵語）

第四部分　七言今體

甲　絕　句

淵源

四言變而離騷，離騷變而五言，五言變而七言，七言變而律詩，律詩變而絕句，詩之體以代變也。……古詩之妙，專求意象，歌行之暢，必由才氣，近體之巧，務先法律，絕句之構，獨立風神，此結構之殊途也。（仇撰杜少陵集詳注引胡應麟語）

五七言絕句，蓋五言短古，七言短詩之變也。四句之中二韻互叶，轉換旣迫，音調未舒，至唐諸子，一變而律呂鏗鏘，句格穩順，語半於近體，而意味深長過之；節促於歌行，而詠嘆悠永倍之，遂爲百代不易之體。（同上）

絕句之義，迄無定說，謂截首尾或中二聯者，恐不足憑。五言絕句起兩京（漢），其時未有五律；七言絕句起四傑，其時未有七言律也，但六朝短古，槪曰歌行，至唐方曰絕句。又五言律在七言絕句前，故先聯後絕耳。（同上）

絕句唐樂府也，篇止四語，而倚聲爲歌，能使聽者低徊不倦。旗亭伎女，猶能賞之，非以揚音抗節，有出於天籟者乎？蓄意求之，殊非宗旨。（沈德潛說詩晬語）

七言絕句以語近情遙，含吐不露爲主。只眼前景，口頭語，而有絃外音，味外味，使人神遠，太白有焉。（同上）

唐人之詩，樂府本效古體，而意反近，絕句本自近體，而意實遠。故與風雅彷彿（彷彿）者，眞爲絕句。（唐音

癸籤引楊愼語）

七言絕句，盛唐主氣，氣完而意不盡工，中晚唐主意，意工而氣不甚完，然各有至者，未可以時代槪訾之。（唐音癸籤引王世貞語）

七言絕句，盛唐諸公，用韻最嚴，大曆以下，稍有傍出者，作者當以盛唐爲法。盛唐人突然而起，以韻爲主，意到詞工，不假雕飾，或命意得句，以韻發端，詩成無迹，此所以爲盛唐也。（李于鱗唐詩選錄謝榛定法十二則）

七言絕句，貴言微旨遠，語淺情深，如清廟之瑟，一唱而三嘆，有餘音者矣。開元之時，龍標（王）、供奉（李），允稱神品，外此高岑起激壯之音，右丞（王）作悽惋之調，以至蒲桃美酒之詞，黃河遠上之典，皆擅場也。後李庶子（益）、劉賓客（禹錫）、李樊南（商隱）、鄭都官（谷）諸家，託興幽微，世稱嗣響。（沈德潛唐詩別裁例言）

絕句之源，出於樂府，貴有風人之致，其聲可歌，大趣在有意無意之間，使人不可捉著。（唐音癸籤引藝圃擷餘）

王維五首

送元二使安西㊀

渭城朝雨浥輕塵㊁。客舍青青柳色新。勸君更盡一杯酒。西出陽關無故人㊂。

註釋 ㊀唐安西都護府，在今新疆庫車縣。㊁浥，濕也。㊂陽關，在玉門關之南。

少年行四首錄二

新豐美酒斗十千㊀。咸陽遊俠多少年。相逢意氣爲君飲。繫馬高樓垂柳邊。

註釋 ㊀新豐，秦曰驪邑，漢置新豐縣，漢高祖定都長安，太上皇思東歸豐，於是高祖改築城市街里以象豐，徙豐民以實之，故號新豐。在今陝西省臨潼縣東。

一身能擘兩雕弧㊀。虜騎千重只似無。偏坐金鞍調白羽㊁。紛紛射殺五單于㊂。

註釋 ㊀弩以手張者曰擘張。雕弧，有雕鏤之弓。㊁白羽，矢名。㊂五單于：呼韓邪單于立，擊殺屠耆堂等，諸王並自立，分爲五單于。事見漢書宣紀。

送韋評事㊀

欲逐將軍取右賢㊁。沙場走馬向居延。遙知漢使蕭關外㊂。愁見孤城落日邊。

註釋 ㊀評事，唐官名，從八品下。㊁匈奴之國，有左右賢王。㊂蕭關，在今甘肅固原附近。

菩提寺禁聞逆賊凝碧池上作樂

萬戶傷心生野烟。百官何日再朝天。秋槐葉落空宮裏。凝碧池頭奏管絃。

註釋 ㊀菩提寺，在長安平康坊南門之東，按唐才子傳謂四晉施寺。㊁唐禁苑圖：「凝碧池在西內苑，重元門之北，飛龍院之南。」

詩論摘輯

李滄溟（攀龍）推王昌齡「秦時明月」爲壓卷，王鳳洲推王翰「蒲桃美酒」爲壓卷，本（清）朝王阮亭則云：「必求壓卷，王維之渭城，李白之白帝，王昌齡之奉帚平明，王之渙之黃阿遠上，其庶幾乎？」（沈德潛說詩晬語）

王昌齡九首

從軍行七首錄四㊀

烽火城西百尺樓㊁。黃昏獨坐海風秋。更吹羌笛關山月㊂。無那金閨萬里愁。

琵琶起舞換新聲。總是關山離別情。撩亂邊愁聽不盡。高高秋月照長城。

青海㊃長雲暗雪山。孤城遙望玉門關㊄。黃沙百戰穿金甲。不破樓蘭終㊅不還。

大漠風塵日色昏。紅旗半捲出轅門。前軍夜戰洮河北。已報生擒吐谷渾㊆。

註釋 ㊀從軍行，樂府相和歌曲，平調曲，從軍行皆軍旅辛苦之辭，見郭茂倩樂府詩集。㊁烽火城，烽火即烽燧「邊方告警，作高土台，台上作桔槔，桔槔頭上有籠，中置薪草，有寇卽擧火燃之。」見後漢書光武帝紀注，唐張仁愿築三受降城，備朔方，此當係吐蕃之斥候堡壘。㊂關山月，亦樂府曲名，傷離也。㊃青海，湖名「庫庫淖爾，亦曰卑禾羌海」，在今青海東境。㊄玉門關，在今甘肅省河西走廊東部，漢班超上書曰：「但願生入玉門關」。㊅樓蘭，國名，漢傅介子出使西城，夜襲斬樓蘭王頭，後改名鄯善，今新疆省境。㊆吐谷渾，鮮卑別種，讀突欲渾，自西晉至隋唐據青海境。

春宮曲

昨夜風開露井桃。未央㊀前殿月輪高。平陽歌舞㊁新承寵。簾外春寒賜錦袍。

註釋 ㊀未央殿，漢宮名。㊁平陽：漢武帝衞夫人，平陽公主家舞伎，入宮受寵。

長信秋詞 五首錄二㊀

金井梧桐秋葉黃。珠簾不捲夜來霜。熏籠㊁玉枕無顏色。臥聽南宮㊂清漏長。

奉帚平明金殿開。且將團扇㊃暫裴回。玉顏不及寒雅色。猶帶昭陽㊄日影來。

註釋 ㊀長信宮：長安志「從洛門至周廟門，有長信宮在其中。」蓋嬪妃失寵者所居。㊁熏籠：熏爐覆籠，亦曰熏籠，古婦人取煖，熏香之具。㊂南宮，卽未央宮也。㊃團扇，漢成帝妃班婕妤有團扇詞，自喻失寵。㊄昭陽，后所居也。

李四倉曹宅夜飲

霜天留後故情歡。銀燭金爐夜不寒。欲問吳江別來意。青山明月夢中看。

送姚司法歸吳

吳掾留觴楚郡心㊀。洞庭秋雨海門陰。但令意遠扁舟近。不道滄江百丈深。

註釋 ㊀吳掾：吳郡今江蘇吳縣，掾，刺史府之幕官。

少伯（昌齡字）天才流麗，七言絕句幾與太伯比肩，當時樂府采錄，無出其右。（唐音癸籤引徐獻忠語）

王龍標絕句，深情幽怨，意旨微茫，「昨夜風開露井桃」一章，只說他人之承寵，而己之失寵悠然可思，此求響於絃指外也。「玉顏不及寒雅色」兩句，亦復溫柔婉約。（清沈德潛說詩晬語）

李白八首

橫江詞

橫江館前津吏迎㊀。向余東指海雲生。郎今欲渡緣何事。如此風波不可行。

註釋 ㊀橫江浦，在安徽和縣東南，長江西北岸；橫江鋪在采石驛，今安徽當塗。

上皇西巡南京歌十首錄二

九天開出一成都。萬戶千門入畫圖。草樹雲山如錦繡。秦川得及此間無㊀。

註釋 ㊀秦川，陝西地，此指關中。

誰道君王行路難。六龍西幸萬人歡㊀。地轉錦江成渭水。天迴玉壘作長安㊁。

註釋 ㊀六龍，天子車駕之六馬也。㊁玉壘，山名，湔水出焉，在成都西北，岷山界左近。

峨眉山月歌

峨眉山月半輪秋。影入平羌江水流㊀。夜發清溪向三峽㊁。思君不見下渝州㊂。

註釋 ㊀平羌：後周保定間置平羌縣，在今四川嘉定。㊁清溪：在今四川納溪縣。㊂渝州：今四川巴縣，即重慶之舊治。

聞王昌齡左遷龍標遙有此寄

楊花落盡子規啼。聞道龍標過五溪㊀。我寄愁心與明月。隨風直到夜郎西㊁。

釋註　㊀龍標，王昌齡所貶地，在今湖南沅陵。五溪，武陵有五溪曰雄溪、樠溪、潕溪、酉溪、長溪。地當今湖南貴州邊境，皆盤瓠子孫、馬援所征之武陵蠻。㊁漢西南夷有夜郎國，今貴州遵義。

山中答問

問余何事棲碧山。笑而不答心自閑。桃花流水窅然去㊀。別有天地非人間。

註釋　㊀窅音一ㄠ。窅然，悵然也。

陪族叔刑部侍郎曄及中書賈舍人至遊洞庭

洞庭西望楚江分。水盡南天不見雲。日落長沙秋色遠。不知何處弔湘君㊀。

註釋　㊀湘君，稱湘水之神，楚辭有湘君，舜之二妃，娥皇、女英也。

陌上贈美人

駿馬驕行踏落花。垂鞭直拂五雲車㊀。美人一笑搴珠箔。遙指紅樓是妾家。

註釋　㊀五雲車，陶弘景眞誥，朱孺子八月五日，西王母遣卽日乘五雲車登天。㊁紅樓，酉陽雜俎：「長樂坊安國寺紅樓，睿宗在藩舞榭。」

詩論摘輯

太白諸絕句，信口而成，所謂無意於工而無不工者。……余嘗謂古詩樂府後，惟太白諸絕近之。（高著唐宋詩舉要引明胡應麟語）

李益三首

益字君虞，姑臧人。大曆四年登進士第，授鄭縣尉，久不調。不得意，北遊河朔，幽州劉濟，辟爲從事。憲宗時，召爲祕書少監，集賢殿學士。自負才地，多所凌忽，降居散地，俄復用，太和初，以禮部尚書致仕卒。長於歌詩，貞元末與宗人李賀齊名。每作一篇，教坊、樂人以賂求取，倡爲供奉歌。（據全唐詩李詩小序）唐書文藝傳有傳，年歲未詳。

夜上受降城聞笛聲㊀

回樂峰前沙似雪㈡。受降城外月如霜。不知何處吹蘆管㈢。一夜征人盡望鄉。

註釋 ㈠唐受降城有三，中城在朔州，西城在靈州，東城在勝州。㈡回樂縣，在今甘肅靈武縣西南。㈢蘆管卽胡笳，胡人卷蘆葉吹之以作樂。

從軍西征

天山雪後海風寒。横笛偏吹行路難。磧裡征人三十萬。一時回首月中看。

宮怨

露濕晴花春殿香㈠。月明歌吹在昭陽。似將海水添宮漏。共滴長門一夜長㈡。

註釋 ㈠春殿，漢人宮殿，成帝時趙飛燕所居。㈡長門，宮名。漢孝武陳皇后失寵，罷居長門宮。司馬相如曾爲作長門賦。

詩論摘輯

七言絕，開元以下，便當以李益爲第一。如從軍西征篇，皆可與太白龍標競爽，非中唐所得有也。（唐音癸籤引胡元瑞語）

絕句李益爲勝，回樂峯前一章，何必王龍標，李供奉。（唐宋詩擧要引藝苑巵言）

劉禹錫四首

禹錫字夢得，彭城人。貞元十九年擢進士第。又登博學宏詞科爲監察御史。……王叔文敗，貶連州刺史，在道貶朗州司馬，後刺連州。會昌時加檢校禮部尙書卒。新舊唐書皆有傳。（以上據高著唐宋詩擧要）享年七十一，生於大曆七年（西元七七二年）卒於會昌二年（八四二年）（據姜著歷代人物年里碑傳綜表）

石頭城

山圍故國周遭在。潮打空城寂寞回。淮水東邊舊時月㈠。夜深還過女牆來㈡。

註釋　㊀淮水，秦淮河。㊁女牆，城上子牆。

與歌者何戡

二十餘年別帝京㊀。重聞天樂不勝情。舊人惟有何戡在。更與殷勤唱渭城㊁。

註釋　㊀二十餘年，唐才子傳云：劉禹錫看花詩序曰：「始淪十年還輦下，道士種桃，其盛若霞。又十四年而來，無復一存，唯兔葵燕麥，動搖春風耳。」㊁渭城，王維送元二使安西詩，一作渭城曲。

楊柳枝詞三首錄二

煬帝行宮汴水濱㊀。數株殘柳不勝春。晚來風起花如雪。飛入宮牆不見人。

城外春風吹酒旗。行人揮袂日西時。長安陌上無窮樹。唯有垂楊管別離。

註釋　㊀郭茂倩樂府詩集曰：「楊柳枝，白居易洛中所製也。」薛能曰：「楊柳枝者，古題所謂楊柳也。」㊁汴水，在今河南開封附近入運河。

白居易二首

後宮詞

淚盡羅巾夢不成。夜深前殿按歌聲。紅顏未老恩先斷。斜倚熏籠坐到明㊀。

註釋　㊀熏籠，熏爐覆籠，故名熏籠。見王昌齡七絕詩注。

暮江吟

一道殘陽鋪水中。半江瑟瑟半江紅㊀。誰憐九月初三夜。露似眞珠月似弓。

註釋　㊀瑟瑟，高步瀛取楊用脩升庵詩話謂瑟瑟珍寶石，其色碧，故以瑟瑟影指碧字，謂與紅相對也。

杜牧三首

牧字牧之，京兆人。太和二年進士第，後舉賢良方正，官殿中侍御史，遷左補闕，轉膳部比部員外郎，歷黃池睦三州刺史，入爲司勳員外郎，以考功郎中知制詔，遷中書舍人卒。新舊唐書皆屬杜佑傳。（以上據唐宋詩舉要杜牧小序）。案牧生於德宗貞元十九年（西元八〇三）卒於宣宗大中六年（西元八五二）年五十歲。著有樊川集，清桐鄉馮集梧曾爲集注。今通行有商務書館四部叢刊本及新興書局景印集注本。唐才子傳（元辛文房撰）稱其「剛直有奇節，論列大事，指陳利病，尤切兵法戎機。」「美容姿，好歌舞，風情頗張，不能自遏」。

將赴吳興登樂遊原一絕㈠

清時有味是無能。閒愛孤雲靜愛僧。欲把一麾江海去㈡。樂遊原上望昭陵㈢。

註釋 ㈠樂遊原，在陝西省長安縣南。長安志：「樂遊原居京城之最高，四望寬敞，城內瞭如指掇。㈡一麾，謂出守也，顏延年詩：「一麾乃出守」。㈢昭陵，唐太宗陵。

江南春絕句

千里鶯啼綠映紅。水村山郭酒旗風。南朝四百八十寺。多少樓臺煙雨中。

金谷園㈠

繁華事散逐香塵。流水無情草自春。日暮東風怨啼鳥。落花猶似墜樓人㈡。

註釋 ㈠金谷園，晉石崇別墅，在今洛陽。㈡墜樓，趙王倫收石崇，欲取其寵姬綠珠，綠珠墜樓死。

李商隱六首

海上

石橋東望海連天㈠。徐福空來不得仙㈡。直遣麻姑與搔背。可能留命待桑田。

詩評

馮浩曰：「此兗海痛府主之卒而自傷也，用事皆切東海。」

註釋 ㈠石橋，三齊略記：「始皇作石橋，欲過海看日出處。」㈡徐福，史記始皇本記：齊人徐福等上書言海中有三神山，於是入海求仙人。

夕陽樓

花明柳暗繞天愁。上盡重城更上樓。欲問孤鴻向何處。不知身世自悠悠。

寄令狐郎中㊀

嵩雲秦樹久離居㊁。雙鯉迢迢一紙書。休問梁園舊賓客㊂。茂陵秋雨病相如。

註釋 ㊀郎中，令狐綯也，令狐楚子。㊁嵩雲，嵩山。㊂梁園，司馬相如嘗遊梁，客梁孝王兔園。

宮妓

珠箔輕明拂玉墀。披香新殿鬬腰支㊀。不須看盡魚龍戲。終遣君王怒偃師㊁。

註釋 ㊀披香，漢宮閣名曰長安有披香殿。㊁偃師，列子湯問篇曰：「穆王時，有獻工人名偃師，能製木偶人，歌舞巧伎，招王之左右，穆王怒，欲誅之，剖其內，始歎其巧。」文見列子。此蓋諷宮禁近侍善逞機變也。

詩評 予知制詩日，與余恕同考，試出義山詩共讀，酷愛此篇，擊節稱嘆，曰：古人措詞寓意如此深妙，令人感慨不已。（宋楊億楊文公談苑）

賈生

宣室求賢訪逐臣㊀。賈生才調更無倫。可憐夜半虛前席。不問蒼生問鬼神。

謁山㊀

從來繫日乏長繩。水去雲回恨不勝。欲向麻姑買滄海㊁。一杯春露冷於冰。

註釋 ㊀馮浩曰：「當與玉山七律同勘，謁山者謁令狐也。」㊁神仙傳：麻姑謂王方平曰：「接侍以來，已見東海三爲桑田，」今謂世事之變易爲「滄海桑田」。此又直謂滄海屬於麻姑，所謂翻用典實也。

夜雨寄北

君問歸期未有期。巴山夜雨漲秋池。何當共翦西窗燭。卻話巴山夜雨時。

溫庭筠四首

春日雨

細雨濛濛入絳紗。灃湖寒食孟珠家㈠。南朝漫自稱流品。宮體何曾到杏花㈡。

註釋 ㈠孟珠，樂府丹陽孟珠歌：「陽春二三月，草與水同色，攀條摘香花，言是歡氣息。」㈡宮體，南史徐摛傳：「摛文體既別，春坊盡學之」。宮體之號，自斯而始。

華清宮

天閣沈沈夜未央。碧雲仙曲舞霓裳㈠。一聲玉笛自空盡。月滿驪山宮漏長。

註釋 ㈠白居易長恨歌：「驚破霓裳羽衣曲」，唐玄宗喜此舞。

楊柳枝八首錄二

宜春苑外最長條㈠。閑裊春風伴舞腰。正是玉人斷腸處。一渠春水赤闌橋㈡。

館娃宮外鄴城西㈢。遠映征帆近拂堤。繫得王孫歸思切。不關春草綠萋萋。

註釋 ㈠宜春苑，漢宮闕名。㈡通典：「隋開皇三年，築京城引香積渠水，自赤闌橋經第五橋西北入城。」㈢館娃宮，吳王夫差築，在蘇州。

司空圖五首

華夏㈠

故國春歸未有涯。小欄高檻別人家。五更惆悵回孤枕。猶自殘燈照落花。

註釋 ㈠華夏，華山之夏，司空住近華山。

涔陽渡

楚田人立帶斜暉。驛迥村幽客路微。兩岸蘆花正蕭颯。渚煙深處白牛歸。

有感

自古經綸足是非。陰謀最忌奪天機。留侯却粒商翁去㊀。甲第何人意氣歸。

註釋　㊀留侯，張良封留侯，後辟穀從赤松子遊。商翁，四皓隱于商山，採紫芝。

石楠㊀

客處偸閑未是閑。石楠雖好懶頻攀。如何風葉西歸路。吹斷寒雲見故山。

註釋　㊀卽石楠，常綠灌木，初夏莖頂叢生紅色五裂之合瓣花。

喜山鵲初歸

山中只是惜珍禽。語不分明惜爾心。若使解言天下事。燕臺今築幾千金。㊀

註釋　㊀燕台，燕昭王求賢，用郭隗言，築台師之。案此借山鵲譏唐末多事政客也。

乙　律　句

淵源

高棅曰：「七言律詩，又五言之變也。在唐以前，沈君攸七言儷句，已肇律體。唐初始專此體，沈宋輩精巧相當，開元初蘇（頲）張（說）之流盛矣。盛唐作者不多，而發調最遠，品格最高。若崔顥、賈至、王維、岑參，當時各盡其妙。至於李頎、高適，當與並驅，未論先後也。少陵七言律法，獨異諸家，而篇什亦盛。如秋興諸作，前輩謂其「渾雄富麗，小家數不可髣髴，」誠然。（仇著杜詩詳注引）

七言律有起、有承、有轉、有合。起爲破題，或對景興起、或比起、或就題起，要突兀高遠，如蘋風初發，勢欲卷浪。承爲頷聯，或寫意，或寫景，或書事，或用事引證，要接破題，如驪龍之珠，抱而不脫。轉爲頸聯，或寫意，寫景，書事，用事引證，與前聯之意相應相避，要變化不窮，如魚龍出沒波濤，觀者無不神聳。合爲結句，或就題結，或開一步，或繳前題之意，或用事，必放一句作散場，如截奔馬，辭意俱盡，如臨水送將歸，辭盡意不盡，知此則七律思過半矣。（唐音癸籤引楊仲宏語）

作七言拗體者，必以意興發端，神情傳合，渾融疏秀，不見穿鑿之迹，頓挫抑揚，自出宮商之表可耳。（唐音癸籤引王世貞語）

七言律平敘易於徑遂，雕鏤失之佻巧，比五言爲尤難。貴屬對穩，貴遣事切，貴捶字老，貴結響高，而總歸於血脈動盪，首尾渾成。後人祇於全篇中爭一聯警拔，取青妃白，有句無章，所以去古日遠。（沈德潛說詩晬語）

初唐章法句法皆備，惟聲響色澤，猶帶齊梁。盛唐而後，厥有二派，演爲七家。以此二派，登峯造極，幾於既聖，後人無能出其區域，故遂爲宗。何謂二派？一曰杜子美；如太史公文，以疏氣爲主，雄奇飛動，縱恣壯浪，凌跨古今，包舉天地，此爲極境。一曰王摩詰：如班孟堅文，以密字爲主，莊嚴妙好，備三十二相，瑤房絳闕，仙官儀仗，非復塵間色相。李東川次輔之，謂之王李。何謂七家？在唐爲李義山，實兼上二派。宋則山谷放翁，明則空同（李夢陽），于鱗（李攀龍）牧齋（錢謙益）臥子（陳子龍），以爲惟七家力能舉之。而大歷十子，白傅、東坡，皆同別記，不與傳燈。此論雖未確，而昔人評品之嚴，亦可想見其高門貴格，不容流濫也。（寬按七家中二李臥子當別議，金之元好問，清之王士禛，及近代之陳三立，應可相代。）（方東樹昭昧詹言七律通論）

沈佺期一首

佺期字雲卿，唐相州內黃人，擢進士第，轉考功郎給事中，坐交張易之，流讙州。神龍初拜起居郎，修文館直學士，歷中書舍人，太子少詹事，開元初卒。雲卿與宋之問齊名，號爲沈宋，唐唐書入文苑傳，新唐書入文藝傳。（據高步瀛唐宋詩舉要沈詩小序）

古意（樂府詩作「獨不見」）

盧家少婦鬱金堂（一作香）㊀。海燕雙棲玳瑁梁。九月寒砧催木葉。十年征戍憶遼陽。白狼河北音書斷㊁。

丹鳳城南秋意長㊂。誰謂含愁獨不見。故教明月照流黃㊃。

註釋　㊀古歌「洛陽女兒名莫愁……十五嫁爲盧家婦……中有鬱金蘇合香。」鬱金，香草名。曰鬱金堂，蓋以鬱金補壁，如椒房之類。㊁水經注：「遼水又右會白狼水，」水出右北平白狼縣，在今熱河省。水道提綱曰：「……亦曰狼水，亦曰土河。」㊂丹鳳城，謂長安帝城也。㊃流黃，見樂府「相逢行」註釋五。

詩論摘輯
雲卿獨不見一章，骨高氣高，色澤情韻俱高。視中唐「鶯啼燕語報新年」詩，味薄語纖，牀分高下。（沈德潛說詩晬語）

王維五首

奉和聖製從蓬萊閣向興慶閣道中留春雨中春望之作

渭水自縈秦塞曲㊀。黃山舊遶漢宮斜㊁。鑾輿迥出千門柳。閣道迴看上苑花。雲裡帝城雙鳳闕。雨中春樹萬人家。爲乘陽氣行時令㊂。不是宸游玩物華。

註釋　㊀史記蘇秦傳曰：「秦四塞之國也」，按渭水流經長安。㊁清一統志：「陝西西安府黃麓山，在興平縣北一里亦名黃山。」漢書地理志注，扶風郡槐里縣有黃山宮。㊂禮記月令孟春曰：「命相，布德，和令，行慶，施惠，下及兆民。」按春日載陽，故曰「乘陽氣」。

勅賜百官櫻桃

芙蓉闕下會千官。紫禁朱櫻出上蘭㊀。纔是寢園春薦後㊁。非關御苑鳥銜殘㊂。歸鞍競帶青絲籠。中使頻傾赤玉盤㊃。飽食不須愁內熱㊄。大官還有蔗漿寒。

註釋　㊀文選李善注：「王者之宮以象紫微」，故謂宮中爲「紫禁」。三輔黃圖：「上林苑有上蘭觀」。㊁秦人始於墓側立寢，漢世因之，諸陵皆有園寢，唐制：四月一日寢園薦櫻。㊂呂氏春秋高誘注：「含桃鶯桃，鶯鳥所含食」。㊃漢明帝於月夜詔賜羣臣櫻桃，盛以赤瑛盤，羣臣月下視之以爲空盤，帝笑之。㊄見莊子人間世，葉公語，鷺桃性熱故云。

積雨輞川作

積雨空林煙火遲。蒸藜炊黍餉東菑㊀。漠漠水田飛白鷺。陰陰夏木囀黃鸝。山中習靜觀朝槿㊁。松下清齋折露葵。野老與人爭席罷。海鷗何事更相疑㊂。

註釋 ㊀爾雅釋地曰：「田一歲曰菑」，郭注曰：「今江東呼初耕地及草爲菑」。㊁朝槿屬錦葵科，落葉灌木，花大生短柄，朝開暮落。㊂列子：「海上之人，有好漚鳥者，每旦之海上從漚鳥遊，漚鳥之至者百住而不止。其父曰：吾聞漚鳥皆從汝遊，汝取來吾玩之。明日之海上，漚鳥舞而不下也。」

春日與裴迪過新昌里㊀

桃源四面絕風塵。柳市南頭訪隱淪㊁。到門不敢題凡鳥㊂。看竹何須問主人。城外青山如屋裡。東家流水入西隣。閉戶著書忘歲月。種松皆作老龍鱗。

註釋 ㊀長安志：「朱雀街東第五街，從北第八爲新昌坊」，卽新昌里也。㊁漢書游俠傳：「萬章字子夏，長安人也，章住城西柳市，號曰「城西萬子夏。」」㊂晉呂安訪嵇康，不在，安題門上作鳳字而去。見世說新語。

出塞作

居延城外獵天驕㊀。白草連天野火燒。暮雲空磧時驅馬㊁。秋日平原好射鵰。護羌校尉朝乘鄣㊂。破虜將軍夜渡遼㊃。玉靶角弓珠勒馬。漢家將賜霍嫖姚㊄。

註釋 ㊀今新疆居延縣。漢人謂匈奴爲天驕。㊁磧，沙漠也。㊂護羌校尉，漢武帝置，秩比二千石，持節以護西羌。乘鄣謂塞上險要之處，別築爲城，爲障蔽以扞寇也。㊃後漢書：「更始拜世祖爲破虜大將軍。」㊄霍去病爲嫖姚校尉。

詩論摘輯

摩詰以淳古澹泊之音，寫山林閒適之趣，如輞川諸詩，眞一片水墨不着色畫。及其鋪張國家之盛，如「九天閶闔開

宮殿，萬國衣冠拜冕旒」，「雲裏帝城雙鳳闕，雨中春樹萬人家」又何其偉麗也。（唐音癸籤引王鏊震澤長語）

右丞詩自有二派，綺麗精工者沈宋合調；幽閒古澹者儲孟同聲。（同上引）

輞川於詩，亦稱一祖……尋其所至，只是興象超遠，渾然元氣，爲後人所莫及。高華精警，極聲色之宗，而不落人間聲色，所以可貴。（唐宋詩擧要引方東樹語）

右丞嘗爲御史使塞上，正其中年才氣極盛之時，此作聲出金石，有麾斥八極之概矣。（姚惜抱語）

杜甫九首

九日藍田崔氏莊㈠

老去悲秋强自寬。興來今日爲君歡。羞將短髮還吹帽㈡。笑倩旁人爲正冠。藍水遠從千澗落㈢。玉山高並兩峰寒㈣。明年此會知誰健。醉把茱萸仔細看㈤。

註釋 ㈠黃叔似曰：「當是乾元元年爲華州司功，至藍田有此作。華至藍田八十里。」元和郡縣志：藍田縣屬京兆府，今陝西藍田縣西。㈡晉書孟嘉傳：「嘉爲桓溫參軍，九月九日溫遊龍山，參僚畢集，有風至吹嘉帽墜落不覺。㈢蔡注「三秦記，藍田有洲方三十里，合溪谷之水爲藍水。」㈣蔡注郭延生述記「藍田山爲覆車之象，出玉，亦名玉山。」㈤西京雜記：「漢武宮人賈佩蘭，九月九日佩茱萸食餌飮菊花酒」，茱萸一名越椒有吳茱萸、食茱萸、山茱萸三種。

詩評

唐律七言八句，一篇之中，句句皆奇；一句之中，字字皆奇。古今作者皆難之。……如老杜九日詩云「老去悲秋强自寬，興來今日盡君歡」，不徒入句，便字字對屬。又第一句頃刻變化，纔說悲秋，忽又自寬，以自對君甚切。君者君也，自者我也。「羞將短髮還吹帽，笑倩旁人爲正冠」，將一事翻騰作一聯，又孟嘉以落帽爲風流，少陵以不落爲風流，翻今古人公案，最爲妙法。「藍水遠從千澗落，玉山高並兩峯寒」，詩人至此，筆力多衰，今方且雄傑挺拔，喚起一篇精神。自非筆力拔山，不至於此。「明年此會知誰健，醉把茱萸仔細看」則意味深長，悠然無窮矣。（楊萬里誠齋詩話）。

曲江對酒㊀

苑外江頭坐不歸。水精宮殿轉霏微㊁。桃花細逐楊花落。黃鳥時兼白鳥飛㊂。縱飲久判人共棄㊃。懶朝眞與世相違㊄。吏情更覺滄洲遠㊅。老大徒傷未拂衣。

註釋 ㊀仇注哀江頭下注：「長安朱雀街，有流水屈曲，謂之曲江，此地在秦爲宜春苑，在漢爲樂遊園，開元疏鑿，遂爲勝境。」㊁仇註述異記：「闔閭構水精宮」，黃生注謂借言宮殿近水也，楊（倫）注謂遙望迷離也。㊂楊引蔡（興宗）注：「次聯桃自對楊，白自對黃，謂之自對格。」仇謂桃花楊花開不同時，當依梨花爲是。㊃判普亦切，正作判。方言：「楚人凡揮棄物謂之判，俗作拚。」㊄仇註引黃生曰：「懶朝疑卽漢之移病。」黃生新安人，著「杜詩說」。㊅謝朓詩「旣懽懷祿情，復協滄州趣。」滄洲海上，言逸趣也。

詩評

梅聖俞「南隴鳥過北隴叫，高田水入低田流」，黃山谷「野水自添田水滿，晴鳩却喚雨鳩歸」，其句法皆自杜來。（楊愼丹鉛錄）

送韓十四江東省覲㊀

兵戈不見老萊衣㊁。太息人間萬事非。我已無家尋弟妹㊂。君今何處訪庭闈㊃。黃牛峽靜灘聲轉㊄。白馬江寒樹影稀㊅。此別應須各努力。故鄉猶恐未同歸。

註釋 ㊀張綖注「韓蓋公同鄉人」。寬按：「韓名不詳。」江淮吳會，皆稱江東。史記項羽本紀：「江東雖小，地方千里。」㊁列女傳：「老萊子老奉二親，行年七十，身着五色斑斕之衣，作嬰兒戲於親側，欲親之喜。」㊂公弟妹在遠，見同谷七歌詩。「有弟有弟在遠方」，「有妹有妹在鍾離」。㊃水經：「江水又東，逕黃牛。」黃牛，灘名。㊄清一統志：「白馬在崇慶縣東北十里，今屬秭歸縣境內。」薛道衡詩：「征途非白馬。水勢類黃牛。」每以白馬黃牛作對。

詩評

凡七言八句起承轉合，具有四聲，歌則揚之抑之，靡不盡其妙。如此詩首聯以平聲揚之也，次聯以上聲抑之也，三聯以去聲揚之也，四聯以入聲抑之也，平仄以成句，抑揚以合調，揚多抑少則調勻，抑多揚少則調促。（明謝榛語）

轉字從靜字看出，靜字從寒字看出，甚細。（楊倫注引張上若語）

諸將五首錄二㊀

漢朝陵墓對南山㊁。胡虜千秋尚入關㊂。昨日玉魚蒙葬地㊃。早時金盌出人間㊄。見愁汗馬西戎道㊅。曾閃朱旗北斗殷㊆。多少材官守涇渭㊇。將軍且莫破愁顏㊈。

註釋　㊀俞瑒曰：「自祿山背叛，天下軍興，久而未定，公故作此詩，以諷刺諸將也。」寬按：「詩主諷刺，不在責諸將，亦責朝堂之措置失宜。如四首之中官出將卽是。仇謂據末章云巫峽清秋，當是大曆元年秋在夔所作，其前二章乃追論去年事也。」㊁長安志：「終南山綿亙藍田諸縣，西漢諸陵及大臣墓多與之相對。」寬按：「此借漢事喻當時也。」㊂鼂錯書：「漢興以來，胡虜數入邊地。」楊注：「後漢書劉盆子傳：赤眉入長安發掘諸陵，取其寶貨，言漢有此事，不料千秋之後，今復然也。代宗廣德元年，吐蕃入寇，太常博士柳伉上疏，以爲：「犬戎犯關度隴，不血刃而入京師，刼宮闕，焚陵寢」，詩所言當指此。㊃蒙，覆也。西京雜記：「宣政殿初成，每見數十騎馳突出，高宗使巫劉明奴問所由。鬼曰：我漢楚王戊太子，死葬於此……及發掘玉魚宛然。」㊄沈炯經漢武通天台表：「茂陵玉盌，遂出人間。」搜神記「盧充與崔少府女幽婚，崔與充金盌，充詣市賣盌，崔女姨母曰：昔吾妹生女亡，贈一金盌，著棺中。」胡應麟曰：「杜蓋以金盌字入玉盌語，一句中事詞串用，兩無痕跡。」㊅見注㊁吐蕃入寇條。㊆張綖曰：「言閃朱旗而北斗皆赤，見胡氛蔽天意。」㊇前漢書「材官蹶張」，注材官武技之士，言多少者，時宿衞久虛，皆募市人，不知其多少也。涇渭二水在長安西北，吐蕃入寇所經。㈨盧注：郭子儀請諸道節度，各出兵屯要塞，而諸將猶擊毬爲樂，故末句云。

錦江春色逐人來㈠。巫峽淸秋萬壑哀。正憶往時嚴僕射㈡。共迎中使望鄉臺㈢。主恩前後三持節㈣。軍令分明數擧盃㈤。西蜀地形天下險。安危須仗出羣材㈥。

註釋　㈠仇註：大曆元年公自雲安下夔州。其云錦江春色者，從上流而言，正想到台前迎使也。㈡嚴武死後贈僕射。㈢中使，宦官也。望鄉台，在成都華陽縣。㈣舊唐書：「嚴武初以御史中丞，出爲錦州刺史，遷東川節度使，再拜成都尹，仍爲劍南節度使，所謂三持節也。」㈤錢注謂：「杜鴻漸代武，與幕僚縱飲，姑息叛將，軍令分明，有愧嚴武」。仇注引顧宸云：軍令分明一句，便見折衝樽俎中有多少韜略，按杜集屢見與武飲酒事。㈥仇謂：「西蜀地險，外則吐蕃見侵，內則奸雄竊據。安危須仗，所謂公來雪山重，公去雪山輕也。」

詩評

五章結語，皆含蓄可思。（仇注王嗣奭語）

秋興八首錄三

玉露凋傷楓樹林。巫山巫峽氣蕭森。江間波浪兼天湧。塞上風雲接地陰。叢菊兩開他日淚㈠。孤舟一繫故園心。寒衣處處催刀尺。白帝城高急暮砧。

註釋　㈠他日猶言前日。

聞道長安似弈棊㈠。百年世事不勝悲㈡。王侯第宅皆新主。文武衣冠異昔時。直北關山金鼓震㈢。征西車馬羽書遲㈣。魚龍寂寞秋江冷㈤。故國平居有所思。

註釋　㈠言迭盛迭衰也。㈡自高祖開國至大歷之初約百年。㈢直北，指隴右關輔間也。㈣廣德元年吐蕃入寇，征天下兵莫至，故言羽書遲。仇本遲作馳。㈤魚龍以春夏爲晝，秋冬爲夜。入秋水靜，故言寂寞也。

昆吾御宿自逶迤㈠。紫閣峰陰入渼陂㈡。香稻啄餘鸚鵡粒。碧梧棲老鳳凰枝。佳人拾翠春相問㈢。仙侶同舟晚更移㊃。綵筆昔曾干氣象。白頭吟望苦低垂。

註釋 ㊀漢書楊雄傳曰：「武帝廣開上林，至御宿昆明。」注：「昆吾地名也，有亭。」顏注：御宿在樊川西。三輔黃圖曰：「御宿川在長安城南，今皆在長安縣。」㊁紫閣，在終南山寺之西堂峯下，渼陂在鄠縣西。㊂洛神賦「或拾翠羽」。㊃後漢書：「林宗與李膺同舟而濟，衆賓望之，以爲神仙焉。」

詩論摘輯

秋興八首，皆雄渾富麗，沈着痛快，其有感於長安者，但極摹其盛，而所感自寓於中。徐而味之，則凡懷鄉戀國之情，慨往傷今之意；與夫外夷亂華，小人病國，風俗之非舊，盛衰之相尋，所謂不勝其悲者，固已不出乎意言之表矣。（仇注張綖語）

送鄭十八虔貶台州司戶傷其臨老陷賊之故闕為面別情見於詩㊀

鄭公樗散鬢成絲㊁。酒後常稱老畫師。萬里傷心嚴譴日。百年垂死中興時。蒼惶已就長途往。邂逅無端出餞遲㊂。便與先生應永訣。九重泉路盡交期。

註釋 ㊀鄭虔天寶間爲廣文館博士，善書、畫，能詩，御題三絕。嗜酒疏放，杜公有醉時歌贈之。祿山陷兩京，虔被縶，肅宗光復，定罪六等：虔在次三等，貶台州。㊁樗散，樗樹散木，見莊子，言不合世用。㊂詩：「邂逅相遇」，謂人會遇，解抒離別之苦而相悅也。

詩評

清空一氣，萬轉千迴，純是淚點，都無墨痕。（仇注引盧世㴶語）

劉長卿六首

過賈誼宅㊀

三年謫宦此棲遲。萬古惟留楚客悲。秋草獨尋人去後。寒林空見日斜時。漢文有道恩猶薄㊁。湘水無情弔豈知㊂。寂寂江山搖落處。憐君何事到天涯。

註釋 ㊀元和郡縣志：江南道潭州長沙縣賈誼宅，在縣南四十步（一作二十步）。清一統志曰：湖南長沙府賈誼故宅在長沙縣西北」，賈誼洛陽人，爲絳灌所阻，外出爲長沙王太傅，見史漢本傳。㊁文帝恭信仁讓，愛賈誼才而奪於大臣之議。㊂漢書賈生傳：「及過湘水，爲賦以弔屈原。」

登餘干城㊀

孤城上與白雲齊㊁。萬古荒涼楚水西。官舍已空秋草綠。女牆猶在夜烏啼㊂。平沙渺渺迷人遠。落日亭亭向客低㊃。飛鳥不知陵谷變。朝來暮去弋陽谿㊄。

註釋 ㊀見五言律長卿詩。㊁太平寰宇記曰：「江南道饒州餘干縣，白雲城在縣西，隋末林士弘所築，又有白雲亭，在縣西八十步」。㊂釋名：「城上垣曰睥睨，又曰女牆。」。㊃亭亭，聳立貌，魏文帝詩「亭亭如車蓋」，又遠貌，長門賦「荒亭亭而復明」，此亭亭當指遠。㊄餘干志：在縣西。

詩評 「情有餘，味不盡，所謂與在象外也。」（唐宋詩舉要引方東樹語）

獻淮寧軍節度使李相公㊀

建牙吹角不聞喧㊁。三十登壇衆所尊。家散萬金酬死士。身留一劍答君恩㊂。漁陽老將多廻席㊃。魯國諸生半在門㊄。白馬翩翩春草綠。邵陵西去獵平原㊅。

註釋 ㊀姚鼐謂係李忠臣。高步瀛唐宋詩舉要此詩題下注，謂依唐書李希烈傳：「又改淮甯軍節度以寵之」各本所題皆與傳合，此時希烈尙未反，文房刺隨爲其屬獻此詩。」㊁文選潘岳關中詩「高牙巧建」，善注，牙旗也。㊂史記孟嘗君傳「馮先生（驩）甚貧，惟有一劍耳。」㊃漢有漁陽郡，在今河北省密雲縣。㊄史記叔孫通傳曰：「叔孫通使徵魯諸生二十餘人」。㊅在今河南郾城縣，春秋齊桓公率諸侯之師盟於邵陵。

送李錄事兄歸襄陽

十年多難與君同。幾處移家逐轉蓬㊀。白首相逢征戰後。青春已過亂離中。行人杳杳看西月。歸馬蕭蕭向北風㊁。漢水楚雲千萬里。天涯此別恨無窮。

註釋 ㊀蓬草因風飛轉，因以喻轉徙無常，潘岳西征賦「飄萍浮而蓬轉」。㊁古詩：「胡馬依朔風」。

青谿口送人歸岳州㊀

洞庭何處雁南飛。江菼蒼蒼客去稀㊁。帆帶夕陽千里沒。天連秋水一人歸。黃花裛露開沙岸。白鳥銜魚上釣磯。歧路相逢無可贈㊂。老年空有淚霑衣。

註釋 ㊀辭海此條下注有二地，「一在湖北省遠安縣東南」，當卽此地。㊁菼、音毯、荻也。㊂列子楊朱篇「歧路之中，又有歧焉」，以喻本同末異。

自夏口至鸚鵡洲望岳陽寄阮中丞

汀洲無浪復無煙㊀。楚客相思亦渺然。漢口夕陽斜度鳥。洞庭秋水遠連天。孤城背嶺寒吹角㊁。獨戍臨江夜泊船。賈誼上書憂漢室㊂。長沙謫去古今憐。

註釋 ㊀「水平謂之汀」，此謂江洲平遠，非地名。㊁角，軍中吹器。古人以爲軍令。㊂見前「過賈誼宅」註。

韋應物二首

寄李儋元錫

去年花裡逢君別。今日花開又一年。世事茫茫難自料。春愁黯黯獨成眠。身多疾病思田里。邑有流亡愧俸錢。聞道欲來相問訊。西樓望月幾回圓㊀。

註釋 ㊀清一統志：「江蘇蘇州府觀風樓，唐時謂之西樓。」白居易有西樓會宴詩。

詩評 朱文公盛稱此詩五六好，以唐人仕宦，多誇美州宅風土，此獨謂「身多疾病，邑有流亡」賢矣。（瀛奎律髓）

自鞏洛舟行入黃河即事寄府縣寮友㈠

夾水蒼山路向東，東南山豁大河通。寒樹依微遠天外，夕陽明滅亂流中。孤村幾歲臨伊岸㈡，一雁初晴下朔風，爲報洛橋遊宦侶。扁舟不繫與君同。

註釋 ㈠自鞏縣至洛陽。㈡伊水在洛陽。

盧綸三首

綸字允言，河中人，避天寶亂來客鄱陽。大曆初數舉進士，不第，元載素賞重，取其文進之，補閿鄉尉，累遷戶部郎中，監察行使。（以上據唐才子傳）初大曆中詩人李端、錢起、韓翃輩能五言詩，而融情捷麗，綸作尤工（以上據舊唐書盧行簡傳）。綸與吉中孚、韓翃、耿湋、錢起、司空曙、苗發、崔峒、夏侯審、李端、聯藻文林……時號「大曆十才子」。（以上據唐才子傳）

晚次鄂州㈠

雲開遠見漢陽城。猶是孤帆一日程。估客晝眠知浪靜。舟人夜語覺潮生。三湘愁鬢逢秋色。萬里歸心對月明。舊業已隨征戰盡。更堪江上鼓鼙聲㈡。

註釋 ㈠今湖北武昌縣治。㈡似指至德元載永王璘起兵事。

詩評

起句點題，次句縮轉，用筆轉折有勢，三四與在象外，卓然名句，有遠想。（唐宋詩舉要引方回語）

至德中途中書事寄李潤

亂離無處不傷情，況復看碑對古城㈠。路遶寒山人獨去，月臨秋水雁空驚。顏衰重喜歸鄉國，身賤多慚問姓名，今日主人還共醉，應憐世上有儒生。

註釋 ㈠似指河中，蓋有鄉國句也。

秋日過獨孤郊居

閒園遇水到郊居，共引家僮拾野蔬，高樹夕陽連古巷。菊花藜葉滿荒渠。秋山近處行遇寺，夜雨寒時起讀書。帝里諸親別來久㊀，豈知王粲舊樵漁㊁。

註釋 ㊀帝里指長安。崔盧均北周以來大姓，中朝多其姻眷。㊁寬按：詩似避亂在鄱陽作者，故有王粲之謂。

韓翃一首

翃字君平，南陽人，天寶十三年進士第，閑居十年，後以駕部郎中制誥，終中書舍人，新唐書附盧綸傳。（以上據高步瀛唐宋詩舉要）

送冷朝陽歸上元㊀

青絲纜引木蘭船㊁，名遂身歸拜慶年㊂。落日澄江烏榜外，秋風疏柳白門前㊃。橋通小市家林近，山帶平蕪野寺連。別後剛逢寒食節，共誰攜手在東田㊄。

註釋 ㊀冷朝陽，金陵人，大歷四年進士。今南京市謂之上元。㊁述異記曰：木蘭洲在潯陽江中，多木蘭樹。㊂唐人與親別而復歸，謂之拜家慶。㊃白門今南京，宋書：「宣陽門，民間謂之白門。」梁書沈約傳：「立宅東田，矚望郊阜，嘗爲郊居賦。」

李益一首

鹽州過五原至飲馬泉㊀

綠楊著水草含煙，舊是胡兒飲馬泉，幾處吹笳明月夜㊁，何人倚劍白雲天㊂。從來凍合關山道，今日分流漢使前。莫遣行人照容鬢，恐驚憔悴入新年。

註釋 ㊀清一統志：「甘肅甯夏府鹽州故城，在靈州（今靈武縣）東南，飲馬泉當卽在旁。」高步瀛謂非新唐書西受降城北之鸊鵜泉。㊁藝文類聚引世說劉越石（琨）在胡騎圍中吹笳，賊皆悽然長嘆。㊂宋玉大言賦「長劍耿耿倚天外」，左思詠史詩亦云。

詩論摘輯

李君虞生長西涼，負才尚氣，流落戎旃，坎壈世故。所作從軍詩，悲壯宛轉，樂人譜入聲歌，至今誦之令人悽斷。

（唐音癸籤引遯叟語）

柳宗元三首

登柳州城樓寄漳汀封連四州刺史㈠

城上高樓接大荒，海天愁思正茫茫。驚風亂颭芙蓉水㈡，密雨斜侵薜荔牆㈢。嶺樹重遮千里目，江流曲似九迴腸。共來百越文身地㈣，猶自音書滯一鄉。

註釋 ㈠漳州韓泰、汀州韓曄、連州劉禹錫、封州陳諫，四人初與子厚同貶，後皆召至京師，又同出爲遠州刺史。㈡颭，風吹浪動也。㈢薜荔，香草，附木而生。㈣過秦論：「南取百越之地」。㈣文身，見莊子：「越人斷髮文身」。

得盧衡州書因以奉寄

臨蒸且莫歎炎方㈠，爲報秋來雁幾行。林邑東迴山似戟㈡，牂牁南下水如湯㈢。蒹葭淅瀝含秋露㈣，橘柚玲瓏透夕陽，非是白蘋洲畔客㈤。還將遠意問瀟湘。

註釋 ㈠即衡陽縣。㈡漢象林縣，馬援鑄銅柱處，今應在越南順化等處。㈢係船杙也，史記「牂牁江廣數里，出番禺城下」。㈣水草，蘆葦，詩秦風「蒹葭蒼蒼。」㈤南史：柳惲爲吳興太守，嘗爲江南曲云：「汀洲採白蘋，落日江南春。」

別舍弟宗一㈠

零落殘魂倍黯然，雙垂別淚越江邊。一身去國六千里㈡，萬死投荒十二年。桂嶺瘴來雲似墨㈢，洞庭春盡水如天，欲知此後相思夢，長在荊門郢樹煙。

註釋　㈠韓醇曰：「公之從兄弟見於集者，有宗一、宗玄、宗直。」㈡元和郡縣志：柳州北至上都四千二百四十五里」，加之河中水陸迂曲，故云六千里。㈢桂嶺，在今廣西賀縣東北百里。

詩評

姚鼐曰「結句自應用邊字，避上而用烟字」，（高）步瀛案郢樹邊太平凡，卽不與上複，恐非子厚所用，轉不如烟字神遠。寬按：瀛奎律髓收此詩，紀批「烟字趁韻」。

劉禹錫二首

西塞山懷古㈠

王濬樓船下益州㈡，金陵王氣黯然收。千尋鐵鎖沉江底㈢，一片降帆出石頭㈣。人世幾回傷往事，山形依舊枕寒流，今逢四海爲家日㈤，故壘蕭蕭蘆荻秋。

註釋　㈠西塞山，在湖北大冶縣東九十里。㈡王濬西晉益州刺史，奉詔征吳，舟楫之盛，自古未有。㈢晉書王濬傳：「吳人於江陵磧要害處，並以鐵鎖橫截之。」㈣石頭城，在今南京江甯縣西。㈤史記高祖本紀蕭何曰：「天子以四海爲家」。

松滋渡望峽中㈠

渡頭輕雨灑寒梅，雲際溶溶雪水來。夢渚草長迷楚望㈡，夷陵土黑有秦灰㈢。巴人淚應猿聲落，蜀客船從鳥道回，十二碧峰何處所㈣？永安宮外是荒臺㈤。

註釋　㈠屬江陵，今湖北省松滋縣。㈡雲夢，渚宮，楚故宮也。庾信哀江南賦：「章華望祭之所」。㈢夷陵，今宜昌。謂秦人焚坑之灰。㈣謂巫山。㈤永安宮在白帝城，蜀漢先主崩所。

詩論摘輯

蘇子由晚年多令人學劉禹錫詩，以爲用意深遠，有曲折處。（詩人玉屑引呂氏童蒙訓）

劉禹錫詩，以意爲主，有氣骨。（前書引吟譜）

夢得詩雄渾老蒼，尤多感慨之句。（劉克莊後村詩話）

李商隱九首

隋師東㈠

東征日調萬黃金。幾竭中原買鬬心。軍令未聞誅馬謖㈡。捷書惟是報孫歆㈢。但須鸑鷟巢阿閣㈣。豈假鴟鴞在泮林㈤。可惜前朝玄菟郡㈥，積骸成莽陣雲深。

註釋 ㈠朱長孺據通鑑寶曆太和間李同捷割據滄景，烏重胤討之，勞師重費，詩在此時作，藉隋煬帝征高麗之往事諷也。㈡馬謖，三國蜀將，慢命敗於街亭，諸葛亮誅之，並自貶。㈢孫歆，三國吳都督。西晉平吳之役，王濬先列上得孫歆頭，繼乃由杜預虜之。㈣鸑鷟，鳳屬，神鳥也。傳說有德則巢於阿閣，見尚書中候。㈤鴟鴞，惡鳥也，毛詩：「翩彼飛鴞，集於泮林。」案泮林學宮也。㈥玄菟，漢武在朝鮮置之一郡。

寫意

燕雁迢迢隔上林㈠。高秋望斷正長吟。人間路有潼江險㈡。天外山惟玉壘深㈢。日向花間留返照。雲從城上結層陰。三年已制思鄉淚。更入新年恐不禁。

註釋 ㈠用漢書蘇武傳於上林苑射雁事。㈡四川梓潼縣有梓潼江。㈢玉壘：清一統志：「玉壘山在灌縣西北。」案此二句馮浩謂：「此溯昔年至巴蜀途次，曾身親見此江之險，亦暗寓人心險於山川也。西川終無屬望，如山最深不得入矣，此謂寫意。」

錦瑟㈠

錦瑟無端五十絃㈡。一絃一柱思華年㈢。莊生曉夢迷胡蝶㈣。望帝春心托杜鵑㈤。滄海月明珠有淚㈥。藍田日暖玉生煙㈦。此情可待成追憶。只是當時已惘然。

題解　此以詩首之二字爲題，說此詩者，自宋以來：劉貢父中山詩話以爲令狐楚青衣之名，許彥周詩話以爲瑟曲有「適怨清和」，又云「感怨清和，令狐侍人能彈此四曲。」朱彝尊以爲悼亡之詩，馮浩（玉谿生注）曾國藩十八家詩鈔皆從其說。淸何焯宋翔鳳及近人張爾田（玉谿生年譜會箋），皆謂此詩爲自傷之詞。張氏特指滄海藍田二句曰：「備公毅魄，久已與珠海同枯；令狐相業，方且如玉田不冷」，爲指牛李紛爭而言。高步瀛氏唐宋詩舉要從之，謂「綜義山一生所遭，皆失意之事，故不待追憶，惘然，卽在當時已如此也。」余謂詩人思來無端，此詩不能專指悼亡，自係將死病中，追憶平生之作，而悼亡亦未嘗不在其中。滄海二句，以象徵詞彩，表生命過程之盛衰，似不宜忽插入政治寄慨。近人朱光潛氏文藝心理學美感與聯想謂：「珠未嘗有淚，玉更不能生烟，但『滄海月明、珠光或似淚影，藍田日暖，玉霞或似輕烟，只是想像揣擬之詞，以此意暗示悲哀。」此則深得解詩之法，固不必死於句下也。

註釋　㈠錦瑟，謂瑟紋如錦也。㈡史記封禪書曰：「太帝使素女鼓五十絃瑟悲，帝禁不止，故破其瑟爲二十五絃。」㈢華年，指少時。㈣莊子齊物論夢爲蝴蝶。㈤傳望帝化爲鳥，曰杜鵑，春來悲鳴。㈥月明珠淚，博物志曰：「南海外有鮫人，其眼能泣珠。」㈦藍田，縣名，在今陝西省。西都賦註：「玉英出藍田。」生烟，困學紀聞，引司空圖：「載容州（叔倫）謂詩家之景，如藍田日暖，良玉生烟，可望而不可置於眉睫也」。足見其爲象徵之用詞。

深宮

金殿香銷閉綺櫳。玉壺傳點咽銅龍㈠。狂飇不惜蘿陰薄。清露偏知桂葉濃。斑竹嶺邊無限淚㈡。景陽宮裏及時鐘㈢。豈知爲雨爲雲處。祇有高唐十二峰。

註釋　㈠玉壺所以記時也。初學記苗夔漏刻法：「爲器三重，圓皆徑尺，若立於水跗蹢之上，如金龍口吐水轉注。」㈡舜巡蒼梧不返，二妃淚漬竹成斑。㈢景陽宮，陳宮名，又樓名。南齊武帝時置鐘于其上，每夜五鼓及三鼓，宮人聞鐘聲皆起粧飾。

重有感

玉帳牙旗得上游。安危須共主君憂。竇融表已來關右㈠。陶侃軍宜次石頭㈡。豈有蛟龍愁失水。更無鷹隼與高秋。晝號夜哭兼幽顯。早晚星關雪涕收㈢。

題解

高步瀛唐宋詩舉要題下箋注云：「義山此首前，有有感二首，自注曰「乙卯年有感，丙辰年詩成」，是此詩爲感於唐文宗太和九年（乙卯）宦官仇士良誅宰相王涯、李訓、鄭注等事變之作。惜抱軒筆記李義山詩條下極論此詩。

註釋　㈠後漢書竇融傳曰：「帝授融涼州牧，融既深知帝意，乃與隗囂書責讓之，砥礪兵馬，上疏請師期，帝深嘉美之，馮曰：「此謂表已至京師也。」㈡東晉蘇峻作逆，京師不守，溫嶠邀陶侃同赴朝廷，因推爲盟主。侃戎服登舟，與溫嶠、庾亮，俱會石頭。」㈢以星關喻天子禁兵。

重過聖女祠㈠

白石巖扉碧蘚滋。上清淪謫得歸遲㈡。一春夢雨常飄瓦㈢。盡日靈風不滿旗。萼綠華來無定所㈣。杜蘭香去未移時㈤。玉郎會此通仙籍。憶向天階問紫芝㈥。

註釋　㈠水經註：「武都秦岡山懸崖之側列壁之上有神像，狀婦人之容，其形上赤下白，世名之曰聖女。」㈡道書上清，太上宮名，玉景道君所居。㈢夢雨，細雨。㈣萼綠華，仙女名，曾降羊權家。見陶弘景眞誥。㈤神女杜蘭香傳：「西王母接而養之於昆崙之山」㈥紫芝，隋宮名。

詩評

此自喻也，名不挂朝籍，同於聖女淪謫不字，萼華蘭香，則夢得所謂「沈舟側畔千帆過，病樹前頭萬木春」者耳。」（朱鶴齡李義山詩箋語）

無題㈠錄二

相見時難別亦難。東風無力百花殘㈡。春蠶到死絲方盡。蠟炬成灰淚始乾。曉鏡但愁雲鬢改。夜吟應覺月光寒。蓬山此去無多路㈢。青鳥殷勤爲探看㈣。

註釋　㈠紀昀謂無題詩有確有寄托者，來是空言去絕蹤之謂……」朱鶴齡箋「此亦感遇之作」。㈡朱箋謂「東風無力，上無明主也，百花殘，已且老至也。」㈢蓬山，蓬萊之山，神仙所居。㈣青鳥：漢武故事，上于承華殿齋，忽青鳥從西來。近聞彭醇士先生云：「此詩乃爲唐文宗作。文宗被幽，青鳥探看，正欲知其信息耳」。

重幃深下莫愁堂㈠。臥後清宵細細長。神女生涯原是夢。小姑居處本無郎。風波不信菱枝弱。月露誰敎桂葉香。直道相思了無益。未妨惆悵是清狂。

註釋　㈠莫愁堂，卽「盧家少婦鬱金堂」，見古意詩註。

安定城樓㈠

迢遞高城百尺樓。綠楊枝外更汀洲。賈生年少虛垂淚。王粲春來愛遠遊。永憶江湖歸白髮。欲廻天地入扁舟㈡。不知腐鼠成滋味。猜意鵷雛竟未休㈢。

註釋　唐書涇州保定郡屬關內道，本安定郡，至德三載更名，按今甘肅平涼縣迤東之地。㈡紀昀謂：「欲迴句言歸老扁舟中；自爲世界，如縮天地於一舟然」。寬按：自慨功名無路，終老江湖也。王荆公深愛之，謂「雖老杜無以過也。」㈢見莊子，「鴟得腐鼠，鵷雛過之，仰而視之曰嚇。」鵷雛卽鵷雛，鳳鳥也。

詩評

上半言不寐凝思，惟有寂寥之况，往事難尋，空齋無侶，至謂菱枝本弱，那禁風波屢吹，慨今也；亦謂桂枝之香，惟從月露折贈，遡舊也，雖相思無益，終抱痛情耳。此眞沈淪悲憤，一字一淚之篇。（馮浩語）

詩論摘輯

王荆公晚年亦喜稱義山詩，以爲唐人知學老杜，而得其藩籬，惟義山一人而已。（蔡寬夫詩話）

義山詩精索羣材，包蘊密緻，味酌之而愈出。（唐音癸籤引楊大年語）

義山近體，襞積重重，長於諷諭，中多借題攄抱，遭時之變，不得不隱也。（沈德潛說詩晬語）

玉谿生雖晚出，而才力實爲卓絕。七律佳者，幾欲遠追拾遺（杜），其次者猶足近掩劉（禹錫）、白。第以矯弊滑易，用思太過，而僻晦之弊又生，要不可不謂之詩中豪士矣。（姚鼐今體詩鈔序言）

杜牧四首

河湟㊀

元載相公曾借箸㊁。憲宗皇帝亦留神。旋見衣冠就東市㊂。忽遺弓劍不西巡㊃。牧羊驅馬雖戎服㊄。白髮丹心盡漢臣。惟有涼州歌舞曲㊅。流傳天下樂閑人。

註釋 ㊀今河套，唐以隨嫁公主，爲吐蕃所有。㊁代宗時相，以貪誅，唐書載其大歷八年吐蕃入寇，進斷西戎脛之策。史記留侯傳：「請爲大王借箸籌之。」㊂漢鼂錯以袁盎譖，衣冠就誅東市。見史記袁盎傳。㊃軒轅上仙，遺有弓劍，此言憲宗逝世。㊄蘇武爲匈奴驅牧羊，此謂吐蕃屢留唐使。㊅即樂曲涼州破，西涼時所獻，天寶時流行。

李給事中敏㊀

一章緘拜皂囊中㊁。懍懍朝庭有古風。元禮去歸緱氏學㊂。江充來見犬臺宮㊃。紛紜白晝驚千古。鈇鑕朱殷總一空。曲突徙薪人不會㊄。海邊今作釣魚翁。

註釋 ㊀唐書李中敏傳：太和六年大旱，中敏上言，請斬鄭注，以病告歸，又論仇士良，爲所怒，復棄官去。㊁後漢書蔡邕傳：「凡章皆啓封，其言密事得皂囊也。」㊂元禮，漢李膺字。後漢書黨錮傳李膺本傳：「以公事免官，還居綸氏，教授常千人」此云緱氏疑誤。㊃漢武帝時小臣，譖太子致反，初見於犬台宮。見漢書翁賀江傳。㊄曲突徙薪，喻防患未然。事見漢書霍光傳。

題宣州開元寺水閣下宛溪夾溪居人

六朝文物草連空㊀。天澹雲閒今古同。鳥去鳥來山色裡。人歌人哭水聲中㊁。深秋簾幕千家雨。落日樓臺一笛風。惆悵無因見范蠡㊂。參差煙樹五湖東。

註釋 ㊀文物，制度文章也。左傳「聲明文物」。㊁左傳張老頌之曰：「歌於斯，哭於斯。」㊂國語越語：「范蠡遂乘輕舟，以浮于五湖。」

九日齊山登高

江涵秋影雁初飛。與客攜壺上翠微㊀。塵世難逢開口笑。菊花須插滿頭歸。但將酩酊酬佳節。不用登臨歎落暉。古往今來只如此。牛山何必獨霑衣㊁。

註釋 ㊀爾雅釋山「未及上翠微」邢疏：「山氣青縹色，故曰翠微」。㊁孟子「牛山之木嘗美矣」。晏子春秋：景公遊於牛山而流涕。

詩論摘輯

杜牧之詩風調高華，片言不俗，有類新及第少年，略無少藏處，因難成一唱三嘆也。（宋蔡絛詩評詩人玉屑引）

杜牧、許渾同時，然各爲體。然於唐律中常寓少拗峭、以矯時弊。（宋劉克莊後村詩話）

牧之詩含思悲悽、流情感慨、抑揚頓挫之節，尤其所長。以時風委靡、獨持拗峭，雖云矯其流弊，然持情亦巧矣。（唐音癸籤引明徐獻忠語）

溫庭筠三首

利州南渡㊀

澹然空水帶斜暉。曲島蒼茫接翠微。波上馬嘶看棹去。柳邊人歇待船歸。數叢沙草羣鷗散。萬頃江田一鷺飛。誰解乘舟尋范蠡。五湖煙水獨忘機。

註釋 ㊀今四川廣元縣治。

蘇武廟

蘇武魂銷漢使前㊀。古祠高樹兩茫然。雲邊雁斷胡天月。隴上羊歸塞草煙。回日樓臺非甲帳㊁。去時冠劍是丁年㊂。茂陵不見封侯印㊃。空向秋波哭逝川㊄。

註釋 ㊀蘇武字子卿，曾使匈奴，詳見漢書本傳。㊁漢武故事「以琉璃、珠玉、明月、夜光，錯雜天下珍寶爲甲帳」。㊂丁年，謂丁壯之年也。㊃茂陵，漢武帝陵名。㊄論語：「子在川上曰：逝者如斯夫」。

詩評

雪浪齋日記：「溫庭筠小詩尤精，如『牆高蝶過遲』，又『蝶翎胡粉重，鴉背夕陽多』，又過蘇武廟詩云『歸日樓台非甲帳，去時冠劍是丁年』皆工句也」。（寬按：丁甲皆干支字，而又運典切合故佳。）

過陳琳墓㊀

曾於青史見遺文。今日飄蓬過此墳。詞客有靈應識我。霸才無主始憐君。石麟埋沒藏秋草㊁。銅雀荒涼對暮雲㊂。莫怪臨風倍惆悵。欲將書劍學從軍。

註釋 ㊀陳琳字孔璋，建安七子之一。初爲袁紹書記，後歸曹操爲軍謀祭酒典記。軍國書檄多所作。墓在邳州。㊁西京雜記：五柞宮西有青梧觀，觀前有三梧桐樹，樹下有石麒麟二枚，……始皇驪山墓上物也。㊂鄴中記：曹操築台高二丈五尺，置銅雀於樓顛，名銅雀台。

詩評

紀昀曰：詞客指陳，霸才自謂。此一聯有異代同心之感，實則彼此互文，應字極兀傲，始字沈痛。通首以此二語爲骨。（高著唐宋詩舉要引）

溫飛卿與義山齊名，詩體麗密概同，筆徑獨較甜捷，俊爽若牧之，藻綺若庭筠，精深若義山，整密若丁卯（許渾）
，皆晚唐錚錚者。（唐音癸籤引）

韓偓三首

韓偓字致堯（苕谿漁隱作致元），京兆萬年人（今西安）。唐昭宗龍紀元年擢進士第。歷翰林學士，中書舍人，兵部侍郎，以不附朱全忠，貶濮州司馬，再貶榮懿尉，徙鄧州司馬。天佑二年復原官，偓不赴召，依閩王審知，卒。生於武宗會昌四年（西元八四四）卒於後唐同光元年（西元九二三）年八十歲。著有集一卷，香奩集一卷，又作金鑾密記五卷。拙著「韓偓簡譜」，刊東海圖書館學報，略考生平。今通行有玉山樵人集（四部叢刊本）韓翰林集（關中叢書本）。

故都

故都遙想草萋萋。上帝深疑亦自迷㈠。塞雁已侵池籞宿㈡。宮鴉猶戀女牆啼。天涯烈士空垂淚㈢。地下強魂必噬臍㈣。掩鼻計成終不覺㈤。馮讙無路斅鳴鷄㈥。

註釋 ㈠上帝二句即庾子山哀江南賦「翦鶉首而賜秦，天胡為而此醉」之意。㈡折竹以繩，連綿禁籞使人不得往來者。謂之籞。即竹籬。㈢指裴樞、獨孤損、崔遠、趙崇、王贊、王溥、陸扆等同日死於白馬驛者。見五代史唐六臣贊。㈣左傳「君不早圖，後將噬臍。」杜註：「若齧腹臍」，喻不可及。㈤韓非內儲：「魏王遺荊王美人，夫人鄭袖教以見王常掩鼻。謂其惡王臭，王怒劓之，此喻以狐媚取天下。㈥史記孟嘗君傳：客有能為鷄鳴者，遂度函谷關。馮讙曾為孟嘗君門客。

詩評

吳闓生曰：此國亡後作，慷慨欲報之意，情見乎詞。

安貧

手風慵展八行書。眼暗休尋九局圖㈠。窗裡日光飛野馬㈡。案頭筠管長蒲盧㈢。謀身拙為安蛇足㈣。報國危曾捋虎須㊄。滿世可能無默識。未知誰擬試齊竽㊅。

註釋 ㊀棊圖有九局。㊁莊子逍遙遊：「野馬也，塵埃也。」野馬，春月澤中遊氣也。㊂爾雅釋虫：「果蠃蒲盧」。郭璞註：「卽細腰蜂也。」㊃戰國策：舍人飲酒不足，畫地爲蛇，先成者飲，爲蛇足者，終亡其酒，喻弄巧成拙。㊄莊子盜跖篇：「料虎頭，編虎須，幾不免虎口哉。」偓在昭宗朝以荐趙崇爲相，開罪朱溫，幾被禍。㊅韓非內儲：「齊宣王使人吹竽，必三百人，南郭處士請爲王吹竽。湣王立，好一一聽之，處士逃。」

亂後春日途經野塘

世亂他鄉見落梅。野塘晴暖獨徘徊。船衝水鳥飛還住。袖拂楊花去却來。季重舊遊多喪逝㊀。子山新賦極悲哀㊁。眼看朝市成陵谷。始信昆明是劫灰㊂。

註釋 ㊀吳質字季重，曹丕爲太子，嘗與質書曰：「昔年疾疫，親故多罹其災，徐、陳、應、劉，一時俱逝。」㊁庾信字子山，北渡作哀江南賦。㊂漢武帝鑿昆明池，極深，悉是灰墨，無復土，舉朝不解。至後漢明帝時，西域道人來洛陽，謂：天地將盡則劫燒，此劫燒之餘也。

詩論摘輯

韓致堯冶遊情篇，豔奪溫李，自是少年手筆，翰林及南遷後，頓趨淺率矣。（唐音癸籤）

晚唐唯韓致堯爲一大家，其忠亮大節，亡國悲憤，具在篇章，蓋能於杜公外自樹一幟。（唐宋詩舉要引吳闓生語）

司空圖四首

陳疾㊀

自憐旅舍亦酣歌。世路無機奈爾何㊁。霄漢碧來心不動㊂。鬢毛白盡興猶多。殘陽暫照鄉關近。遠鳥因投嶽廟過。閒得此身歸未得。磬聲深夏隔煙蘿。

註釋 ㊀論語：「陳力就列，不能者止。」此言乞退之意。㊁用列子鷗鳥忘機及莊子漢陰丈人忘機事。㊂霄漢，謂天際也，亦如高曠至極之喻，殆以拒朝廷逼其仕宦。

山中

全家與（一作爲）我戀孤岑㊀。蹋得蒼苔一徑深。逃難人多分隙地。放生麋（一作鹿）大出寒林。名應不朽輕仙骨㊁。理到忘機近佛心。昨夜前溪驟雷雨。晚晴閑步數峯吟。

註釋 ㊀岑，山小而高也。㊁神仙傳：神人告墨子曰「子有仙骨」。杜送孔巢父詩：「自是君身有仙骨」

退棲

宦遊蕭索爲無能。移住中條最上層。得劍乍如添健僕㊀。亡書久似失（一作憶）良朋。燕昭不是空憐馬㊁。支遁何妨亦愛鷹㊂。自此致身繩檢外㊃。肯教世路日兢兢。

註釋 ㊀世亂防身，故得劍如得健僕。㊁國策：郭隗說燕昭王曰：有市千里馬者云云。昭王築台尊事隗。㊂世說支公愛馬，曰：「貧道愛其神駿」，此喻鷹俊物。㊃繩墨檢束，糾正約束之意。

光啓四年春戊申一作歸王官次年作。

亂後燒殘數架書。峰前猶自戀吾廬。忘機漸喜逢人少。覽鏡空憐待鶴疏。孤嶼池痕春漲滿。小闌花韻午晴初。酣歌自適逃名久。不必門多長者車㊀。

註釋 ㊀史記陳丞相世家：以弊席爲門，然門外多有長者車轍。

詩論摘輯

司空表聖自評其集：「撐霆裂月，劼作者之肝脾」，誇負不淺。此公氣體，不類衰末，但篇法未甚諳，每每意不貫浹，如鑪金欠火未融。（唐音癸籤評彙引遯叟語）

表聖綸扉舊臣，詭隱瞻烏之日；致堯閩南逋客，完節改玉之秋，讀其詩，當知意中別有一事在，此等吟人，未論工拙，要爲無負昭陵。（唐音癸籤評彙）

第五部分　樂府

淵源——詩論摘輯

秦燔樂經，漢初紹復，制氏紀其鏗鏘，叔孫定其容與，於是武德興乎高祖，四時廣於孝文，雖摹韶夏，而頗襲秦舊。中和之響，闃其不還。暨武帝崇禮，始立樂府，總趙代之音，撮齊楚之氣，延年以曼聲協律，乘（枚）馬以騷體製歌；桂華雜曲，麗而不經，赤雁羣篇，靡而非典；河間薦雅而罕御，故汲黯致譏於天馬也。……暨後郊廟，惟雜雅章，辭雖典文，而律非夔曠。至於魏之三祖，氣爽才麗，宰割辭調，音靡節平，觀其北上衆引，秋風列篇，或述酣宴，或傷羈戍，志不出於淫蕩，辭不離於哀思，雖三調之正聲，實韶夏之鄭曲也。（文心雕龍樂府篇）

樂府之興，肇於漢魏，歷代文士，篇詠實繁。（唐吳兢樂府古題要解）

古詩皆樂也。文人爲之詞曰詩，樂工協之于鍾呂爲樂。……總而言之，製詩以協於樂，一也；采詩入樂二也；古有此曲，倚其聲爲詩三也；自製新曲，四也；擬古五也；詠古題六也，幷杜陵之新題樂府七也。……樂府之名，始於漢惠，至武帝立樂府之官，以李延年爲協律都尉，採詩夜誦，有趙代齊魏之歌，又使司馬長卿等造十九章之歌，此樂府之始也。（清馮定遠鈍吟雜錄）

蔡邕禮樂志曰：漢樂四品，其四曰短簫鐃歌，軍樂也。（樂府詩集）

漢鼓吹鐃歌十八曲，字多訛誤，一曰朱鷺，二曰思悲翁，三曰艾如張，四曰上之回，五曰擁離，六曰戰城南，七曰巫山高，八曰上陵，九曰將進酒，十曰君馬黃，十一曰芳樹，十二曰有所思，十三曰稚子班，十四曰聖人出，十五曰上

邪，十六曰臨高台，十七曰遠如期，十八曰石留。又有務成，玄黃，黃爵、釣竿，亦漢曲也，其辭亡。(古今樂錄)

漢鼓吹鐃歌十八篇，按古今樂錄，皆聲辭相雜，不復可分。(宋書樂志)

漢時有短簫鐃歌之樂，其曲有朱鷺等，列於鼓吹，多序戰陣之事。(晉書樂志)

無名氏九首

戰城南

戰城南。死郭北。野死不葬，烏可食。為我謂烏。且為客豪㈠。野死諒不葬㈡，腐肉安能去子逃㈢。水深激激㈣。蒲葦冥冥㈤。梟騎戰鬪死㈥。駑馬徘徊鳴。梁築室。何以南。何以北。禾黍不穫君何食。願為忠臣安可得。思子良臣。良臣誠可思。朝行出攻。暮不夜歸。

註釋　㈠豪猶傲也。㈡諒，信也。㈢子指烏也。㈣方言：「激，清也。」㈤冥冥，草木深密陰暗貌。㈥梟，謂最勇健也。與驍通，良馬也。

詩論摘輯

戰城南，戒王者之勤遠略也。(樂府廣序)

此塞上屯戍之士，且耕且戰，痛死亡之苦，而思良將帥也。其武帝取匈奴河南地，築朔方，繕故塞，匈奴數大入殺掠，屯戍之時乎。(陳沆詩比興箋)

此篇義同國殤。作者設為忠臣甘心戰死之辭，謂戰死陳尸，烏必得而食之，乃語烏曰：子可傲客矣，戰死曠野，棄尸不掩，腐肉安能逃子之嘴爪乎?可以恣子之啄食矣。死後豪語，較馬革裹尸，尤為悲壯。水深四句，寫戰後蕭條情景，蓋忠臣視死如歸，故有此奇想。然請纓無路，報國何由，則雖欲肝腦塗地，願為忠臣，又安可得耶?思以上寫忠臣慷慨激烈之懷，末四句則作者致其思慕之意。思子良臣者，思此感激輕生，忘身報國之忠臣也。朝出生而暮戰死，可謂烈矣，所以長吟永慕，不能自已也。(潘重規樂府詩選講稿)

寬按：夏敬觀漢短簫鐃歌注，亦以此篇爲鼓勵將士之辭。蓋鐃歌既爲軍樂，不應有非戰之辭，其旨當與楚辭國殤同。

江南㈠

江南可采蓮。蓮葉何田田㈡。魚戲蓮葉間。魚戲蓮葉東。魚戲蓮葉西。魚戲蓮葉南。魚戲蓮葉北。

註釋 ㈠黃節漢魏樂府詩箋引郗昂樂府解題云：「江南、古辭。蓋美芳辰麗景，嬉遊得時也。」爾雅：「江南曰揚州。」㈡田田，蓮葉貌。

雞鳴㈠

雞鳴高樹巔。狗吠深宮中。蕩子何所之㈡。天下方太平。刑法非有貸㈢。柔協正亂名㈣。黃金爲君門。碧玉爲軒堂。上有雙樽酒。作使邯鄲倡㈤。劉王碧青甓㈥。後出郭門王㈦。舍後有方池。池中雙鴛鴦。鴛鴦七十二。羅列自成行。鳴聲何啾啾㈧。聞我殿東廂。兄弟四五人。皆爲侍中郎㈨。五日一時來。觀者滿路傍。黃金絡馬頭。熲熲何煌煌㈩。桃生露井上。李樹生桃傍。蟲來齧桃根。李樹代桃殭。樹木身相代。兄弟還相忘。

註釋 ㈠樂府解題曰：「雞鳴，初言天下方太平，蕩子何所之；次言黃金爲門，白玉爲堂，置酒作倡樂爲樂；終言桃傷而李仆，喻兄弟當相爲表裏。兄弟三人近侍，榮耀道路，與相逢狹路間行同。」㈡蕩子，狂蕩之人。㈢貸，寬假也。㈣柔協，柔服也。爾雅：「協，服也。」㈤作使，役使也。邯鄲，趙地。倡，女樂也。㈥爾雅：「瓴甋謂之甓。」碧青甓，惟王家用之。㈦郭門，皋門也。郭門王者，郭門外之侯王，謂異姓諸侯王也。㈧啾啾，鳴聲。㈨黃箋謂侍中中郎將王商、侍中衞尉王鳳、侍中太僕王音、侍中騎都尉王莽。寬案此亦泛指，似不必求人實之。㈩熲，光也。

詩論摘輯

熟讀衞霍諸傳，方知此詩寓意，此詩必有所刺。首云蕩子何之，繼之柔協亂名；中則追敘其盛時，既謂兄弟四五人皆爲侍中，何等赫奕；而末乃借桃李以傷之。蓋有權貴罹禍，其兄弟莫相爲理，惟僥倖得脫，刺之云云。首尾乃正意，中故作詰曲，所謂「定哀多微辭」耳。（黃箋引李子德語）

當時必有爲而作，其事不傳，無緣可知，但覺淋漓古雅。古雅，辭也，淋漓，情也，彼自有情，即事不傳而情未嘗不傳。「雞鳴」二句，太平景象如覩；「黃金」以下，繁華之狀寫得曲象；「桃生」以下，比興之旨，曲折入情。（黃箋引陳胤倩語）

陌上桑㈠

日出東南隅。照我秦氏樓。秦氏有好女。自名爲羅敷。羅敷憙（一作善）蠶桑。採桑城南隅。青絲爲籠系㈡。桂枝爲籠鉤。頭上倭墮髻㈢。耳中明月珠㈣。緗綺爲下帬㈤。紫綺爲上襦㈥。行者見羅敷。下擔捋髭鬚㈦。少年見羅敷。脫帽著帩頭㈧。耕者忘其犂。鋤者忘其鋤。來歸相怨怒。但坐觀羅敷（一解）㈨。使君從南來。五馬立踟蹰。使君遣吏往。問是誰家姝㈩。『秦氏有好女。自名爲羅敷。』『羅敷年幾何。』『二十尚不足。十五頗有餘。』使君謝羅敷⑪。『寧可共載不。』羅敷前置詞。『使君一何愚。使君自有婦。羅敷自有夫（二解）。東方千餘騎。夫壻居上頭。何用識夫壻。白馬從驪駒⑫。青絲繫馬尾。黃金絡馬頭。腰中鹿盧劍⑬。可直千萬餘。十五府小吏。二十朝大夫。三十侍中郎。四十專城居⑭。爲人潔白皙。鬑鬑頗有鬚⑮。盈盈公府步。冉冉府中趨。坐中數千人。皆言夫壻殊。』（三解前有豔歌曲，後有趨）

註釋　㈠崔豹古今注：「陌上桑者，出秦氏女子。秦氏，邯鄲人，有女名羅敷，爲邑人千乘王仁妻。王仁後爲趙王家令，羅敷出采桑於陌上，趙王登台見而悅之，因置酒欲奪焉。羅敷巧彈箏，乃作陌上桑之歌以自明，趙王乃止。」樂府題解：「古辭。言羅敷采桑，爲使君所邀，盛誇其夫爲侍中郎以拒之。」與前說不同。㈡系，繫也。籠，籃也。㈢倭墮髻，長安婦人好桓（橫）盤墮馬髻。或謂墮馬之餘形也。㈣珠在耳中，似爲穿耳。㈤緗，帛淺黃色也。綺，織素爲文曰綺。㈥襦，短衣。㈦捋，音ㄌㄜ摩娑也。㈧帩頭，頭綃也，鈔髮使上從也。㈨古今樂錄：「傖歌以一句爲一解，中國以一意爲一解。」古曰章，今日解。⑩姝，美色也，音ㄕㄨ。⑪謝，問也。⑫純黑曰驪，馬五尺以上曰駒。⑬漢書雋不疑傳晉灼注曰：「古長劍首以玉作井鹿盧形，上刻木作山形，如蓮花初生未敷時，今大劍木首，其狀似此。」⑭潘岳馬汧督誄：「剖符專城。」謂爲太守也。⑮鬑，長貌，音廉。

詩論摘輯

陌上桑歌「日出東南隅」。寫羅敷全須寫容貌，今止言服飾之盛耳，無一言及其容貌，特於看羅敷者盡情描寫；誠妙。立踟躕是人而反言馬，亦奇。（黃箋引陳胤倩語）

「日出東南隅，照我秦氏樓」，起句便有容華映朝日之意。羅敷對使君之語只說夫壻，而自己之不可犯，使君之冒昧，更不必言。（黃箋引費滋衡語）

相逢行㈠

相逢狹路間，道隘不容車。不知何年少，夾轂問君家。君家誠易知。易知復難忘。黃金爲君門，白玉爲君堂。堂上置樽酒。作使邯鄲倡。中庭生桂樹。華燈何煌煌。兄弟兩三人。中子爲侍郎。五日一來歸。道上自生光。黃金絡馬頭。觀者盈道傍。入門時左顧。但見雙鴛鴦。鴛鴦七十二。羅列自成行。音聲何噰噰㈡。鶴鳴東西廂㈢。大婦織綺羅。中婦織流黃㈣。小婦無所爲。挾瑟上高堂。丈人且安坐。調絲方未央（一作調絲未遽央）。

註釋 ㈠郭茂倩樂府詩集曰：「相逢行一曰相逢狹路間行，亦曰長安有狹斜行。」樂府解題曰：「古辭，文意與雞鳴曲同。」㈡爾雅：「噰噰，音和也。」㈢史記索隱：『正寢之東西室皆號曰廂，言似廂篋之形。』㈣羊勝屏風賦注：「流黃，間色素也。」環濟要略：「間色有五：紺、紅、縹、紫、流黃也。」

詩評

相逢行歌相逢狹路間，刺俗也。俗化流失，王政衰焉。曲中游俠相過，侈富踰制，有五噫歌「遼遼未央」意，雅斯變矣。一曰：此國風之賦「邂逅」也。漢周子居嘗云：「吾時月不見黃叔度，則鄙吝復生」；戴良少所服下，見憲輒自降薄，悵然曰：「瞻之在前，忽焉在後」；豈古辭所謂「君家誠易知，易知復難忘」者耶？疑是好賢之什。第辭列清調，則諷義爲長。（黃箋引朱止谿語）

寫繁華甚盛，變宕百出，古雅紛披。道隘句既切狹路，又見車之高廣。易知難忘，可知是名家，大家。金門、玉堂，極寫富麗。兄弟兩三人，但道可知。觀者盈路旁，與夾轂相映。左顧，右字作態。末六句，後人所摘爲三婦豔也。大抵是小婦獨承寵，故不令織作耳。安坐未央，有百年長壽之意。（黃箋引陳胤倩語）

蕩子遊狹斜，寫來恍恍惚惚，如遊仙之夢，不可名言。賈長沙疏云：「倡優得爲后飾」，觀此詩卽軒廬皆僭擬王侯矣。回憶青門舊遊轄，悽悽增盛衰之感。（黃箋引李子德語）

隴西行㊀

天上何所有。歷歷種白楡。桂樹夾道生。青龍對道隅。鳳凰鳴啾啾㊁。一母將九雛。顧視世間人。爲樂甚獨殊。好婦出迎客。顏色正敷愉㊂。伸腰再拜跪。問客平安不？請客北堂上。坐客氈氍毹㊃。清白各異樽。酒上正華疏㊄。酌酒持與客。客言主人持。却略再拜跪。然後持一杯。談笑未及竟。左顧敕中廚㊅。促令辦麤飯㊆。愼莫使稽留。廢禮送客出㊇。盈盈府中趨。送客亦不遠。足不過門樞㊈。取婦得如此。齊姜亦不如。健婦持門戶。亦勝一丈夫。

註釋　㊀郭茂倩樂府詩集曰：『樂府解題云：「始言婦有容色，能應門承賓；次言善於主饋；終言送迎有禮。」通典曰：「秦置隴西郡，以居隴坻之西爲名。」此篇出諸集，不入樂志。』㊁白楡，桂樹，青龍，鳳凰，皆指星言。㊂敷愉，愉悅也。㊃風俗通：『織毛褥謂之氍毹。』㊄華疏，猶敷疏，盛貌。㊅勅，誠也。㊆麤，音義同粗。㊇廢禮，終禮也。

詩評

此羡健婦能持門戶之詩。舊解皆云中含諷意，蓋因婦人宜處深閨，不應賓客也。然玩詩意，以鳳凰和鳴，一母九雛興起，則此好婦之無夫無子，自可想見；門戶既藉以持，賓客胡能不待？篇中絕無含刺之痕。起八句言天上物物成雙，鳳凰和鳴惟有將雛之樂，以及興世間好婦不幸無夫無子，自出待客之不得已來；似與下文氣不屬，却與下意境相關。詩中所敘，事事中禮，却處處引嫌。（黃箋引張蔭嘉語）

西門行㈠

出西門。步念之。今日不作樂。當待何時。一解 夫為樂。為樂當及時。何能作愁怫鬱。當復待來茲㈡。二解 飲醇酒。炙肥牛。請呼心所歡。可用解愁憂。三解 人生不滿百。常懷千歲憂。晝短而夜長。何不秉燭遊。四解 自非仙人王子喬㈢。計會壽命難與期㈣。自非仙人王子喬。計會壽命難與期。五解 人壽非金石。年命安可期。貪財愛惜費。但為後世嗤。六解

註釋 ㈠古今樂錄曰：『王僧虔技錄云：「西門行歌古西門一篇，今不傳。」』樂府解題以此篇為古辭。宋書樂志大曲之四，晉樂所奏。㈡呂氏春秋：「今茲美禾，來茲美麥。」高誘注：「茲，年也。」㈢王子喬，周靈王太子王子晉也。㈣計算也。

出西門。步念之。今日不作樂。當待何時。逮為樂㈠。逮為樂。當及時。何能愁怫鬱。當復待來茲。釀美酒。炙肥牛。請呼心所懽。可用解憂愁。人生不滿百。常懷千歲憂。晝短苦夜長。何不秉燭遊。遊行去去如雲除㈡，弊車羸馬為自儲。

註釋 ㈠逮，及也。㈡除與徐古通用。徐，安行也。

詩評

結語妙絕，正與唐風山有樞篇意同。言自恣遨遊，則雖弊車羸馬為自儲而適用矣；不當「雖有車馬，弗馳弗驅，將他人是愉」，甚足悲也。（李子德語）

東門行㊀

出東門。不顧歸。來入門。悵欲悲。盎中無斗儲㊁。還視桁上無懸衣㊂。一解 拔劍出門去。兒女牽衣啼。他家但願富貴。賤妾與君共餔糜㊃。二解 共餔糜。上用倉浪天故。下爲黃口小兒㊄。今時清廉。難犯教言。君復自愛莫爲非。三解 今時清廉。難犯教言。君復自愛莫爲非。行吾去爲遲。平愼行㊅。望君歸。四解

註釋 ㊀古今樂錄曰：『王僧虔技錄云：「東門行歌古東門一篇，今不歌。」』樂府解題以此篇爲古辭。宋書樂志大曲之一，晉樂所奏。㊁說文：「盎，盆也。」斗儲，斗米之儲也。㊂桁，椸也。案此謂懸衣之具。㊃廣雅釋詁：「餔，食也。」釋名釋飲食：「糜，煮米使糜爛也。」㊄王引之曰：「用，爲也。言上爲蒼天，下爲黃口兒，以天道人情動之，戒勿爲非也。」㊅平愼，猶言平安謹愼。

詩評

東門行，賢者不得志於時之作也。邶風雄雉之婦，其夫在遠，勉之以德行；東門之婦，其夫貧困，勉之以自愛莫爲非；皆風之變而正者也。（黃箋引朱止谿語）

陟岵之詩曰：「上愼旃哉！猶來無止」，卽此「平愼行，望君歸意。」（黃箋引朱秬堂語）

飲馬長城窟行㊀

青青河畔草。緜緜思遠道㊁。遠道不可思。宿昔夢見之㊂。夢見在我旁。忽覺在他鄉。他鄉各異縣。展轉不相見。枯桑知天風。海水知天寒。入門各自媚㊃。誰肯相爲言㊄。客從遠方來。遺我雙鯉魚㊅。呼兒烹鯉魚㊆。中有尺素書㊇。長跪讀素書。書中竟何如。上言加餐食。下言長相憶。

註釋 ㊀郭茂倩樂府詩集曰：『一曰飲馬行。長城秦所築，以備胡者。其下有泉窟，可以飲馬。古辭云：「青青河畔草，緜緜思遠道。」言征戍之客至於長城而飲其馬，婦人思念其勤勞，故作是曲也。酈道元水經注曰：「始

皇二十四年，使太子扶蘇與蒙恬築長城，起自臨洮，至于碣石，東暨遼海，西並陰山，凡萬餘里，民怨勞苦。故楊泉物理論曰：『秦築長城，死者相屬。』民歌曰：『生男愼勿舉，生女哺用脯；不見長城下，尸骸相支拄。』其冤痛如此。今曰道南谷口有長城，自城北出有高坂，傍有土穴出泉，挹之不窮。歌錄云：『飲馬長城窟』，信非虛言也。」樂府解題曰：「古辭。傷良人遊蕩不歸。或云蔡邕之辭。」若魏陳琳辭云：「飲馬長城窟，水寒傷馬骨」，則言秦人苦長城之役也。廣題曰：「長城南有溪坂，上有土窟，窟中泉流。漢時將士征塞北，皆飲馬此水也。」按趙武靈王既襲胡服，自代並陰山下至高闕爲塞，山下有長城，武靈王之所築也。其山中斷，望之若雙闕，所謂高闕者焉。古今樂錄曰：「王僧虔技錄云：『飲馬行今不歌』」。㈡緜緜，細微之思也。㈢宿昔，猶言夜夕。㈣詩毛傳：「媚，愛也。」㈤廣雅：「言，問也。」㈥遺，贈也，音ㄨㄟ。雙鯉魚，藏書之函也。以兩木板爲之，一底一蓋，刻線三道，鑿方孔一，刻爲魚形，一孔以當魚目，一底一蓋，分之則爲二魚，故曰雙鯉魚也。㈦烹鯉魚，謂解繩開函也。㈧帛曰素，木曰牘。長尺，故曰尺素尺牘。

詩評

古詩十九首皆樂府也。中有「靑靑河畔草」，又有「客從遠方來」，本是兩首；惟「孟冬寒氣至」一篇，下接「客從遠方來」，與飲馬長城窟行章法同。蓋古詩有意盡而辭不盡，或詞盡而聲不盡，則合此以足之；如三婦豔詩，如董嬌饒「吾欲竟此曲」之類，皆曲調之餘聲也。古人詩皆入奏，故有此等；後世則不然矣。（黃箋引朱秬堂語）

翰注謂：「枯桑無葉，則不知天風，海水不凍，則不知天寒，喻婦人在家，不知夫之消息也。」善注謂：「枯桑無枝，尚知天風，海水廣大，尚知天寒，喻夫在遠，不知婦之憂戚也。」余意合下二句總看，乃云枯桑自知天風，海水自知天寒，以喻婦之自苦自知，而他家入門自愛，誰相爲問訊乎？（黃箋引吳旦生語）

詩有隱一字而意自見者，『海水知天寒』，言不知也。（白樂天語）

班婕妤一首

婕妤，班況之女，少有才學，成帝時選入宮爲婕妤，爲趙后飛燕所嫉，退求供養太后於長信宮，乃作怨詩，託詞團扇。

怨歌行㈠

新裂齊紈素。鮮潔如霜雪。裁爲合歡扇。團團似明月。出入君懷袖。動搖微風發。常恐秋節至。涼飆奪炎熱。棄捐篋笥中。恩情中道絕。

註釋　㈠案文選李善注引歌錄曰：「怨歌行古辭。」然言古者有此曲，而班婕妤擬之。鍾嶸詩品曰：「婕妤團扇短章，辭旨清捷，怨深文綺。」

曹操三首

操字孟德，沛國譙人（今安徽省亳縣），漢舉孝廉，爲郎，歷任丞相，封魏王，卒於獻帝建安廿五年，年六十（西元一五五—二二〇）。後其子丕代漢，追謚曰「武皇帝」，廟號太祖，集三十卷。事蹟見三國魏志太祖本紀，暨無名氏曹瞞傳。

短歌行㈠

對酒當歌。人生幾何。譬如朝露。去日苦多一解。慨當以慷。憂思難忘。何以解愁。唯有杜康㈡二解。青青子衿。悠悠我心。但爲君故。沈吟至今三解。明明如月。何時可輟㈢文選作掇。憂從中來。不可斷絕四解。呦呦鹿鳴。食野之苹。我有嘉賓。鼓瑟吹笙五解。山不厭高。水不厭深。周公吐哺。天下歸心六解。

註釋　㈠樂府詩集：「晉樂所奏。」武帝辭。（寬按：樂府詩集及文選所載，辭頗有異同，此依樂府詩集。（㈡杜康，周人，或謂黃帝時人，善造酒。㈢輟，掇也。說文：「掇，拾取也。」

詩評

短歌行歌「對酒」，燕雅也。魏公一生心事，吞吐往復，滿口道不出，末四句略盡。昔人嘗言：「但爲君故，沈吟至今。」「明明如月，何時可掇?」蓋謂孔文舉持清議一輩人，或橋太尉許子將雅略負鑒者。當時神器，歸其俯仰

，能自降抑，難矣！魏志稱公「矯情任算，不念舊惡」，眞姦人之雄哉！（黃箋引朱止谿語）

寬按：彭醇士先生謂「此詩爲孫仲謀作，讀阮元瑜（瑀）代曹公與孫權書，可見此詩之旨」。

苦寒行㊀

北上太行山。艱哉何巍巍。羊腸坂詰屈㊁。車輪爲之摧。樹木何蕭瑟。北風聲正悲。熊羆對我蹲。虎豹夾路啼。谿谷少人民。雪落何霏霏。延頸長歎息。遠行多所懷。我心何怫鬱㊂。思欲一東歸。水深橋梁絕。中路正徘徊。迷惑失故路。薄莫無宿棲㊃。行行日已遠。人馬同時飢。擔囊行取薪。斧冰持作糜㊄。悲彼東山詩。悠悠令我哀。

註釋 ㊀歌錄曰：「苦寒行古辭。」樂府解題曰：「晉樂奏魏武帝北上篇。」宋志同。藝文類聚作文帝辭，誤。武帝辭。前篇晉樂所奏，後篇本辭。㊁誘注淮南子曰：「羊腸坂是太行孟門之限。」然則坂在太行，山在晉陽。㊂劉履選詩補注：「怫鬱，憂滯也。」㊃薄，迫也。㊄糜，粥也。

詩評

苦寒行歌「北上」，志王業之艱難也。或曰：獻帝初平之元，公舉義兵與董卓戰於滎陽，不克，還屯河內；是詩蓋作於其時耶？（黃箋引朱止谿語）

魏武「北上」，擬東山作也。魏武善用兵，今觀其言，與士卒同甘苦如此。使能以周公之心爲心，則此詩何遽出東山下哉！（黃箋引朱秬堂語）

步出夏門行㊀

雲行雨步。超越九江之皐。臨觀異同㊁。心意懷遊豫㊂。不知當復何從。經過至我碣石㊃。心惆悵我東海。（以上爲豔）

東臨碣石。以觀滄海。水何澹澹㊄。山島竦峙。樹木叢生。百草豐茂。秋風蕭瑟。洪波湧起。日月之

行。若出其中。星漢粲爛。若出其裏。幸甚至哉。歌以詠志。一解

孟冬十月。北風徘徊。天氣肅清。繁霜霏霏㈥。鵾雞晨鳴。鴻雁南飛。鷙鳥潛藏。熊羆窟棲。錢鎛停置㈦。農收積場。逆旅整設。以通賈商。幸甚至哉。歌以詠志。二解

鄉土不同。河朔隆寒㈧。流澌浮漂㈨。舟船行難。錐不入地。蘴籟深奧㈩。水竭不流。冰堅可蹈。士隱者貧。勇俠輕非⑪。心常歎怨。戚戚多悲。幸甚至哉。歌以詠志。三解

神龜雖壽。猶有竟時。騰蛇乘霧⑫。終為土灰。老驥伏櫪⑬。志在千里。烈士暮年。壯心不已。盈縮之期。不但在天。養怡之福。可得永年。幸甚至哉。歌以詠志。四解

註釋　㈠王僧虔技錄云：『隴西行歌武帝「碣石」，文帝「夏門」二篇。』黃節云：宋書樂志大曲之八曰碣石步出夏門行，武帝詞；十二曰步出夏門行，一曰隴西行，明帝詞，不云文帝。郭茂倩樂府詩集因之。武帝辭。㈡所謂異同者，即諸將之異同。㈢所謂遊豫何從者，即斟酌於南北之用兵也。㈣說文：「碣，特立之石。」碣石，地名。今河北臨榆縣。㈤澹與淡同，安流平穩貌。㈥毛傳：「繁，多也。」毛傳：「霏霏，甚也。」㈦說文：「錢，銚也。古田器。鎛一曰田器。」㈧爾雅：「朔，北方也。」㈨風俗通：「冰流曰澌。」說文：「漂，浮也。」㈩方言：「蘴蕘，蕪菁也。」爾雅：「苹，蘋蕭。」言田畝荒蕪，蘴藾滿目，禾稼不生也。⑪輕非，謂輕於為非法之事也。⑫「騰」當作「螣」。爾雅：「螣，螣蛇。」⑬說文：「驥，千里馬。」廣韻：「櫪，馬櫪也。」

詩評

隴西行歌「碣石」，魏公北征烏桓時作；「觀滄海」，自序其功德之廣大也，「山不厭高，水不厭深」，此志也夫；「冬十月」，務農通商，立國規模略見；「土不同」，得士又為致王之本，古今治亂之數，關隴尤宜加意，毋為敵資；「龜雖壽」，愛時進趨，壯思難任。書曰：「歌永言。長言之不足，不知手之舞之，足之蹈之。」故晉代因為舞樂。

（黃箋引朱止谿語）

曹丕一首

丕字子桓，曹操長子，篡漢立爲魏帝，諡爲文皇帝。八歲能屬文，集三十卷，生于桓帝中平四年，殂於黃初七年（西元一八七——二二六）史稱其天資文藻，下筆成章，博聞彊識，才藝兼任」，事見三國魏志文帝本紀。

燕歌行㊀

秋風蕭瑟天氣涼。草木搖落露爲霜一解。羣燕辭歸雁（黃本作鵠）南翔。念君客遊思斷腸二解。慊慊思歸戀故鄉㊁。君何（文選作何爲）淹留寄他方三解。賤妾煢煢守空房㊂。憂來思君不敢忘四解。不覺淚下霑衣裳。援琴鳴絃發清商五解。短歌微吟不能長。明月皎皎照我牀六解。星漢西流夜未央。牽牛織女遙相望。爾獨何辜限河梁七解。

註釋 ㊀樂府廣題曰：「燕，地名。言良人從役於燕而爲此曲」。樂府正義曰：『燕歌行與齊謳行，吳趨行，會吟行，俱以各地聲音爲主，後世聲音失傳，於是但賦風土；而燕自漢末魏初遼東西爲慕容所居，地遠勢偏，征戍不絕，故爲此者，往往作離別之辭，與齊謳行又自不同。」㊁鄭玄禮記注曰：「慊，恨不滿之貌也。」㊂煢，單也。孤獨貌。

詩評

此豈帝爲中郎將時，北征在外，代述閨中之意而作歟？其曰：「慊慊思歸」者，意其必然之詞；「何爲淹留」者，又怪而問之之詞也。』援，引也。『爾』指女、牛。『辜』猶故也。文選六臣注：『張銑曰：「婦人自恨與夫離絕，問此星何辜，復如此也。」』（黃節補箋引劉履語）

「天氣涼」，卽月令所云涼風至也；「草木搖落」，卽月令所云草木黃落也；「露爲霜」，卽月令所云白露降也；「燕辭歸」，卽月令所云玄鳥歸也；「雁南翔」，卽月令所云鴻雁來也；連用月令五事，不見堆砌之痕。「歌不能長」者，爲琴所限也；琴弦僅七而有四調：曰慢宮、曰慢角、曰緊羽、曰清商，清商節極短促，音極纖微，故云「

不能長」也。（黃箋引吳伯其語）

傾情、傾度、傾色、傾聲，古今無兩。從「明月皎皎」入第七解，一往酣適，殆天授，非人力！（王夫之薑齋詩話）

左延年一首

生平無考

秦女休行㊀

始（一作步）出上西門。遙望秦氏廬。（御覽作樓）秦氏有好女。自名爲女休。休（一作始）年十四五。爲宗行報讎㊁。左執白楊刃㊂。右據宛魯矛㊃。讎家便東南。仆僵秦女休㊄。女休西上山。上山四五里。關吏呵問女休。女休前置（一作致）辭。『平生爲燕王婦。於今爲詔獄囚。平生衣參差㊅。當今無領襦㊆。明知殺人當死。兄言快快㊇。弟言無道憂㊈。女休堅辭爲宗報讎。死不疑』。殺人都市中。徼我都巷西㊉。丞卿羅列東向坐⑪。女休悽悽曳梏前。兩徒夾我。持刀刃五尺餘。刀未下。朣朧擊鼓赦書下⑫。

註釋 ㊀郭茂倩樂府詩集雜曲歌辭。左克明古樂府闕。左延年辭。㊁爲宗報讎，爲宗者報讎也。㊂楊與羊通，廣雅：「白楊，刀也。」㊃宛，地名。鉅、魯，音近。「宛魯」疑「宛鉅」之誤。徐廣曰：「大剛曰鉅。鉇與鍦同，矛也。言宛地出此剛鐵爲矛也。」㊄唐韻：「仆、芳遇切，音赴。僵也。」㊅參差，陸離也。謂衣五采陸離之衣也。㊆說文：「襦，短衣也。」㊇快快，志不滿也。㊈「無道」即上失其道。㊉師古曰：「徼，遮繞也。」⑪丞卿，謂廷尉卿。羅、列也。⑫朣朧，鼓聲。

曹植二首

名都篇㊀

名都多妖女。京洛出少年。寶劍直千金。被服光（一作麗）且鮮。鬬鷄東郊（一作長安）道。走馬長楸間。

馳驅未能半。雙兎過我前。攬弓捷鳴鏑㈡。長驅上南山。左挽因右發。一縱兩禽連㈢。餘巧未及展。仰手接飛鳶㈣。觀者咸稱善。衆工歸我妍㈤。歸來宴平樂㈥。美酒斗十千。膾鯉臇胎鰕㈦。寒鼈炙熊蹯㈧。鳴儔嘯匹旅㈨。列坐竟長筵。連翩擊鞠壤㈩。巧捷惟萬端。白日西南馳。光景不可攀。雲散還城邑。清晨復來還。

註釋 ㈠歌錄曰：「名都、美女、白馬、並齊瑟行也。」郭茂倩樂府詩集曰：「名都者，「邯鄲」「臨淄」之類，刺時人騎射之妙，遊騁之樂，而無憂國之心也。」張銑曰：「捷，引也。」㈡音義曰：「鏑，箭也。如今鳴箭也。」㈢縱，發矢也。㈣接，迎射。㈤衆工，善射之徒。歸我妍，許其美好也。㈥平樂，觀名，漢武時作。㈦臇，今爊。㈧寒：五臣本文選作炰非，李匡乂資暇錄謂所見李注本「今之臘肉謂之寒」七字。案黃節補箋謂「寒與膾爲對文，」寒當爲涼之義，周禮漿人鄭注有「涼付寒粥」之語。㈨儔，侶也。「匹旅」五臣本作「匹侶」。㈩郭璞三蒼解詁曰：「鞠，毛丸，可蹋戲。」

詩評

尋常人作名都詩，必搜求名都一切事物，雜錯以炫博；而子建只推出一少年以例其餘，於少年中只出得兩件事：一曰馳騁，一曰飲宴，却說得中間一事不了又一事，一日不了又一日。只是牢騷抑鬱，借以消遣歲月，一片雄心，無有洩處；其自效之意，可謂深切著明矣。（黃引箋吳伯其語）

美女篇㈠

美女妖且閑㈡。采桑歧路間。柔條紛冉冉㈢。葉落何翩翩㈣。攘袖見素手㈤。皓腕約金環㈥。頭上金爵釵。腰佩翠琅玕。明珠交玉體㈦。珊瑚間木難㈧。羅衣何飄飄。輕裾隨風還㈨。顧眄遺光采。長嘯氣若蘭。行徒用息駕。休者以忘餐。借問女何居。（文選曹集並作安居。）乃在城南端。青樓臨大路。高門結重關。容華耀朝日。誰不希令顏㈩。媒氏何所營。玉帛不時安⑪。佳人慕高義。求賢良獨難。衆人徒嗷嗷。安知彼所觀（一作歡）。盛年處房室。中夜起長歎。

註釋　㊀郭茂倩樂府詩集曰：「美女者以喻君子，言君子有美行，願得明君而事之；若不遇時，雖見徵求，終不屈也。」雜曲歌辭。左克明古樂府同載。曹植辭。㊁閑，雅也。㊂冉冉，動貌。㊃翩翩，飛貌。㊄攘。捲也。㊅環，釧也。㊆劉良曰：「交，絡也。」㊇南越志曰：「木難，金翅鳥沫所成碧色珠也。大秦國珍（貴）之。」㊈還，還也。㊉呂向曰：「希，慕。令，善也。」⑪安，定也。

詩評

待時也。愛時進趨而不失其正，幽情內振，文采外舒，所謂「時俗薄朱顏，誰爲發皓齒」者非歟！（黃箋引朱止谿語）

乍見美女，何處看起？因其采桑，即從手上看起；而頭上，而身中，而裾下，妙有次第。「行徒」二句，正借衆人之贊慕以起下嗷嗷借問：次盛稱其閥閱媒氏，下盛稱其節操，言容貌如此，閥閱如此，節操如此，爲君子者，急宜趁此芳年，寤寐求之，而乃使之長歎於房室乎？此亦是請自試之意。（吳伯其語）

鮑照二首

擬行路難㊀

奉君金卮之美酒。瑇瑁玉匣之雕琴㊁。七綵芙蓉之羽帳㊂。九華蒲萄之錦衾㊃。紅顏零落歲將暮。寒光宛轉時欲沈。願君裁悲且減思。聽我抵節行路吟㊄。不見柏梁銅雀上㊅。寧聞古時清吹音。

註釋　㊀樂府解題：「行路難備言世路艱難，及離別悲傷之意。」㊁瑇瑁，龜類，甲光滑，可作裝飾品。㊂羽帳，以翠羽爲帳也。㊃蒲萄，即葡萄。鄴中記：「錦有葡萄文錦」詩鄘風：「角枕粲兮，錦衾爛兮。」㊄抵節：抵，側擊也。節樂器，即拊鼓。㊅柏梁，台名。建於漢武帝元鼎二年，以香柏爲之。銅雀，台名。魏武帝建於建安十五年。

代淮南王

淮南王。好長生㊀。服食鍊氣讀仙經。琉璃作盌牙作盤㊁。金鼎玉匕合神丹。合神丹。戲紫房。紫房綵女弄明璫㊂。鸞歌鳳舞斷君腸。朱城九門門九閨㊃。願逐明月入君懷。入君懷。結君佩㊄。怨君恨君恃君愛。築城思堅劍思利。同盛同衰莫相棄。

註釋 ㊀淮南王劉安，作內書二十二篇，又中篇八章，言神仙黃白之事。㊁牙，謂象牙也。㊂紫房，道經青虛眞人歌「紫房何蔚炳」。璫，玉石。洛神賦「獻江南之明璫」，案此皆言神仙房中之術。㊃離騷「君門九重」，宮中之門謂之閨，朱門，公侯邸第之門。

謝朓二首

玉階怨㊀

夕殿下珠簾。流螢飛復息。長夜縫羅衣。思君此何極。

註釋 ㊀樂府詩集列于楚調曲。

詩評 竟是唐人絕句，在唐人中最上者。（沈德潛語）

銅雀臺㊀

繐幃飄井幹。罇酒若平生。鬱鬱西陵樹。詎聞歌吹聲。芳襟染淚迹。嬋媛空復情。玉座猶寂寞。況乃妾身輕。

註釋 ㊀銅雀台：一曰銅雀妓，相和歌之平調曲也。銅雀台在鄴（今河南臨漳），曹操所築。

王融一首

融，字元長，南齊琅琊人，少警慧，文藻富艷，稱於當世，後坐事死於獄。傳在南史。

秋夜長㊀

秋夜長。夜長樂未央。舞袖拂花（一作明）燭。歌聲繞鳳梁。

註釋　㈠樂府詩集曰：魏文帝詩曰：漫漫秋夜長，烈烈北風凉。展轉不能寐，披衣起徬徨。徬徨忽已久，白露沾我裳。俯視淸水波，仰看明月光。又曰：草蟲鳴何悲，孤雁獨南翔。鬱鬱多悲思，緜緜思故鄉。秋夜長，其取諸此。樂府詩集列於雜曲。

陸厥一首

厥字韓卿，南齊吳郡人，閑子。閑被誅，厥坐繫，感痛而卒。

蒲坂行㈠

江南風已春。河間柳已把。雁返無南書。寸心何由寫？流泊祁連山㈡。飄飄高闕下。

註釋　㈠古今樂錄曰：王僧虔技錄有蒲坂行，今不歌。通典曰：河東唐虞所都蒲坂也，漢爲蒲縣，春秋時秦晉戰於河曲，卽其地也。按蒲坂行爲瑟調曲，古辭亡，此爲擬作。㈡祁連山卽天山。匈奴呼天曰祁連。山在今甘肅張掖縣西南。

徐陵一首

陵字孝穆，東海郯人，幼聰穎能文，釋寶誌嘗稱爲天上石麒麟，仕梁爲尙書吏部郎。入陳遷吏部尙書，封建昌侯。太建中，遷尙書左僕射國子祭酒。後主卽位，加左光祿大夫，卒年七十七（西元五〇七—五八三）。所爲詩文，詞藻綺麗，與庾信齊名，時稱徐庾體。著作有徐孝穆集，玉台新詠。

長相思㈠

長相思。望歸難。傳聞奉詔（一作傳制）戍皐蘭。龍城遠。雁門寒。秋來瘦轉劇。衣帶自覺寬。念君今不見（一作君今念不見）。誰爲抱腰看。長相思。好春節。夢裡恆啼悲不洩。帳中起。窗前髻。柳絮飛還聚。遊絲斷復結。欲見洛陽花。如君隴頭雪。

註釋　㈠樂府詩集曰：古詩曰：客從遠方來，遺我一書札，上言長相思，下言久離別。李陵詩曰：行人難久留，各言長相思。蘇武詩曰：生當復來歸，死當長相思。長者久遠之辭，言行人久戍寄書，以遺所思也。古詩又曰：客從遠方來，遺我一端綺。文綵雙鴛鴦，裁爲合歡被。著以長相思，緣以結不解。謂被中著綿，以致相思綿綿之意，故曰長相思也。又有千里思，與此相類。樂府詩集列於雜曲。

宗夬一首

夬字明揚，世居江陵，初仕齊，累遷尙書都官郞，入梁，歷太子右衞率五兵尙書，參掌大選。

遙夜吟

遙夜復遙夜㊀。遙夜憂未歇。坐對風動帷。臥見雲間月。

註釋 ㊀遙夜卽謝詩長夜。

陶弘景一首

弘景，字通明，秣陵人，齊高帝時，嘗爲諸王侍讀，後隱於句容句曲山，自號華陽居士，又號華陽眞人，好神仙術，年八十五（西元四五二—五三六），無疾而逝。集收漢魏百三名家集。

寒夜怨㊀

夜雲生。夜鴻驚。悽切嘹唳傷哀情。空山霜滿高煙平。鉛華沈照帳孤明。寒光微。寒雲緊。愁心絕。愁淚盡。情人不勝怨。思來誰能忍。

註釋 ㊀樂府解題曰：晉陸機獨寒吟曰：雪夜遠思君，寒窗獨不寐。但敍相思之意爾，陶弘景有寒夜怨，梁簡文有獨處怨，亦皆類此。

跋

克寬先生纂分體詩選成，余忝預校字之役，幸獲先讀。余識克寬先生逾二十年，而共事東海者，亦十有二年，山居咫尺，得以後輩禮見，脫略世事，商榷文史，相樂也。今之所選，大要不出平昔之緒言，余固習聞之矣。余觀前代選本之善者，其人類皆具冠古之識，冥心孤往，以與古人質成於千載之上，不獨作者之性情襟抱，賴以曲傳；卽選者之精神手眼，亦因之表見。寬老此書，雖謙言取便初學，不立崖岸，然其精神手眼，固不可得而閟焉，讀者涵詠吟味，當有會心，又豈在余之喋喋也哉。

民國五十六年十二月二十四日後學柳作梅謹跋於東海大學圖書館

學詩淺說

孫克寬　編

學詩淺說

目錄

學詩淺說

孫克寬編

第一章 概論

一 詩的孕育與起源

詩，是人類心靈最高活動的產品。當你接受了外界各式各樣的刺戟，無論是喜悅，是憂愁，是憤怒，是消沈，都很會自然地想到如何把它表達出來；卽使不表達給人家聽，也會低低地向自己傾訴。在未曾表達出來，而祇結成這種意念的狀態，便是所謂「衝動」。形成這種衝動，也許是所謂氣氛。沒有氣氛，不會引起衝動；沒有衝動，也不會想到如何表達。一切藝術創作的起源，大概都是這樣的過程。在這裏我無意複述美學的理論，和其他藝術的起源，只願意談到詩。

詩是用人類最精緻的語言來表現感情的藝術之一。但它的發生，却是先於語言。因爲他是伴著音樂與圖畫的情操，而成爲人類表達這種感情的工具。它不只是突然來的靈感被人抓住，而是要經過一個時期的薰陶、醞釀，通過了思維才能表現出來。朱光潛（註一）說：

『我們須明白美感經驗祇是藝術活動全體中的一部份。美感經驗是純粹的形相的直覺，直覺是一種短促的，一瞬卽逝的活動；藝術的完成則需要長時期堅持的努力。比如做詩，詩的精華在情趣飽和的意象。這種意象突然很新鮮地湧現於作者的眼前，他覺得它有趣，把它抓住記載下來，於是有詩。』

日人本間久雄論到詩，曾說到：（註二）

『就事實上說，詩（歌）從形式上看來，乃是律話；但也往往有用做被表現感情的性質的名詞的。譬如詩底感情，詩底想像，詩底文章等……』

這是從詩的體式上說的。至於詩的起源，他引麥更西的說法說：（註三）

『一般人間的感情，在其性質上是旋律底東西。在某種狀態下的種種的感情，爲了助長快感和減縮苦感，便用了種種衝動底肉體底運動和種種叫聲，作爲表白他們自己的東西。……跳舞和音樂的基礎便因之成立。無論那裏，原始的跳舞，常常是會唱底的，原始的詩常常取音樂的形式，詩是有限定用跳舞音樂來表白的種種情緒的傾向的東西。』

這也是從詩的外形—旋律的調子—來判定詩之起源的。我以爲詩的起源有形而上與形而下的兩種。前者起於心靈的感受，孕育爲詩的意象，再由意象的模擬，走到以文字語言方面來表達。在這裏詩人是接受了自然地啓示，正如宗教創始者的『天啓』作用。後者是官能動作，也就是滿足官能的快感而發洩。對表現周遭的感受愈眞實，快感便愈滿足，并且把這種快感傳播給讀者，像演大悲劇的演員，他們以眞實的眼淚，換取了觀衆的眼淚一樣。所以詩人在意與飛動的時候，可以寫出「大江東去」的水調歌頭，在悲憤塡胸的時候，可以寫出「怒髮衝冠」的滿江紅，在生死纏綿的時候，也可以寫出「春蠶到死」的名句。關於前者，通常所謂「詩心」「詩情」「詩趣」者是；關於後者，就是詩作的問題了。

註一：朱著文藝心理學第八章一一八頁（臺灣開明書店版）。

註二：中譯本間久雄文學概論，律語與散文，七三——七四頁。（台灣開明書店版）

註三：同上

二　中國傳統底詩的看法

關於詩的起源與本質，無間中西都是同樣的說法。不過文字的特質，究竟是有其空間性的。中國詩產生於中國大陸，有其特殊的地理環境和歷史背景的。尋溯中國詩的本質還先要考察中國的論詩之語。

中國典籍最先談到詩的是尚書虞夏書（註四）

「帝曰：『夔，命汝典樂，教胄子，直而溫，寬而栗，剛而無虐，簡而無傲。詩言志，歌永言，聲依永，律和聲，八音克諧，無相奪倫，神人以和。』」

因爲詩是伴著樂而產生的，在未有文字以前，也許人類就有詩意詩情的醞釀。日人本間久雄引麥更西之說有這一段：（註五）

「麥更西又以爲在語言未曾發生以前已經有詩。他說：『從某種意味說，詩的發生要早於明晰的言語……』然而這樣的詩，不用說祇有所謂詩底感情的意味。」

朱自清也說：（註六）

「詩的源頭是歌謠。上古時候，沒有文字只有唱的歌謠，沒有寫的詩。一個人高興的時候或悲哀的時候，常願意將自己的心情訴說出來，給別人或自己聽。日常的言語不夠勁兒，便用歌唱，碰到節日，大家聚在一起酬神作樂，唱歌的機會更多。』

朱氏的話是依毛詩大序說的，與西人之說互證，詩與樂不可分。西方如此，中國更是如此，所以舜在命夔典樂的時候，卻提出「詩言志」，而接著都是音樂的要件，「詩言志歌永言」二語，依孔穎達疏註（註七）

「謂詩言志以導之，歌詠其義以表其言，作詩者，自言己志，則詩是言志之書，習之可以生長志意……作詩者，直言不足以申其意，故長歌之。」正義

吾友屈萬里教授注此句說：

「詩謂歌辭，所以表達意志。永長也，歌永言，謂歌者乃將語言之聲拖長也。」

可見古來對詩的觀念，只是樂的歌辭。但注入了「言志」，作爲詩的標準，那已滲入一種實用思想，而不是純藝術的衝動了。

尚書之外，原始的詩論要數論語。孔子論詩之語，在論語孟子裏論到詩的性質或功用者有：

「子曰：詩三百，一言以蔽之曰思無邪。」爲政

「子曰：關雎樂而不淫，哀而不傷。」八佾

「子曰：誦詩三百，授之以政不達，使於四方，不能專對；雖多，亦奚以爲?!」子路

「不學詩，無以言。」季氏

「子曰：小子何莫學夫詩，詩可以興，可以觀，可以羣，可以怨；邇之事父，遠之事君，多識於鳥獸草木之名。」陽貨

「子謂伯魚曰：女爲周南召南矣夫?人而不爲周南召南，其猶正牆面而立也與。」陽貨

以上是孔子的論詩之旨，其中「思無邪」與「興觀羣怨」的四個作用，成爲歷來論詩的基本原則。所以沈德潛說：（註八）

「詩之道不外孔子教伯魚數言。而其立言，一歸於溫柔敦厚，無古今一也。」

至於「誦詩三百授政，專對」和「學詩以言」的訓誨，更開出詩與政治的關係，所以孟子論詩，特別走這條道路。他說：「王者之跡熄而詩亡」，又說：「誦其詩，稱其世，不知其人可乎?」以「知人論世」爲詩學，從詩的功用方面，引到詩與史合，再合上引孔子「論詩」來看，中國詩便命定的限於道德，功用方面，而輕視了藝術性質。其實在儒家眼中，豈但是詩，連純藝術的「樂」，也把它拉到禮一方面，用它作平治天下的工具，遑論於詩?孔子「自衞反魯，而後樂正，雅頌各得其所，」他不過拿禮樂作爲行道治國之用，並不完全欣賞它的氣氛，意境的。

四：用屈萬里先生尚書釋義編次。國民基本知識叢書本。

五：同前注三、四。

六：啓明　朱自清著經典常談詩經第四三五頁。

註七：藝文　局影印十三經注疏，書經注疏。

註八：沈著唐詩別裁凡例，新陸書局詩詞叢論引。

三　中國古代具體底詩論

在上節所擧中國傳統的詩的觀點，那只是一種觀念。眞正把這些觀念整理爲詩的基本理論，在漢魏六朝間才出現三種文獻。第一是主名有爭訟的毛詩大序，次之爲梁代鍾嶸的詩品總序，與同時劉勰的文心雕龍明詩篇。這三者，毛序是正統的觀點，鍾氏代表文學──也是藝術底觀點，劉氏則偏於敍述詩底源流，則近於文學史的性質了。分別引述於下：

一　毛詩大序（註九）

『詩者，志之所之也，在心爲志，發言爲詩。情動於中而形於言；言之不足，故嗟嘆之；嗟嘆不足，故永歌之；永歌之不足，不知手之舞之，足之蹈之也。

情發於聲，聲成文謂之音。治世之音安以樂，其政和。亂世之音怨以怒，其政乖。亡國之音哀以思，其民困。──

故正得失，動天地，感鬼神，莫近於詩。』

這是具體地中國傳統，對詩的定義，也是結集孔子以來儒家的詩底觀點。所謂「詩言志」者，這是最基本的文獻。他說明詩發生之過程，也與西方詩人一般的觀察相似。本間久雄氏也取以證麥更西氏之論。（註十）但情發於聲一段却又跳出詩底抒情領域，把詩底內容與形式，憑藉於客觀社會情況的反映，又是孟子「知人論世」理論的延續，而後來社會寫實的詩篇，都落入了這個範疇。至於「正得失」四語，那是說明詩的效用，仍是中國民族注意實用的傳統觀念。所以中國很難產生極端的浪漫詩，和詩人迄難獲得全般的無拘無束的創造自由，正是道德論支配了藝術作品的原故。

二　詩品總序（註十一）

『氣之動物，物之感人，故搖蕩性情，形諸舞詠，照燭三才，暉麗萬有；靈祇待之以致饗，幽微藉之以昭告；動天地，感鬼神，莫近乎詩。……

故詩有三義焉：一曰興，二曰比，三曰賦。文有盡而意有餘，興也；因物喻志，比也；直書其事，寓言寫物，賦也。宏斯三義，酌而用之；幹之以風力，潤之以丹彩，使味之者無極，聞之者動心，是詩之至也。……若乃春風春鳥，秋月秋蟬，夏雲暑雨，冬月祁寒，斯四候之感諸詩者也。嘉會寄詩以親，離羣託詩以怨。至於楚臣去境，漢妾辭宮；或骨橫朔野，或魂逐飛蓬，或負戈外戍，殺氣雄邊，塞客衣單，孀閨淚盡；又士有解佩出朝，一去忘返，女有揚蛾入寵，再盼傾國。凡斯種種，感蕩心靈，非陳詩何以展其義，非長歌何以騁其情。故曰：『詩可興可以羣，可以怨』，使窮賤易安，幽居靡悶，莫尚於詩矣』。

這篇論述，粗看似乎仍是傳統地觀點，其實裏面有很大的區別。毛詩大序，以言志為詩的主旨，而所謂「志」者，道德的意味重而藝術的意味輕，實用的意味重而欣賞的意味輕。這是漢以前經生論詩的傳統。到三國魏晉，文學才脫離經術而獨立，文人在社會上漸成專業，文學的價值漸漸被世人所重視。曹丕在「典論論文」中提出「文章經國之大業」，摯虞，李充之流，亦為文學著作論述。（註十二）梁昭明太子蕭統在文選序中，揚棄經子史策，專提倡「沈思翰藻」的文學，而以詩為文學總滙。論詩的文句，占全序一大部份，不過仍是祖述毛序的觀念，但重視「藝術的」文字，却是六朝以來的文壇風氣。如此文所下「興比賦」的定義，對興的解釋，便與毛傳截然不同，這是詩人的觀點與經生的觀點的區別，後來神韻一體的主觀抒情詩，便自此引出。

三　文心雕龍明詩篇（註十三）

『大舜云：「詩言志，歌永言，聖謨所析，義已明矣。是以在心為志，發言為詩，舒文載實，其在茲乎?!詩者，持也。持人情性，三百之蔽，義歸無邪，持之為訓，有符焉爾。……

然詩有恆裁，思無定位，隨性適分，鮮能通圓。若妙識所難，其易也將至；忽之為易，其難也將來。』」

劉氏著作，重在論文，着重於法度體裁，並且鋪敘源流正變。明詩之變也是敍自皇古以來，詩體的變化演進。論到詩的觀念，只有上面摘錄的幾行，而且都是祖述儒家傳統的詩論。所謂「持人情性」，即是「思無邪」，出自鄭玄詩譜序。

正義引詩含神霧（緯書）說：「詩者持也，」之義（註十四）這是漢儒說經，以同音字訓釋本義。在我們直覺地看來，詩是表達感情的工具，感情藉詩得到宣洩，如何可以持守呢？還不是從「無邪」兩字上做的文章。倒是「詩有恆裁，思無定位，」兩語，却是說盡了吟詩的甘苦。由此引申，詩小序逐章註以本事，乃至註釋家某詩指某事（如箋杜與註義山詩諸公）適見其為刻舟求劍了。

註九：十三經注疏，詩經關雎大序。

註十：見前註二、三。

註十一：正中書局版許文雨著文論講疏鍾嶸詩品。

註十二：此論發於今人劉師培，見所著中古文學史講義，此紬繹其旨。

註十三：開明版文心雕龍詳註上册。

註十四：見本篇前注三。

四　中國詩底特質

從前面敍次詩的起源與本質，和中國傳統地對詩的看法兩節來看，無間中外，詩是人類心靈的產物，它與音樂相伴而來。在中國古代詩就是樂，後來詩樂分開，儒家把對人生與政治的道德意識，注入詩的內容，詩漸漸地才和音樂分開，但總不能失掉它的原始性質，總是具有強烈的音樂性。所以中國詩創作的第一條件，是用「韻」，一部歌謠總集的詩三百篇，便已具備了後來詩體的用韻之法。其次中國詩的地理背景是黃河流域，具有濃厚地黃土層的中國文化意識，「優游不迫，溫柔敦厚」，是中國儒家的做人態度，也是他們的論事法則，影響於詩創作者，也由於重視此點。禮記經解篇說：

「孔子曰，入其國其敎可知也，其為人也，溫柔敦厚詩敎也。……其為人溫柔敦厚而不愚，則深於詩者也。」

孔疏解溫柔敦厚之義說：

「溫謂顏色溫潤，柔謂情性和柔，詩依違諷諫，不指切事情故云；」

從這裏所解釋的看，凡是高言大叫、刻露訐直，都是詩人所不取。不問此種傳統是否合理，但二千年來中國的詩風，確是如此。雖然有怨，但要「怨誹而不怒」，就是說要作得恰如其分，苕谿漁隱叢話錄黃山谷(庭堅)說：

「詩者人之情性也，非強諫爭於廷，怨忿詬於道，怒鄰罵坐之爲也。……」

可見中國詩的傳統特質是貴含蓄，不尚刻露，所以詩的比興之法，便自此而出。不過詩總是藝術的產品，它不能木訥無文，由於比興之法要持依譬喻，自然要有喬麗的詞彩，才稱得起鏗鏘的音節，誦之才能引人入勝。所以我在舊編學詩淺說講義，對詩的本質曾說它應具有㈠情感性㈡音樂性㈢文藝性（註十五）至於中國詩的特質我以爲具有：

甲：內容方面：它保有了中國民族文化的傳統，以溫柔敦厚，含蓄不盡爲準要，最適宜抒情的作品。

乙：形式方面：它有濃重的音樂性，保有最優美的韻律。同時以中國文字單音字的關係，特重對稱的律對，與豐富的詞藻。

註十五：講義原爲文言體裁，原概論第二節詩之本質與起源，論詩之本質說：

一、情感性：人顧惟有情感，始思發洩；發洩之方，端在言語。故毛詩大序曰：『情動於中而形於言，言之不足，故嗟嘆之，嗟嘆之不足，故永歌之。詠歌之不足，不知手之舞之，足之蹈之也。』鍾氏亦謂『搖蕩性情，形諸舞詠。』

二、音樂性：詩起於樂，已見前述，詩序曰：『情發於聲，聲成文，謂之音』雕龍明詩篇，敘葛天氏以來之樂歌。鍾氏亦云『南風之詞，卿雲之頌，厥義夐矣』。

三、文藝性：由情以成音，依音而屬句。言語愈進化，文字亦愈繁複。文學之作，始自詩歌，故鍾氏既述賦比興之義之後，乃申之曰：『凡斯種種，感蕩心靈，非陳詩何以展其義，非長歌何以騁其情……』余故曰：詩者精緻之語言也。

五　詩體底演變

就文學史上詩的發展形態來看，從三百篇以來，詩體已有多少次變革了。嚴羽說：（註十六）

「風雅頌既亡，一變而爲離騷，再變而爲西漢五言，三變而爲歌行雜體，四變而爲沈宋律詩……」

論六朝以前文學的演變，莫詳於文心雕龍的時序篇，詩的演變亦在其內。他把這些變化，歸之於時代的風會，他說：

「故知文變染乎世性，興廢繫乎時序」

此篇贊詞也說：

「質文沿時，崇替在選，終古雖遠，曠焉如面。」

這是說可變者詩之形態，不可變者詩的本質。我以爲詩既是精緻的語言，語言是隨著時代的文野而變化的，交通發達，人事接觸頻繁，彼此吸收了語言的成份；文明進步，新事物增加，也豐富了語言的內容。詩再取材於這些日新變化的語言，那能不變化詩體來適應語言的要求呢？其次，詩是表現的藝術，它要取得讀者的悅納，就像音樂戲劇一樣，新花樣，新格式，和新的調子，不斷地產生出來，就是適應觀衆或聽衆的要求。傳說中魏文侯聞古樂而倦臥，這是必然的情勢，古樂，雅樂，在意義上是好的，可是刺戟感官的作用，就遠遜於今樂與俗樂了。「河間薦雅而莫御」（註十七）正由於李延年的新歌太好聽啊！詩本是樂的伴侶，樂有了變化，詩體不變，誰肯來欣賞它呢？所以我們認爲詩體的變化，是順應客觀的趨勢。由於詩之根源爲人類的語言，所以三百篇是黃河流域比較木訥質朴的語言，寄托其含蓄溫厚的詩意。離騷楚辭，便出於南方叫呼啁啾的語言，和南方光怪陸離的自然萬物，不能不用長短句來表達。到了漢代，又回到中原建都，分別承受了三百篇與楚詞的文學傳統，折衷以爲聲容，於是樂府的歌詞，四言，五言都出現了。民間的詩人們也許發現五言在語調節拍上比四言來得有變化，抑揚中聽，遂向這方面發展。等到東晉建國江表，吳越的言語與民歌節拍，和上游的楚聲，又被詩人所愛好，於是小樂府和雜言的歌行又出現了。至於律詩，則能適應著樂歌的需要。永明體四聲的被發現與嚴格運用，可能也是樂歌的影響。另一個原因，便是唐代的詩賦取士，考試要有一定的標準來評定甲乙，律詩在這裏便成爲「天之驕子」，傳流後代了。以後小詞出現，代替了絕句或律詩在樂歌的地位，樂曲進爲戲劇，（註十八）

需要繁音複節，和變化的場面，於是慢詞，乃至諸宮調院本的產生，直到於曲目，都是循着這條變化的公式進行的。所以說詩體之變，是客觀的要求。明乎此對今天新詩的爭論，也就可以釋然了。我舊寫學詩淺說曾分析詩體之變蓋有五點，現仍把它抄在下面，以供參考：

『（一）語言變化之影響於詩也。詩爲精緻之語言，表達內心感情之工具，在在不離人類之語言，顧語言隨時變化由簡而繁，由直致而曲折。有以接受外來語言，增多語彙者，有以新事物之出現，創造語言者。有民族大混合而蛻變新語言者，上古語言直致，少用助語，發而爲詩，四言爲宜，楚騷則長短句與，南方楚人語言加入故也。迨詩體既全之後，所可變者則爲詩中用語之變化，余舊作黃山谷詩句法（收入「詩與詩人」）卽略闡其故，可以參看。至於金元戲曲多用北語方言，明代崑曲亦多吳儂軟語，更其例矣。

（二）文化生活進步之影響於詩也。詩對環境事物之反映最爲敏感，亦最爲具體，漢人之樂府內容卽漢代貴族與民間生活之反映也，南朝宮體與小樂府，卽江南貴族與民間生活之反映也；推之唐人征塞之詩，足覘其帝國之武功，元曲詞多粗獷，無失草原之氣象，凡文化生活之進步或改變，無不影響於詩體之變化。

（三）世變激蕩之影響於詩也。詩者所以表現心志，「治世之音安以和，亡國之音哀以思，」形之於詩，如響斯應。如建安詩多風塵之音，此漢末大亂文士心情所表現也。杜詩沉痛鬱怒，安史胡塵與天寶亂政之反映也。詩大序云：「是以一國之事繫一人之本謂之風。」正此之謂也。

（四）現實權勢吸引之影響於詩也。唐詩數量何以多？唐人之詩何以多投贈應制？正以唐代詩賦取士。自太宗以來，好尙文詞，中宗龍池之宴，明皇翰林之徵，下及太和以後，文宗宣宗皆好吟詠，德宗之用朝郎，竟以詩句爲準用春城無處不飛花韓翃見唐詩記事上之好尙如此，士之進身如此，利之所在甯不趨之？從而影響詩風，如玄宗倡質素之風，而張九齡李太白等以復古自任，能推翻唐初之宮體，及四傑之排偶，又如陳後主隋煬帝追逐宴樂，玉樹新聲，流行天下，亦其明證。

（五）風會所趨影響於詩也。所謂風會者：一、爲有力者之提倡。二、爲大詩人所標尙。三、爲當時社會所流行，有此三因皆能構成風會。如建安之詩以曹氏兄弟爲領袖，明代前後七子復古之詩皆以貴官李夢陽、王世貞爲領袖。台閣體則以李東陽爲領袖，清代神韻派詩則以王士禎爲領袖，此有力者提倡而成者也。唐長慶體之元白，宋元祐體之蘇黃，清代性靈派之袁枚，下逮同光體之陳鄭，皆以己意創爲詩體，同輩風趨，遂成流派，此大詩人所標尙而有成之者也。又如唐人以七絕爲新樂府，旗亭歌唱，萬口風行，宋人柳永樂章，有井水處皆知歌唱，香山自負在諷諭詩，而其所風行獨在於長恨琵琶兩歌，杜荀鶴多俚俗，而唐末五代時爭尙之，此社會流行影響及於詩體者也，當風會既成，詩體亦定，必至世風再變，新者代興而詩體始又變焉。』

註十六：見滄浪詩話詩體。

註十七：文心雕龍明詩篇。

註十八：見王國維宋元戲曲史。

六　詩壇的將來

就上節所分析的「詩體之變」來說，時代不斷地向前進，新詩體亦不斷地出現，今天所謂「新詩」者，正是適應歷史的要求，並無足怪。但中國歷來文學潮流的變遷，都是無形中漸次造成風氣，由新體來取代舊體，或則雜然並存，不過新體裁的作品，較爲時人愛好而已。所以詩的國度裏，有各種體裁的詩，任由作者自由選擇，同時也任聽面目全換的各種韻文如詞、如曲，乃至詩鐘之類的小玩意兒存在。修文學史的人，只就某一時代風會最盛的一種或兩種詩體來代表，如以五言代表漢魏六朝，今體代表唐宋，詞代表宋，曲代表元，也沒有人提出抗議，更沒有人以新體出現，便取消舊體，因爲這是一個自由王國，作者讀者都有愛好選擇的充分自由啊。獨至於今天，伴着五四時代，白話文的出現而有白話詩，硬與傳統的詩分劃疆界，名之曰新詩。新詩人指傳統的文言詩，說它非詩而是文字遊戲，傳統文言詩人，也排斥新詩爲「引車賣漿之言」，以「溫柔敦厚」的詩人，效斷斷小丈夫的行徑，這實在非明達之士所取的態度。所以我很欣賞吾友周棄子論詩的文章裏有句話說「體有古今，詩無新舊。」（見文星出版未埋庵短書）眞的，所謂詩者當然不是文章，它自有特質和意境，詞彩、音節等，尤其是詩的語言，正像寫童話文學的言語，是人世間另一種的言語一樣，只要能具備詩的條件，而異乎其他文字形式便是詩。大概白話詩的初產生，是基於文學的改革，適應大衆化的要求，可是從直率的、樸質的言語寫出來，却是詩意毫無，難資傳誦。在這裏我想起白香山自說他最用力的是秦中吟、新樂府等詩，但詩人傳誦的都是他的長恨歌、琵琶行，而引爲憾事。（見與元九書）何以長恨歌被傳誦久遠呢？因爲那是富於詩意，具備詩的韻律與辭彩的，秦中吟、新樂府，如賣炭翁篇，那不過是有韻的「勸世文」而已。誰願意去唸呢？詩的存在是要有讀者的，能自娛還要能娛觀衆。所以歷古以來，艱深、晦塞、詭僻的詩，被選讀的最少，這豈不是很明顯的例證吧。五四以來，白話詩可以使老嫗都解，但缺乏風情，不能使人吟味。當前的「現代詩」，又太沈晦，太怪特了，除去同志間相互的吟賞，怕也是曲高和寡吧。但從淺顯的白話詩，走到晦澀的現代詩，畢竟是新詩人的摸索進步，也是反省，因爲他們認識了詩畢竟是詩，古來的隱喩比興之法，又活現於他們的詩中，不過詞彙變爲時代的罷了。

反過來看傳統的古典詩，也實在走上了「死巷子」。新事象、新境界，在詩中一毫找不出，下一等的仍拖着唐詩三百首作範本，無病呻吟地結社聯吟；高一等的摹唐範宋，運典守律。甚至像同光體，沈曾植的海月樓詩與詩篇，滿紙道書梵筴，沈晦得叫讀者不知「於意云何」，或則取法韓昌黎，自謂是摩天架海的大句，却一味叫囂，說是古文義法。這些又何嘗會是傳統的六義微旨呢？詩本是反映時代的，但五十多年來的社會變化，國家紛亂，無論新詩人舊詩人似乎未寫出一些驚天動地，哀感悱惻而又萬口傳誦的詩篇來。因此，中國詩的前途還是一個未知數。我們只能先談古典的詩篇，來打定基礎，而後再談詩的建設。紛紛新舊的論爭，都似乎可以擱起。因此我願再復誦杜甫的七言絕句中的兩句：

「不薄今人愛古人，清詞麗句必爲隣」。

第二章　詩體

詩的體裁，即詩的形式，和文心雕龍體性篇所闡的體裁不同。那裏所說的體，約當於風格、體態、兼內外而言的，也就是唐僧皎然詩式中所謂「詩有五格」（註十九）的格，司空圖廿四詩品所說的品等相等。因之本章所論的詩體，純限於形式的演進，和每一形式所具備的內容要件。

中國詩的形式，大略分之，列表如次：

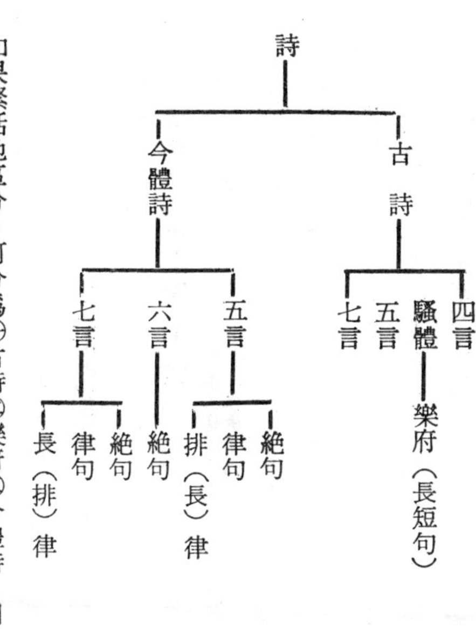

如果緊括地區分，可分為㈠古詩㈡樂府㈢今體詩。同時每一體的出現，即是一個詩的時代，論述某一體裁，亦即詩的演進，其時代精神，可以連帶說明。現為便於說明起見，打算分㈠詩經時代㈡楚詞——樂府時代㈢五言詩時代㈣今體詩時代　約略闡說之。

一　詩經

詩經，是中國古代的歌詩總集，他的產生時代，據梁啓超說：（註二十）

「……則假定全書諸篇，以西周末、東周初——約西紀前九百年至七百年——時人所作爲中堅。其間最古之若干篇，約距今三千四五百年前，最晚之若干篇，約距今二千六七百年前。」

梁先生又說：（註二十一）

「詩并不是一定用來唱的，『不歌而誦』（按即徒歌）的也是詩之一體。但音樂發達的時代，好的詩多半被采入樂，幾乎有詩樂合一之觀。（按此有因果倒置之嫌，古樂詩似乎本就是樂歌，後來才爲樂作歌）史記說：『詩三百篇，孔子皆從而歌之，以求合韶武雅頌之音』。大抵三百篇裏頭，除『三頌』的詩，自孔子以後，卽全部變成樂府了。……」

由此可見詩就是歌謠。朱自清說：（註二十二）

「詩的源頭是歌謠。上古時候，沒有文字，只有唱的歌謠，沒有寫的詩。……歌謠越唱越多，雖沒有書，却存在人的記憶裏。……有了文字之後，才有人將那些歌謠記錄下來，便是最初寫的詩了。」

朱先生原寫的文句很多，我只把他要緊的節錄下來，以證明詩經是歌謠的總集。中國典籍相傳詩三百篇，是由當時的樂官（太師）采集各地風謠而成。漢書藝文志的觀點，似乎可以代表這一體認。他說：（註二十三）

「……誦其言，謂之詩，詠其聲，謂之哥（歌），故古有采詩之官，王者所以觀風俗，知得失，自考正也。孔子純取周詩，上采殷下取魯，凡三百五篇，遭秦而全者，以其諷誦不獨在竹帛也。」

這是史志的正統說法，太師采詩，也見於周禮（註二十四），王先謙氏漢書補註，此條亦引有公羊傳與劉歆之說（註二十五），不能繁引了。

詩經詩篇數量有兩說，一爲史記孔子世家之說：

「古者詩本三千餘篇，去其重，取其可施於禮義者，三百五篇。」一即漢書之說。梁啓超說孔子刪詩之說斷不可信，理由很充分，我們甯可採取，認定古來詩篇不過三百多篇，只有亡佚的詩篇（如左傳論語荀子所引詩）孔子幷沒有刪詩，不過校訂樂律「弦歌之」而已。

詩經的分部為（一）風（二）小雅（三）大雅（四）頌，合之為風雅頌，但梁氏主張（註二十六）把周南召南單獨成一部分，說這是「南國」之詩，合之為「南風雅頌」四部。傳統地說法有「六義四始」之說，是兼指編次與體裁法則而言。現就形式劃分並加說明：

一　風雅頌

「風、雅、頌」與「賦、比、興」合稱為六義（註二十七），前者是詩的體裁，也是篇目的編次，後者是詩的內涵，作詩的法則。

（一）風：風的解釋，有風化、和風（讀諷）刺的兩義，詩大序說「風、風也，教也。風以動之，教以化之」。又說：「上以風化下，下以風刺上，主文而譎諫……」前者釋教化之義，後者釋諷刺之用。其實風就是風俗，各地方社會風俗，可以在詩中反映，這才是陳詩觀風之意。國風是依各地域劃分，次第為：

甲、二南：周召、召南，據傳統的說法，為周召二公所治之地，前者叫周南，後者叫召南，據說這是周初太平盛世，王化大行之詩，故謂之「正風」。（註二十八）

乙、國風：邶、鄘、衞，這是一組，是殷的故墟，在今河南省漳水流域，原是殷都「朝歌」的附近。王，是東周洛水流域。鄭檜是一組，也在今河南省。齊，今山東東北部。魏、唐為一組，晉國區域，今山西省。秦、周之故都豐、鎬，今陝西省。陳是古國，（虞舜之後）今河南省中部。曹，今山東西南部，豳，是敷陳周代的先王之業，其地在今陝甘邊區，據日人青木正兒說：『豳風便是這裏的民謠，不過並不是這時代的詩，而其中含有周滅殷的作品』。（註二十九）關於國風的地理人事背景，鄭玄曾作詩譜，孔穎達引以入詩經註疏。梁啓超對國風的看法，是今文家的立場，頗異傳統。

他把二南和國風對立說：

「蓋三百篇本以類從，分爲四體，曰南風雅頌。自毛詩序不得『南』之解，將周召二南儕於邶鄘諸風，名爲『十五國風』，於是四詩餘其三，而折大小雅爲二以足之，詩體紊矣。」

梁氏對「南」的意義也有解釋，其實此論宋儒程大昌已發之，日人青木正兒對此也略抒見解，可以采取。

（二）雅：雅有小雅大雅之分。毛詩序說：「言天下之事，形四方之風，謂之雅，雅者正也，言王政之所由廢興也。」這是漢人的說法，釋雅爲正，孔子說「政者正也」，雅就是廟堂貴族論說政事的詩。鄭譜說都是周室居豐鎬時的詩，其實也不盡然。梁啓超於此也祖襲傳統的說法，章太炎小疋大疋說（註三十）：「爲雅爲夏，皆與疋同聲」。他釋疋爲迹，指孟子「王者之迹熄而詩亡」爲「王者之迹，謂之小疋大疋」，都沒有正的意義。傅斯年中古文學史講義對「雅」的解釋，根據王引之考證爲「雅讀爲夏，夏謂中國也。」他說：「然則周室王朝之詩，自地理的及文化的統系言之，固宜曰夏聲。」從傳說看雅就是夏聲，也就是當時的「國語」。論語所謂「子所雅言，詩書執禮」，就是孔子讀詩書和相禮的時候用國語，那麼大小雅者，不過是周室王朝畿輔裏的詩篇而已。小雅共二十二篇，多詠周室臣下之事，但怨刺的篇章很多。大雅十八篇，都是文武成周的歌功頌德而作，所謂廟堂之詩者是。關於二雅內容的分析，青木正兒中國文學概說寫的很通俗而詳明，可以參閱。

（三）頌：是祭祀宗廟用的樂歌，所集有周頌、魯頌、商頌三篇，毛序說：「頌者，美盛德之形容，以其成功告於神明者也。」梁啓超以爲不然，他引漢書魯徐生善爲頌條師古注「頌讀與容同」說「南雅皆唯歌，頌則歌而皆舞」。這是可信的，古代祀神，巫覡皆歌舞踊節，頌大概是舞曲，不過後來失掉它的節奏罷了。風雅詩皆有情致，只頌詩莊重肅穆，後來漢代郊祀歌，還是彷彿其聲容的作品。

二　賦比興

「賦比興」的傳統說有兩種，一是孔穎達的詩正義據漢儒以來的說法：

「賦之言鋪，直鋪陳今之政教善惡。」
「比見今之失不敢斥言，直比類以言之。」
「興見今之美嫌於媚諛，取善事以喻勸之。」

二是朱熹詩集傳說：

「興者，先言他物以引起所詠之詞也。」關雎傳
「賦者，敷陳其事而直言之者也。」葛覃傳
「比者，以彼物比此物也。」螽斯傳

這兩種解釋比較起來，賦與比大致相同，只有興的說法大有區別，但朱子的說法，近於詩人之旨，孔則純是經生之論，而且政治意味太濃。宋嚴粲詩緝，關雎詩注引呂氏詩記說：

「風之義易見，惟興與比相近而難辨，興多兼比，而比不兼興。意有餘者興也，直比之者比也。」

這是發明詩的篇章有興而兼比之義，這就更令人糊塗了。於此不妨再看詩人之說。鍾嶸詩品總論說：

「文有盡而意有餘，興也，因物喻志比也，直書其事，寓言寫物，賦也。」

這眞是純詩人的見解，他揚棄了漢儒美刺之說，只是發揮詩創作時的心理狀態與創作的方式。至同時人劉勰的文心雕龍比興篇說：

「故比者附也，興者起也，附理者切類以指事，起情者依微以擬義，起情故興體以立，附理故比例以生。……」

劉氏此篇，特重比的闡述，正因爲六朝時代，文章注重詞藻，用事，正是比體大行之時。鍾氏不主張用事而欣賞白描，所以特重興體。如果以現在文學的術語來說，比是客觀的描繪，興是主觀的抒寫，前者注重連繫事物，後者則注重景與情會，重神理不重形相。若如經生家之說，與比的界限混淆，同爲呆板不靈，把活潑潑地文學創作，變爲勸誡人物，評論時政的工具，未免太煞風景了。所以我甯願引梁啓超關詩序美刺說法：

「詩學之失，自僞毛序之言美刺始也。……信如彼說，則三百篇之作者乃舉如一黃蜂，終日以螫人爲事，自身復有性情否耶？……故自美刺之說行，而三百篇成爲『司空城旦書』，其性靈之神聖湮沒不曜者二千年於玆矣，學者速脫此梏，乃可與語於學詩也。」

美刺之說，起於「賦、比、興」的解釋，如果把賦比興三種，祇當爲作詩的方法與體式，有的題目用直接的描寫來鋪陳它——賦；有的用同類的事物襯托刻畫它——比；有的則感動興發痛快淋漓，或委婉曲折地寫——興，三百篇皆以本文來解釋，不把它神聖化，不曲解，不深求，豈不是最高無上的詩嗎？

詩三百篇，無論從那一角度解釋，都是中國人做詩的淵源，「詩言志」及「思無邪」之旨，是支配中國詩論的中心思想。「風、雅、頌」三體，與「賦比興」三法，爲詩的形式和造意所必需選擇的。至於詩的句法，雖然三百篇大部分都是四言詩，但也有參差不齊的句法，爲後世不同造句的淵源，青木正兒氏說：

「其次關於詩形句法，以每句四言者爲定格。中間雖然雜着二言、三言、五言、六言、七言、八言之某種者，可是通篇純用四言以外的句法，或錯雜用長短句者，幾乎沒有。僅有很少的例，如陳風月出通篇純用三言，召南江有汜，魯頌有駜大部分用三言，召南行露大部分由五言而成。長短錯雜的句法，如秦風權輿自二章而成，每章用着三、四、六、三、四之句法，但這樣的例外是極少數的。」

我前著學詩淺說，對詩的體裁影響後世的部分，也加以分析，迻錄於次：

『（一）體裁：摯虞文章流別論嘗舉詩「振振鷺，鷺于飛。」爲三言之始。「誰謂雀無角，何以穿我屋？」爲五言之始。「我姑酌彼金罍」爲六言之始。「交交黃鳥止于桑」爲七言之始。「泂酌彼行潦挹彼注玆」爲九言之始。後人又謂緇衣「敝，予又改爲」，敝爲一言，祈父爲二言，「十月蟋蟀入我床下」爲八言，凡後世所有之各體詩形式，殆皆於此濫觴。

（二）造語：三百篇已大量用重言字，以形容所詠者，又聲貌形狀，如「關關」形容雎鳩之聲。「依依」形容楊柳茂盛之貌。「陽陽」形容無所用心之狀。舉此可例其餘。又以雙聲疊韻，爲聯綿形容之詞者，雙聲如「參差」「黽勉」疊韻如「消搖」「綢繆」，雙聲而兼疊韻者，如「緜蠻」「間關」之類，後來詩中詞采，多出於此。

(三) 用韻，依顧亭林氏日知錄「古詩用韻之法」謂「……大約有三種。首句次句連用韻，隔第三句，而於第四句用韻者，關睢之首章是也。凡漢以下詩，及唐人律詩之首句有韻者，源於此。一起卽隔句用韻者，卷耳之首章是也。凡漢以下詩，及唐人律詩句不用韻者源於此。自首至末，句句用韻，若考槃、淸人、還、著、十畝之間、月出、素冠諸篇，又如卷耳之二章、三章、四章、車攻之一章、三章、七章，張發之一章、二章、三章、五章是也。凡漢以下詩，若魏文帝燕歌行之類源於此，自是而變，則轉韻矣。」』

註 十 九：皎然詩式（何文煥歷代詩話——藝文本）詩有五格：「不用事第一，作用事第二，宜用事第三，有事無事第四，有事無事性格俱下第五。」

註 二 十：梁著國學要籍解題、詩經。中華本。

註二十一：同前。

註二十二：朱自清著經典常談詩經第四（啓明版）。

註二十三：漢書藝文志詩經條（藝文二十五史）。

註二十四：見周禮大宗伯：「教六詩曰風、曰賦、曰比、曰興、曰雅、曰頌。」

註二十五：補注引沈欽韓及劉歆與楊雄書。

註二十六：朱子詩經傳說（藝文影印本），「舊說二南爲正風，所以用之閨門鄉黨邦國而化天下也。十三國爲變風。」梁氏詩經解題主南與風頌并列，可參閱該書。

註二十七：中國文學概論（開明版）第三章詩學(一)詩經。

註二十八：同前註。

註二十九：同前註。

註 三 十：見章氏叢書文錄（世界版下册）。

註三十一：中國文學概論第三章（一）五六頁。

二　楚詞

詩變爲騷，是詩體的一大演進。它是中國文學中詞章之祖。中國的詩學，總是風騷幷稱，杜甫詩「陶謝不枝梧，風騷共推激」（註三十二）鍾氏詩品是專論六朝詩學淵源之書，也愛說某人詩出於離騷。（註三十三）不過騷後來流爲賦，所取材多是香草美人，更爲詞家之所祖。但它是樂府與七言古的濫觴，學詩的人，實在不能加以忽視。

騷是楚人屈原所著，漢代王逸，把屈原所作，合之宋玉諸人乃至漢代賈誼的賦爲楚詞，在目錄學上，是總集的開始，在詩體上也是別具一格的體裁。楚詞學是專門之學，在這裏不擬詳說，只載其名目如次：（據世界本楚詞章句補註）

離騷經第一 屈原作
九歌第二
天問第三
九章第四
遠遊第五
卜居第六
漁父第七
九辯第八 宋玉作
招魂第九
大招第十 屈原或言景差作
惜誓第十一 賈誼

以下尚有招隱（淮南小山）七諫、（東方朔）哀時命（王褒）九類（劉向）九思（王逸）諸篇都是漢人所作，與詩的發展分道揚鑣了。

中國古代文學系統，向分二支，一是詩三百篇，可謂北方文學的代表；一是楚詞，却是南方文學的代表。兩者的區別，形式上是在句法、篇章的變化，內容上則是題材與詞采的繁複、華麗；但作詩的法則，比興的運用，則與詩三百篇「異曲同工」。從來的說法，都認爲離騷之作，是屈原放逐自抒哀怨的作品。史記屈賈列傳說：

「屈平疾王聽之不聰也，讒諂之蔽明也，邪曲之害公也，方正之不容也，故憂愁幽思，而作離騷。」

這是最早的說法。蕭統文選序說：

「又楚人屈平，含忠履潔，君匪從流（拒諫也 寬按）臣進逆耳。深思遠慮，遂放湘南。耿介之意既傷，壹鬱之懷靡愬，臨淵有懷沙之志，吟澤有憔悴之容，騷人之文自茲而作。」

這與史記的敍述，語意相同。楚詞開後代文學有兩途，一種繼承詩經的風雅，抒情言志，流而爲漢樂府，一是直接開創辭賦，爲漢賦所直接承受。所以文心雕龍辨騷篇，分別評述，說他：

「……固已軒翥詩人之後，奮飛辭家之前。」

又說他：

「文辭麗雅，爲詞賦之宗。」

又說他：

「虬龍以喻君子，雲蜺以譬讒邪，比興之義也；每一顧而掩涕，歎君門之九重，忠怨之辭也，觀茲四事（兩條未摘——寬）同於風雅。」

這不是詩經的繼承者嗎?他贊揚他的辭華說他：

「氣往轢古，辭來切今，驚采絕艷，難與並能矣。」

又說：

「衣被詞人，非一代也。」

從文學立場的贊揚，可謂不遺餘力。鍾氏詩品，分析詩家常以風雅與楚辭並舉，如說：

「漢都尉李陵，其源出於楚詞，文多悽愴，怨者之流。」

同時對古詩就說它

「其源出於國風。」

五言詩始於十九首古風與蘇李贈答，以後詩人，莫出兩途：凡說他出於古詩，那就是源自國風，說他出自李陵，自然就是楚詞的系統，由此可見楚詞也是詩的主要淵源。至於騷體對後代詩壇的影響，約有下列幾點：

(一)句法：騷體的長短句，實在是板重的四言詩的解放。於是開漢代楚聲一系樂府的格調（如雞鳴曲）；六朝至唐七言歌行的形式，受它的影響最大。（如李白樂府，今別離等可謂直接出自楚詞。）

(二)辭采：楚辭慣用的如「美人、香草、龍蛇、神怪」那些光怪陸離的詞采，一度爲漢賦所採用，再度爲齊梁樂府所附麗，三度爲唐詩李太白李長吉的歌行，李商隱、溫庭筠的律體詩所依託。最後入於詞曲，花間溫韋，乃至歐秦的令詞，南宋姜白石吳夢窗的慢令，那一樣不是出自楚詞香草美人之遺呢？（註三十四）

(三)韻律：據陳鐘凡氏中國韻文通論說：

「離騷一篇，長至二千四百九十字，用摸韻者四十有八，咍韻者二十有六，歌戈蕭韻各有十二，洪音爲多。」

因此後世詩篇用韻的法則已具備了。所謂騷體的形式最大者，爲句中加兮字，所以它的押韻有兩種形式，一爲句尾，如：

「浴蘭兮沐芳，華采衣兮若英，靈連蜷兮既留，爛昭昭兮未央。」——雲中君

一爲句中，如：

「后皇嘉樹，橘徠服兮，受命不遷，生南國兮。」——橘頌

這兩者押韻的方式，前者漢賦大都沿用，後者四言詩間或採用，惟樂府體詩常常兩者參錯地運用。（關於押韻，

再詳說。）

楚詞的研究，現在已脫離詩學而成爲專門之學，近代人不是注意古韻的叶諧，要在此求得言語聲韻的變化沿革，這是民族語言學的範圍。再就是名物訓詁的考證，闌入於歷史學的範疇。（如王國維先生由天問來證商代先王先公），都不是文學尤其詩學上應該做的工夫。楚詞的注本，千古以來，最有權威的爲漢王逸的楚詞章句與宋朱熹的楚詞集傳，都又鑽在比興的圈子，不出忠愛怨悱的解釋，這可說偏於政治的意義。（漢儒解詩，就是政治的訓誨），眞正從純文學見地來欣賞它，批判它，實在太少。因爲學者的慣習，總喜歡掉書袋、誇博學、穿鑿附會地表示淵博和卓見，解詩、解楚詞、乃至後來解杜甫、李商隱的詩，都受到這種殘害。所以我甯願轉錄梁啓超先生的話做結束：（註三十五）

「人之情感萬端，豈有舍忠君愛國之外，即無用其情者？若全書如王注所解，則屈原成爲一虛僞者或鈍根者，而二十五篇悉變爲方頭巾家之政論，更何文學價值之足言。……後世作者，往往不爲文學而從事文學，而恆謬託高義於文學以外，皆由誤讀楚詞啓之。……故吾以爲治楚辭者，對於諸家之注，但取其名物訓詁而足，其敷陳作者之旨，宜悉屏勿觀也。」

註三十二：見杜詩詳注卷三「夜聽許十一誦詩愛而有作」。

註三十三：見詩品各論。

註三十四：清張惠言詞選序，「詞者蓋出於唐之詩人……蓋詩之比興變風之義，騷人之歌近之。」其笺溫韋，歐公及李後主詞多由此旨。

註三十五：梁著要籍解題楚詞。

三　樂府

樂府詩是產生於西漢時代。爲什麼叫樂府呢？漢書藝文志詩賦略說：

「自孝武立樂府而采歌謠，於是有代趙之謳，齊楚之風。」

所謂「立樂府」，可見樂府是一官署，又同書禮樂志：

「孝惠二年，使樂府令夏侯寬，備其簫管……」

又說：

「至武帝定郊祀之禮，乃立樂府，采詩夜誦。」

可見樂府是當司采集樂歌的官署，雖然兩說不一（註三十六），但「樂府」的名稱則一，以後凡被搜集來的這些歌謠，都被叫做樂府詩，這就是樂府的來源。

漢代的樂詩有兩個系統，「其一是周樂系統下來的雅樂之詩，其一是楚聲之詩。」（註三十七）在高祖時代即有房中之歌，又名安世樂，後來武帝時又制有郊祀歌十九章，這都是廟堂之歌。至於趙代齊秦的風謳，那就是民間歌謠了。漢書禮樂志備錄這些歌詞，後來歷代史的樂志皆錄樂章，這些資料，被南宋郭茂倩彙錄爲樂府詩總集，凡各種體裁的樂府詩都蒐集在內。在郭氏時代稍前的鄭樵通志的樂略對樂府體裁的淵源，也曾詳加分析。近代梁啓超氏所著中國美文及其歷史第三章漢魏樂府，更詳加評介，現摘抄於次：

「樂府起於兩漢，本爲官署之名，後乃以名此官署所編製之樂歌，而凡入樂之歌皆名焉。寖假而凡用此種格調之詩歌，無論入樂不入樂，皆名焉。」

漢初之詩，原有二系，一自三百篇所遺雅樂之詩，一則楚聲之詩。漢高帝之大風歌純楚聲也。韋孟之諷諭詩，三百篇之遺也。二者似有合流之勢，其綜合創造之者，則李延年也。大抵漢代樂府皆可歌，後來聲譜散佚，遂不可歌，六朝時，民歌新體采入，音律又變，如今日之采民歌入譜者，唐宋以後，轉爲歌曲，詩人所製樂府，不過詩體之一，已是名存實亡。梁氏之書記錄歷代樂府之記錄，據謂「關于樂府之著述……其現存可供主要參考者則漢（禮樂）宋（劉）（樂志）二志，吳（唐吳兢樂府解題）鄭（宋鄭樵通志樂略）郭（宋郭茂倩樂府詩集）三書，其最著也。」

至於樂府之分類，依梁氏轉錄鄭氏分類列表如次：

- 第一類：短簫鐃歌二十二曲
- 第二類
  - 鞞舞歌五曲
  - 拂舞歌五曲
- 第三類
  - 鼓角橫吹十五曲
  - 胡角十曲
- 第四類
  - 漢舊歌三十曲
  - 吟嘆四曲
  - 四絃一曲
  - 平調七曲
  - 清調六曲
  - 瑟調三十八曲
  - 楚詞十曲
- 第五類：大曲十五曲
- 第六類：白紵一曲
- 第七類：清商八十四曲

右正聲之一，以比風雅之聲。

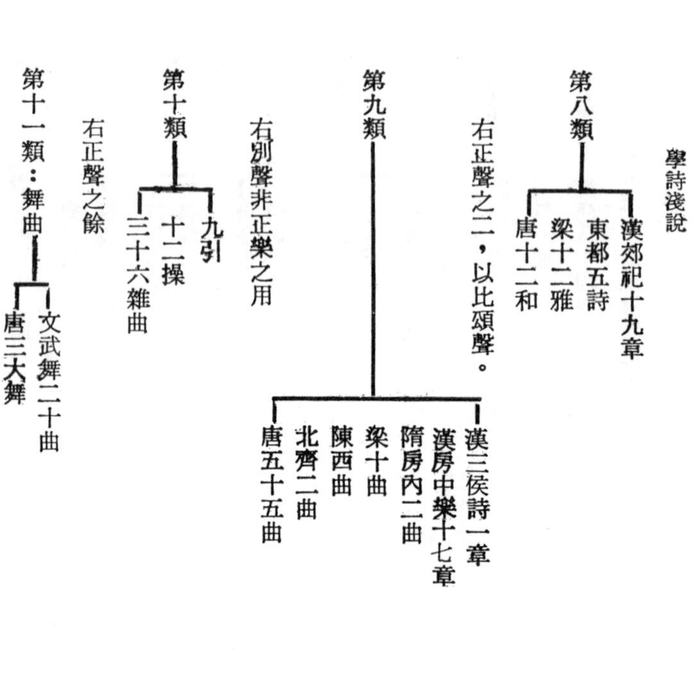

右別聲之餘

第十二類：有辭無譜者四百十九曲（內又分二十五門不悉抄）

鄭氏分類較繁，郭氏樂府詩集之分類如次：

卷一——十二；郊廟歌辭　　卷十三——十四；燕射歌辭

卷十五——二十；鼓吹曲辭（卽短篇鐃歌）

卷廿一——廿五；橫吹曲辭

卷廿六——四三；相和歌辭　一六引、二曲、三吟嘆曲、四四弦曲、五平調曲、六清調曲、七瑟調曲、八楚調曲、九大曲。

卷四四——五一；清商曲辭　一吳聲歌曲、二神弦曲、三西曲、四江南弄、五上雲樂、六梁雅歌。

卷五二——五六；舞曲歌辭

卷五七——六〇；琴曲歌辭（後人補作）

卷六一——七八；雜曲歌辭

卷七九——八二；近代曲辭（隋唐以後新譜）

卷八三——八九；雜歌謠辭（徒歌）

卷九〇——一百；新樂府辭（唐以後詩家自創新題）

關於樂府的淵源，文心雕龍樂府篇，說的也很明白，再抄之如下：

「自雅聲寖微，溺音騰沸，秦燔樂經，漢初紹復。制氏紀其鏗鏘，叔孫定其容與，於是武德興乎高祖，四時廣於孝文，雖摹韶夏，而頗襲秦舊。中和之響，闃其不還。（此敍漢初樂章初制）曁武帝崇禮，始立樂府，總趙代之音，撮齊楚之氣。延年以曼聲協律，朱買臣馬相如以騷體製歌，桂華雜曲，麗而不經，赤雁羣篇，靡而非典，河間薦雅而罕御，故汲黯致譏於天馬也。……（論宣帝略）至於魏之三祖，氣爽才麗，宰割辭調，音靡節平。……至於晉世，則傅玄曉音，創定雅歌，張華新篇，亦充庭萬……」

所評述漢魏晉世的樂府詩發展的大概，因爲時代較近，自爲正確。大概漢魏樂府可分爲四類：（註三十八）

（一）郊廟歌：就是當時代的神曲，用之於祭祀的，如所舉安世歌、郊祀歌等。

（二）鼓吹曲：這是採自異域，用作朝會或行軍如鐃歌十八曲等是。

（三）情　詩：如思悲翁君馬黃等又有雜體詩如戰城南等，或是採自征戍的軍人，或是民間情歌。

（四）相和歌：也是採自民間歌謠，所謂漢世的街陌謳謠。（宋書樂志語）

（五）清商曲：因爲樂曲用清調的商調爲主，所以取名，大體也是采自民間歌謠。

漢代樂府，到了魏晉，便出現了擬作，這時聲譜漸漸地亡佚了。六朝時江南的民歌又興起來，南北分疆，樂曲的情調也迥然不同。南尙清婉，北尙剛勁。到了隋唐以後，詩人更多擬作，都不能歌唱。唐人便逕以絕句詩入歌來做樂府，如陽關三疊之類（註三十九）。李白喜歡做樂府歌行，杜甫就自創題製，做他自己的樂府，如「三吏三別」之類，白居易和元稹也喜歡做樂府，自名爲新樂府。宋以後雖有樂府之名，那不過是古詩的變體罷了。所以清初馮班有古今樂府論，把世人對樂府混淆不清的觀念，加以辨析說：（歷代詩話藝文本）

「大略歌行出於樂府，曰行者，猶仍樂府之名也。杜子美作新題樂府，此是樂府之變，蓋漢人歌謠，後樂工采以入樂府，其詞多歌當時事，如上留田霍家奴羅敷行之類是也。子美自詠唐時事，以俟采詩者，異於古人，而深得古人之理。元白以後，此體紛紛而作。總而言之，製詩以協於樂，一也，采詩入樂，二也，古有此曲倚其聲爲詩，三也，自製新曲，四也，擬古，五也，詠古題，六也，並杜陵之新題樂府，七也，古樂府無出此七者矣。唐末有長短句，宋有詞，金有北曲，元有南曲，今則有北人之小曲，南人之吳歌，皆樂府之餘也。」

註三十六：禮樂志前云孝惠時樂府令，後又云武帝迺立樂府，藝文志同後說，故顧亭林氏日知錄主樂府爲官署名，後乃衍爲詩體

註三十七：見青木正兒中國文學概論古體詩六〇頁。

註三十八：見嵇哲詩詞演進史樂詩府之發展二七——三一頁（香港開源書店出版）。

註三十九：蘇東坡嘗辨陽關三疊之聲。王維「渭城朝雨浥輕塵」之詩曾爲旗亭傳唱。

四　五言古詩

詩的造句從四言進到五言，以我個人研究有兩種原因，一是音節上，語言聲音，由樸拙而繁複；詩的音節，因之也趨於繁複。四言詩是兩個節拍，加一個字，便可化爲三拍，歌唱起來，更悠揚好聽。其二是詩的描寫景物，四言板重，不能盡如入意，變爲五言，便活動多了。所以五言詩對四言說是新體，而且脫離了三百篇周樂的系統，原來每一題重複的章節，至此只要一首詩便足夠抒寫意思，如果題材豐富，意思充實，也可以連章的表達，就活動多了。五言詩之繼騷體而大行者，大概是應社會條件客觀地要求。近人繆鉞說：（註四十）

「五言詩爲東漢時所產生之一種新體。建安正始之間，經曹植、阮籍兩大詩人努力試作，發爲體製，證明此新詩體之於抒情言志，較四言詩及辭賦便利。」

所謂便利，就是我所謂社會條件客觀地要求。鍾氏詩品曾比較四言和五言的利弊說：

「夫四言文約意廣，取效風騷，便可多得，每苦文繁而意少，故世罕習焉。五言居文詞之要，是衆作之有滋味者也。故云會於流俗。豈不以指事造形，窮情寫物，最爲詳切者耶?」

這段文章的大意是說四言詩已成濫調，大家都來倣效風騷，陳陳相因，表達不出眞實的意境。五言方是便於描寫，爲一般大衆所愛好的詩體。由此可見詩體的創新，實在是出於客觀的需求啊。

關於五言詩的起源，詩品說是起於李陵，據說：

「夏歌曰『鬱陶乎余心』，楚謠曰『名余曰正則』，逮漢李陵，始著五言之目矣。」

這是說起自西漢。但文心雕龍明詩篇，却持保留的態度說：

「……至成帝品錄，三百餘篇，朝章國采，亦云周備，而辭人遺翰，莫見五言，所以李陵班婕妤見疑於後代也。……又古詩佳麗，或稱枚叔，其孤竹一篇，則傅毅之詞，比采而推，兩漢之作也。」

從這兩篇權威的文評來看，五言詩是漢代的產品。不過有攷古癖的人們，總愛推溯遠古，說是尚書和詩經，以至孟子裏都見有五言的詩篇。其實詩句的構造，固然詩書中，都見有五言，但大量地出現五言詩，總是起自不知主名的古詩十九首，與蘇李贈答詩，要論五言的起源，須對這兩篇詩，加以考索。

（一）古詩十九首　這是詩史上爭訟最多的作品，大致說來，一種人認爲是東漢時代的作品，一種人則認爲有西漢時人所作。認爲見東漢人作者爲多，經今人彙考共有六種，但考證者認爲都有問題，所以主張是兩漢間無名氏所作，較爲妥當。（註四十一）

（二）蘇李贈答詩　這也是有爭訟的，詩品直認李陵詩爲一派，文心雕龍則說「見疑於後世」，宋代蘇軾也疑蘇李詩是僞作，在漢書李陵傳中，只有楚歌體的辭，幷不見有贈蘇武詩，大概蘇武李陵的故事漢魏之間，人所豔稱，僞作的詩文頗多，所以此詩如作爲五言詩的起源，那也不能斷爲西漢之作。（註四十二）

就上面所述，五言詩究應起源何時？我以爲五言詩也是樂府詩的流行而成，嵇哲即持此論說。（註四十三）

「五言詩起自後漢，蓋由樂府嬗變而來，固非一朝一夕之事。近人鄭振鐸著中國文學史，以西漢末年爲五言詩之艸創時代……其與古詩風格相同，而爲純粹之抒情詩者，當爲清商曲中之長短行，豔歌行，怨詩行等，此皆民間之歌謠，實爲五言詩之來源。」

我們考察五言詩的進程，後漢爲胚胎時代，建安黃初爲完成時代，晉南北朝是極盛時代，唐宋爲變形時代，後此不過因襲成規，依式寫作，文學的生命已經枯竭了。如果就詩的體式與風格而論，可以大別爲三類，一是選體的五言，二是唐體的五言，三是宋體的五言。

一　選體

先談選體的五言：建立五言詩體的功臣要數建安時代的曹植和其僚屬王粲等，黃初時代的阮籍和晉初的陸機、潘岳等，迺至南北朝的陶潛、謝靈運與鮑照、謝脁、江淹沈約諸人。關於他們的詩風要留待後面再談。所謂選體的詩者，以這些詩家的名篇，皆爲梁蕭統文選所收錄，地位關係越重要的被選的數量就越多，如曹植、陸機、謝靈運、謝朓，鮑照，可以例證。就中曹子建爲建安詩的創新者，謝靈運爲六朝詩的創新者。陶淵明雖在當時的聲價不曾昂貴，可是唐宋以後，衣被詩壇，竟躍居首座。鍾氏詩品列曹植、謝靈運爲上品，據今人許文雨的研究（註四十四），認爲鍾氏心目中有三派，換言之卽三種類型之詩，一派是正體詩，以曹子建爲首，「子建所製得乎懽怨中和」，而後陸士衡能循守他的規矩，至謝靈運更能廣大其體法，第二派是古體詩，應璩陶潛大概屬於此派，但到了齊梁時便不絕如縷。第三派是新體詩，也就是華豔風情的詩，起於張華而盛於永明，鮑照是繼起的功臣。這種說法，固係一家之言，但也可以窺見曹謝諸人的地位。繆鉞談六朝五言詩的流變說：

「犖犖大者，約有三端，魏晉以來，玄學大興，渡江之後，佛理尤盛，如何融合此兩種盛行之新思想於新盛行之新五言詩體中，爲時人之所理想……謝靈運出此理想始實現。」

他臚舉多少例證，論定謝爲「一代宗匠」，「舉世景從」。他又分析江南吳歌影響南朝的詩風，尤其鮑照詩「用字造句，遒緊警鍊」，無形中受吳歌的影響，「能爲五言詩增新風味」，說「謝靈運以後，此又一新變矣」，（括弧皆繆氏之語）這種吳歌新體之外，就是聲律大興後之永明體，推崇沈約、謝朓，尤其謝朓「五言詩有超特之建樹」，說他能「運用此種精細之聲律，發爲清新妍美之作」，「開唐代律詩絕句之先河」，可見謝朓在五言詩進程中的重要了。

不過選體五言詩仍濃厚地具有國風比興的風規，無論何種類型的詩，都保有一種紆徐婉曲的意味，言有盡而意無窮，取譬不外風雲花鳥，和唐宋以後，直敘、論事的風格不同。鍾氏詩品有一段伸張他的主張，其實也可代表選體五古的風采。

「夫屬詞比事，乃爲通談，若乃經國文符，應資博古，撰德駁奏，宜窮往烈。至于吟詠情性，亦何貴於用事，『思君如流水』，既是卽目，『高台多悲風』，亦唯所見，『清晨登隴首』，羌無故實，『明月照積雪』，詎出經史，觀古今勝語，多非補假，皆由直尋。」

由於文選取材的標準，是「事出於沉思，義歸乎翰藻」，所以質木無文或論事長篇的詩，此時代中竟不常見，雖以陶淵明的「隱逸詩宗」，也被鍾氏屈居中品了。

二　唐體

其次看唐體的五言。此時期中，聲律的今體詩大行，詩人多努力創作這類新鮮格調的詩，五言古不過是裝門面的詩而已。於此要數李杜二家，李白的五言古，追摹謝眺，保持興寄，是古體的中興，他自詡追還「建安風骨」。在李之前的陳子昂也是振古詩的大將。杜甫則一切自我作古，五言詩全取六朝以來中斷了的古詩體，力追漢魏，乃至國風。如奉先詠懷，北征那些大篇詩，純以魄力氣骨取勝，後來韓愈繼續發揮這種詩格，遂開宋人論事，直敘的詩風。清仇兆鰲杜詩詳注引羅大經說：（註四十五）

「唐人每以李杜並稱，至宋朝諸公，始知推尊少陵。東坡云『古今詩人多矣，而惟杜子美爲首』……」

又引胡應麟說：

「杜之北征述懷，皆長篇述事，然高者尙有漢人遺意，平者遂爲元白濫觴。李送魏萬等篇，自是齊梁，但才力加雄，辭加富耳。」

可與上面所說的互相發明。綜括唐詩體的五古，初唐沿襲齊梁，盛唐才自創造，陳子昂、李太白，直追建安的風骨（註四十六），王維却紹述陶潛，只有杜甫詩備各體，但特稟漢魏的質樸而加之以才力波瀾，斵削字句，有時又似乎是陸機與大謝的再現。中唐初期的山水遺音，是王維的嫡派，後期韋柳，就出入陶謝（註四十七），幽蒨處令人遐想，元白又恢復古樂府的敘事諷諫。昌黎以文爲詩，和孟郊都走入險怪，晚唐只重今體，古體纖弱，談不到此道了。

三　宋體

最後是宋體的五古。只以瘦硬峻峭見長，他們興趣本在七言，所以各大家集中，此體最不能讀。勉強說來，初宋的王禹偁，樸實敘事。延續白香山而上摹杜甫。梅聖俞汪洋淡泊，能寫情景，時近韋柳。盛宋的王安石，字句鍛鍊，意思峭折，有似於韓、孟。黃山谷的短古，頗有風骨，大概取法於漢鐃歌。南宋的陸游，集中有幾首，不失情性，但後來晚清同光體詩人做五言古，長詩崇學韓昌黎與王荆公，短詩崇學黃山谷，適成其爲宋體的中興了。

註四十：詩詞散論（開明版）。

註四十一：世界版古詩集釋，古詩十九首考證（未具作家）「把古詩十九首，定爲東漢以來作品的，最重要的大概有六種，(一)文心雕龍說(二)顧炎武說(三)朱彝尊說(四)徐中舒說(五)同上(六)胡懷琛。」以上六說所持理由，請參閱此書。

註四十二：「五言詩西漢便已產生……到了東漢，爲五言詩在民間已經流傳了若干年，所以這種體裁，漸爲盛行」——仍見前引考證。

註四十三：見嵇著中國詩詞演進史第八章(一)「五言七言詩之起源」。

註四十四：見正中版許文雨著文論講疏鍾詩品注品例略志一曰「見分品置品之徵」。

註四十五：見杜詩詳注北征詩後箋。

註四十六：見苕谿漁隱叢話前集卷一漢魏六朝類引詩論建安詩，又陳伯玉集盧藏用序，並參考閱拙著詩與詩人（學生書局版）「唐詩開派人物陳子昂」。

註四十七：此處與下論韋柳，請參閱拙著詩與詩人「大曆十才子」及東海學報三卷一期劉後村詩學述評第一節。

五　七言古詩

詩從四言、五言進展到七言，其客觀條件，又不外前節所說。但七言的發生，實與五言同時，或且稍前，因爲它實在是騷與樂府的副產品啊。詩品所論僅限於五言，文心明詩篇，也限於五言，篇末談到三六雜言，却不肯一談七言。豈不是因爲已有樂府篇，當時只有樂府歌行，并沒有不能入樂的七言古詩，所以就免談此事。

在魏晉六朝人論到七言的起原，首見於摯虞的文章流別論（註四十八），他說：

「………古之詩有三言、四言、五言、六言、七言、九言………七言者『交交黃鳥止於桑』之屬是也。于俳諧倡樂亦同之。」

其實詩經中零章斷句，也許是入樂或行文的偶然變例，不足以遽定爲此體的起源。須待其大量的出現，才可以說是創體。這當然要在離騷和漢樂府中發現了。明代胡震亨說（註四十九）：

「詩自風雅頌以降，一變爲離騷，再變爲西漢五言詩，三變爲歌行雜體，四變爲唐之律詩……而七言古詩，于『往體』（即古體）外，另爲一目，又或名歌行。」

此段還論到中唐的錢（起）劉（長卿）元白，和韓（愈）孟（郊），語繁不錄。我們祇從此說，考察到七古體完成於唐代李杜之手便夠了。不過胡氏是明代詩人，不免有尊唐抑宋的見解。還有以文章之法論七言古的，是清代方東樹，他撰的昭昧詹言詩話，有七古通論一篇，現在摘出他的重要論點：

「詩莫難於七古，七古以才氣爲主，縱橫變化，雄奇渾灝，皆由天授，不可强能。杜公太白，天地元氣，直與史記相捋，二千年來，只此二人。其次則須解古文者而後爲主。觀韓、歐、蘇三家章法翦裁，純以古文之法行之，所以獨步千古。

杜公如佛，韓、蘇是祖，歐黃（庭堅）諸家五宗也、此一燈相傳。」

昭昧詹言撰在前清嘉道年間，那時經過姚鼐提倡於南，翁方綱提倡於北（註五十），宋體詩已大盛。方氏是姚門高弟，所以倡爲此論。實在說來，七言古的確是大堆頭的玩意兒。氣勢、筆力和辭華，缺一不可，杜公一脈，崇走奔放雄奇，固然是此體正宗。但元白以至元代的吳萊明末的吳偉業的傳奇式的七言歌行，也不失爲樂府敍事的一脈相傳呢。

大概七言體，是唐代以後才脫離樂府而獨立。嵇哲說（註五十一）：

「七言詩之起源，蓋由於楚詞蛻變而來，舊說以爲始於漢武帝時之柏梁聯句……顧炎武已駁斥之。（說詳日知錄——原註）試觀漢初好楚聲，楚歌多以七字爲句……漢人最初之七言詩，如……高祖大風歌，武帝瓠子歌，秋風辭，天馬歌……皆句中夾用兮字，此即楚聲也。苟去其兮字，或易兮字爲他字，即爲七言詩體。」

準此推進，東漢張衡的四愁詩，（註五十二）和三國魏曹丕的燕歌行，才是初期的純粹的七言詩。不過詩體雖成立，而作品出現并不多，只有唐代纔是七言古詩的極盛時期。杜詩詳注引胡應麟說（註五十三）：

> 七言歌行，垂拱（高宗年號）四子，詞極藻豔，然未脫梁陳也。張（說）李（嶠）沈（佺期）宋（之問），稍汰浮華，漸趨平實。唐體肇矣。然而未暢也。高（適）岑（參）王（維）李（頎），音節鮮明，情致委折，穠纖修短，得衷合度，暢矣，然而未大也。太白、少陵，大而化矣，能事畢矣。

註四十八：許著文論講疏摯虞文章流別。

註四十九：唐音癸籤卷一臺北世界書局影印本附唐才子傳後。

註　五　十：翁著石洲詩話，頗揚宋元詩。

註五十一：見嵇著詩詞演進史五七言詩節。

註五十二：請參閱大陸雜誌第三十卷一期，葉嘉瑩著論杜甫七律之演進及其承先啓後之成就（上）「我以爲張平子與魏文帝一段」又嵇著詩詞演進史，亦論及二詩。

註五十三：杜詩詳註卷一送孔巢父…歸江東詩箋引。

六　今體詩

今體詩就是近體詩，是六朝齊梁以後所萌芽，到唐代以詩賦取士才大行。所以對四、五、七、言詩和樂府來講，是種新體，因此叫它做今體或近體，也可稱爲律詩。人情好新而喜變。當詩道進至南朝，詩人爲南方吳歌的輕豔地風華所吸引，它那種短短地篇幅，輕婉的聲調，和明麗照人的色彩，使人們聽到不禁惘然若失。於是競相創作小樂府來摹寫這種聲容，髣髴這種情調，出現了許多子夜歌，四時歌，懊儂歌的作品，已經爲今體詩開了風格上的先河。這時（永明）從西域來的僧侶們傳進了梵音字母，使他們認識中國字的讀音上有了陰陽清濁之別，於是出現了沈約王融等自以爲千載不傳之祕的四聲論（註五十四）。從詩的音節裏，辨出抑揚高下的聲律，從而提倡寫詩、作文要注意用字的四聲，創出「前有浮聲（輕聲），後須切響（重濁）」的法則，與平頭上尾八病的禁忌（註五十五）。於是今體詩基礎打下來了。到了唐代，以詩賦做考試士子的科目，考試須有共同的標準，才可以評定成績。由於今體詩有一定的法則，遂成爲定式。當然一種詩體創新，萬口競傳，使得大詩人們努力創作，不斷地改進。而這種「聲調鏗鏘，辭采華麗，對偶精切」的詩體，遠較冗長地、樸拙地古體詩，便於誦讀。所以這種詩一經成體，便從唐代傳到現在，還似乎沒有衰歇。儘管提倡社會詩、寫實詩的人們反對它，却依然方興未艾，不能遽說它是「死文字」。

律體詩在唐代，成於沈佺期和宋之問兩人。新唐書文藝傳宋之問傳說：

「漢建安後迄江左，詩律屢變，至沈約、庾信，以音韻相婉附，屬對精密。及宋之問、沈佺期，又加靡麗，回忌聲病，約句準篇，如錦繡成文，號爲沈宋。」

大概沈宋是武后至中宗時代的詞臣，每一篇出，天下希聲。所以後人遂指他們爲今體詩詞開創人物，其實同時人物如杜審言的五言律，開闔生動，精麗警拔，其詩法傳於其孫杜甫（註五十六），謂五言律體成於沈宋，亦似乎不盡然。至七律則相傳都說是沈佺期的「獨不見」爲此體的開創，那或近似。我們細讀史實，助成今體詩的人物，實在不止沈宋。如梁陳時陰鏗、徐陵、庾信的五言詩，簡直就是後來的五絕與律句。同時初唐四傑也大量地做五言律詩，他們華麗的詞彩，更是此道擅場。更有高宗時的宰相上官儀，提倡對偶（註五十七），尤爲律詩成長的主因。他的孫女兒才女上宮婉兒在武后宮中，評閱詩人作品（註五十八），所取耑重聲容，那能不叫律詩風靡天下呢。淸沈德潛說詩晬語說：

「五言律陰鏗、何遜、庾信、徐陵，已開其體，唐初人所揣聲音，穩順體勢，其製乃備。」

這可與我的看法相同。現在就今體詩各類略加論析：

一　五言絕句

五言絕句，和樂府詩的風格最相近，漢樂府藁砧歌，白頭吟（西京雜記載為卓文君作，不甚可靠），齊梁的子夜歌，都是五言絕句的先河。六朝謝脁的玉階怨（見樂府詩選），簡直完整地是一首仄韻五絕，唐朝人做這一體詩，也攙入小樂府，如李白的長干行兩首，即是此例。嵇哲說：（見前注）

「五絕在六朝時經已發達，因其本從子夜歌、歡子、懊儂——吳語文學變化而來。」

可證此體直接從齊梁小樂府蛻變而來。但在唐代王維的輞川題詠，都用五絕，以短章描繪自然，不在音調上見長，而從意境上用功。杜甫的五言絕句，更以此體抒寫感情，議論事理，如八陣圖的詠史，復愁絕句的抒懷，在成都草堂時，又以此體寫景。五絕發展至此，直如現代畫家之速寫，可稱為詩中之小品。

二　七言絕句

七言絕句，其音樂性，更較五絕強烈。也是興於六朝，如梁簡文帝烏棲曲，湯惠休歌思引，都可以看出與此體的血緣關係。唐人的七絕，實即唐代的樂府，明楊愼論杜甫贈花卿詩曾發此意，原文是這樣的：

「唐世樂府，多取當時名人之詩唱之，而音調名題各異。杜公此詩，在樂府為入破第一疊，王維『秦川一半夕陽開』，在樂府名相府蓮，訛為想夫憐……」

但此體亦有變體，如杜甫的七絕詩，明人極貶之，宋人却推崇他的夔州絕句，說是「老樹着花」（註五十九），這就是唐宋兩體詩的區別。

三　五言律

律體詩五律之盛似乎先於七律，沈德潛唐詩別裁序言曾為此說，已見前引。五律的起來，我想與六朝文的崇尚對偶有關。在齊永明以後，文人所作的賦，幾乎都是俳偶。書籍日多，盛行徵事用典，詩品所謂「大明泰始中，文章殆同書抄」，有了平仄分明的對偶，又有了足夠的典實、詩律的條件，實已準備完成，另待後來的人整齊其句法，限制其篇幅，這種體裁便成功了。但此體初行，沈宋之詩也只是注意「對偶精切」，到了杜甫五言律詩，便運用他那「萬卷書」，和不世的才華，把五言律詩，做到「風雲開闔，感嘆悲涼」的地步。同時稍前的王維、孟浩然，却取古詩的意境，運用自然的音節來寫成清微澹遠的一路。唐人五律，不外於這兩種。至宋人更以整鍊見長，創出「句眼」之說（註六十），音調雖響，可是筋節外露，讀之便覺得了無餘味了。

四　七言律

七言律從宋以後，可謂大行其道，但也幾乎成爲濫調了。昭昧詹言（方東樹著）通論七律曾說：

「世之文士，無人不作詩，無詩不七律。」

可見此體之盛。七律相傳都以沈佺期獨不見一首，爲唐之首，但是六朝以來，就有不整的七律。楊愼曾選錄出來（註六十一）可見亦不是唐人作古。談到七律的淵源，必定溯及南齊永明以後的聲律論。爲什麼叫律？就因爲它限制甚嚴，不能隨便。唐子西說（註六十二）：「律傷嚴，近寡恩」，雖然泛指作詩不宜苟且，但用之七律最宜。杜詩「老去漸於詩律細」，我想大概也指的也是七律。看他第二期詩（註六十三），七律體很多，也最工麗。秋興、諸將、詠懷古迹這些傳誦千古的詩篇，都是律體，可以證明這個「律」字，正指七律，清郎廷槐師友詩傳錄（清詩話輯）記張蕭亭答所問七言律，曾泛論唐代此體詩的情形說：

「七言律詩，五言八句之變也。（按此無根）唐初始專此體。然六朝餘氣猶存，至盛唐格調始遠，品格始高。如賈至、王維、岑參早期倡和諸作，各臻其妙。李頎、高適皆足爲萬世法程。杜甫渾雄富麗，克集大成。（以下論中晚唐略）況詩家此體最難，求其神合氣完，代不數人，人不數首……」

明胡震亨唐音癸籤，耑論唐體，他對五七言律的淵源，以爲必明沈約聲病之說，此姑不論。所論七律之興起說：

「就中五字之諧差先，故珠英前彥，各逗流美之徑，七字之諧差晚，故開之右丞，尤存失粘之疵。」

「律體雖成於唐，實權輿於沈約聲病之說。」

在這裏我們再看一段近人朱自清關於此方面的說法：（經典常談）

「齊武帝永明年間（西元四八五—四九三）『聲律說』大盛，四聲的分別，平仄的區別，雙聲叠韻的作用，都有人指出，讓詩文作家注意。從前祇着重句末的韻，這時更着重句中的和，和就是念起來順口，聽起來順耳，從此詩文都力求諧偶，遠於語言的自然。……唐代諧調發展，成了律絕句，稱爲近體。……律有『聲律』，『法律』兩義。律詩體製短小，組織必須經濟，才能發揮它的效力，法律便是這個意思。」

朱氏論七律的「律」字有二義，眞對極了。初期沈宋，只在聲律上用功，把它神明變化起來，是在杜甫手裏。杜詩詳註引胡應麟說：（註六十四）

「近體盛唐至矣，充實光輝，種種備美，所少者曰大、曰化耳，故能事必老杜而後極，杜公所作，正所謂正中有變，變中有正者。……」

這裏所謂正變二律，正體指華麗、雄渾而又音節瀏亮一類；變體指蒼涼直致、清空拗怒的一類。杜詩七律，具備此兩者之體格。發展到宋朝，黃山谷、耑走他變體的路子，成就宋體七律。明及清初的詩人，講格調者都不喜歡宋詩，所以取名爲變體，列爲變風變雅，其實老杜律詩之耐人誦讀，使人囘味無窮，怕還是在變體方面呢。

我們對今體詩的演進，只說明絕句和律體，還有長律一種，明人以後叫做排律，耑爲科場應用，自詠情性和詩人酬唱方面，除去杜詩集中的有大量的名篇鉅製以外，雖名家如元白和李義山的長排詩，後人已少上口，遑論其他。這大概是「死文學」了，所以闕而不論，另抄一段杜詩詳註裏所摘引的高棅之論：

「高棅曰『排律之作，其源自顏謝諸人古詩之變，首尾排句，聯對精切，梁陳以還，儷句尤切，唐興始專此體，與古詩差別。』」

此體鋪陳詞藻，幾乎與賦體相似，詞華與氣骨，都要有絕至的造詣，才能爭取讀者，不怪唐以後詩人集中，這一體便稀少了。

七　雜體詩

所謂雜體詩，就是些三、六、八言的詩，和屬於樂府體的許多歌、謠、篇、引、吟、嘆……等等，還有文人遊戲之作的詩如回文體、建除體……等，南宋嚴羽著的滄浪詩話的詩體篇，曾臚舉各種細碎的詩體，或以詩派的風格分體，或以字數多少分體，留在後章詩人與詩派再論外，茲將其他雜體，摘抄如次：（小字爲原註）

有三五七言　自三言而終以七言，隋鄭世翼有此詩：「秋風清、秋月明、落葉聚還散，寒鴉棲復驚，相思相見知何日，此時此夜難爲情。」

有半五六言　晉傅休元鴻雁生塞北之篇

有一字至七字　唐張南史雪月等篇是也，又隋人應詔有三十字凡三句七言一句九言不足爲注故不列此也。

有三句之歌　高祖大風歌是也，古華山畿二十五首皆三句之詞其他古人詩多如此者。

有兩句之歌　荆卿易水歌是也又古詩青袍白馬共戲樂女兒子之類，皆兩句之詞也。

有一句之歌　注略

有口號　或四句或八句

有歌行　（注略）

有樂府　（注略）

有楚詞　（注略）

有琴操　（注略）

有謠 沈約有獨酌謠王昌齡有箜篌謠穆天子傳有白雲謠也。

曰吟 古詞有隴頭吟，孔明有梁父吟，文君有白頭吟。

曰詞 選有武帝秋風詞樂府有木蘭詞。

曰引 古曲有霹靂引走馬引飛龍引。

曰詠 選有五君詠。

曰曲 古有大隄曲，梁簡文有大隄曲。

曰篇 選有名都篇京洛篇白馬篇。

曰唱 魏武帝有氣出唱。

曰弄 古樂府有江南弄。

又有以嘆名著 古詞有楚妃歎有明君嘆。

以愁名者 選有四愁樂府有獨處愁。

以怨名者 古詞有寒夜怨玉階怨。

以思名者 太白有靜夜思。

以樂名者 齊武帝有估客樂。宋臧質有石城樂。

以別名者 子美有無家別垂老別新婚別。

論雜體則有：

風人　上句述一語，下句述其義，如古子夜歌讀曲歌之類，則多用此體。

藁砧　古樂府「藁砧今何在山上復安山何當大刀頭破鏡飛上天」僻詞隱語也。

五雜俎　見樂府

兩頭纖纖　見樂府

盤中　玉臺集有此體，蘇伯玉妻作寫之盤中，屈曲成文也。

回文　起於竇滔之妻織錦以寄其夫也。

五覆　舉一字而誦皆成句，無不押韻，反覆成文也，李公詩格有此三十二字詩。

離合　字相折合成文，孔融漁父屈節之詩是也，雖不關詩之輕重，其體亦古。

建除　鮑明遠有建除詩，每句首冠以建除平滿字。其詩雖佳蓋鮑本工詩，非因建除之體而佳也。

滄浪是詩學的耑門名家，南宋當時偏安無事，文人以詩自娛，當時詩壇大概具備了這些詩體。在這裏值得一提的是六言絕句，這種體裁，中唐以後詩人，很多試作，在兩宋人集中尤多，王安石、黃庭堅都有絕佳的詩篇（註六十五）。但至後代便消沈下去，大概是音節的關係。我們讀此類詩，總不若五言絕句的和婉，與七言絕句的悠揚，這便注定了此體的命運。至於它的起始，楊愼升庵詩話曾考證說：

「任昉云：『六言詩始於谷永。』愼按文選注引董仲舒琴歌二句亦六言，不始於谷永明矣。樂府滿歌行尾一解『命如鑿石見火，居世竟能幾時』亦六言也。」

楊氏對三句詩也有考證，此體只在古體詩間或見之，因此不再抄引了。

註五十四：齊書沈厥傳：「永明末盛爲文章，吳興沈約，陳郡謝眺，瑯琊王融，以氣類相推轂，汝南周顒，善識聲韻。約等文皆用宮商，以平上去入爲四聲，以此制韻，不可增減。」又嵇哲詩詞演進史第九章㈠聲律之發明，亦可參閱。

註五十五：困學記聞引詩苑格沈約曰『詩病有八：平頭，上尾，蜂腰，鶴膝，大韻，小韻，旁紐，正紐，惟上尾，鶴膝最忌，餘病亦通』。按八病詳見謝无量詩學指南(臺灣中華書局版)日人青木正兒中國文學概說第三章詩學㈢今體詩 開明版 六七—六八頁並用圖式，解釋八病，可以參閱。但沈氏雖有此論，所爲詩並不能遵守，後人亦少遵從。同時鍾嶸即反對此種限制，見詩品總序。

註五十六：杜詩「吾祖詩冠古」本人撰寫杜詩欣賞說「可能給與杜詩之影響」引草堂詩話「黃魯直言杜子美之詩法出審言。」

註五十七：謝著詩學指南第三章律詩「屬對之精，成於上官沈宋，上官儀詩體綺錯，士人爭效之，謂之上官體。其孫（女）婉兒，武后時在宮中掌制誥，景龍以來，與諸學士倡和，一時風氣趨於輕麗」。又詩苑類格，唐上官儀曰詩有六對：又：曰詩有八對……蓋至上官始詳論對法。

註五十八：全唐詩上官婉兒詩小序詳敘其生平，餘見上注。

註五十九：方回瀛奎律髓引黃山谷語，見拙著元方回詩論——詩與詩人（臺北學生書局版）。

註 六 十：方回瀛奎律髓盛倡之，餘當於後章作法中詳論。

註六十一：續歷代詩話，升庵詩話，六朝七言律絛抄出此類詩，前四句七言對偶，後四句爲五言，其體不純。

註六十二：見歷代詩話本唐子西文錄，唐名庚，北宋蜀眉山人。

註六十三：胡適先生分杜甫詩爲三期，拙著杜詩欣賞有杜詩分期之論。

註六十四：見卷一杜詩詳註題張氏隱居二首箋引。

註六十五：王安石題西太一宮壁二首六言東坡嘆爲「老狐精」，見苕谿漁隱叢話引石林詩話。黃山谷詩內集（世界版）題畫五首，全用六言，皆佳妙。

第三章　詩之作法

一　詩學之培養

「讀詩以作詩」，並不是眞能詩。杜甫說：「詩外有餘事」，可見學詩者要從詩以外去發現。詩固是性情中物，言語中事，但沒有深厚的學識與廣闊的見聞，其境界必難開展，氣味必難深厚，出言必難雅馴含蓄。淸何璟然燈記聞（淸詩話）述王士禛（漁洋）說：

「爲詩須要多讀書，以養其氣，多歷名山大川，以擴其眼界，宜多親名師益友，以充其識見。」

又師友詩傳錄，（淸詩話收）述漁洋語說：

「司空表聖云：『不著一字，盡得風流』，此性情之說也。楊子雲云『讀千賦則能賦』，此學問之說也。二者相輔而行，不可偏廢。」

方東樹昭昧詹言卷一五言通論說：

「非淹貫墳籍，不能取詞，非深思格養，體道躬行，不能陳理。若徒向他人借口，縱說得端的，亦只勦說常談，强哀者無涕，强笑者無歡，不能物也，非數十年深究古人，精思妙悟，不解義法。」

這都是說明學識對與作詩的重要。大抵「非才無以廣學，非學無以運才，兩者均不可廢」（師友詩傳錄張歷友語）因此我以爲詩學之培養。要在下兩者注意講求：

（一）學識方面：學不外多讀書，識不外多思考，多閱歷。但讀書多見理亦明，再加之以觀察物情，揣度事理，自可有充足之學識。杜詩「讀詩破萬卷，下筆如有神」，初學爲詩自做不到，但古人詩集之外，亦有不可不讀者：

一、詩經：此爲韻文之祖，三體六義，爲後來一切詩體詩法之淵源，不可不讀之成誦。但文學家之讀此書，與學術家之治經不同，後者着重名物訓詁，與史料之探研；前者則欣賞吟味，朱子所謂「優游涵泳」者是也。詩經注本，以朱子集傳，較適於文學之欣賞，宋人嚴粲詩緝，常常引後世之詩與三百篇並論，所解釋頗多神悟，也可以研讀。

二、莊子：詩人不可不有玄解與自得之趣。莊子之書，詞旨超妙，讀之飄飄欲仙，可以淨洗靈腑，讀此書亦只以郭象注爲主，不必旁搜遠紹也。

三、楚詞，此實詩歌之總集，但現在已成專門之學，治詩者讀之亦只可以朱子集注爲主。離騷九歌九章可熟讀之，清初林雲銘有楚詞燈，用文章家的批點來解楚詞，也可以一讀，如果我們能掇其詞華，探其幽旨，詩境自然能夠深沉了。（梁啓超中國韻文裏的感情，論楚詞的文學興味，可以參讀）

四、文選，此書爲古來文翰之總滙，如山海般地崇深。從那裏吸收詞采，可以讓詩語溫雅，無論各體詩文，皆應熟玩，庶不至於寒儉窘束了。

五、資治通鑑：孟子說「誦其詩讀其書，不知其人可乎，』詩之寫作，多爲反映當時之環境。史事不明，難得眞解，但治詩而讀文，亦不過但觀大略，自宜擇一最完善而扼要可靠之史籍讀之，故以通鑑爲最佳。宋以下事，可讀畢氏（沅）續通鑑與明紀輔助，史實旣明，詩材也就豐富了。

六、世說新語，詩爲言語之科，出自性靈的產品，不可不知古人的雋語。世說新語，萃魏晉六朝的清言韻事，最適宜於做詩材料，黃山谷喜用南朝事入詩，其實卽熟讀此書也。

聯舉以上六種，爲基本必讀之書，方東樹說（昭昧詹言）：

「苟用力於六經，並取秦漢人之文，求通其意，求通其辭，何患不獨有千古。」

又說：

「以三百篇離騷漢魏爲本爲體，以杜韓（愈）爲面目，以謝（靈運）鮑（昭）黃（庭堅）爲作用，三者皆以脫近凡情（庸俗）爲聖境。」

又說：

「莊以放曠，屈以窮愁，古今詩人不出此二大派。」

由此可知學詩以讀書爲本，並不可以徒恃聰明，束書不讀。

（二）詩之意境：意，造意，境，境界，含內外兩者言之則爲意境。前論詩人學識之重要，但泥於學而不培養詩之意境，終是僞詩。方東樹云：

「大約今學者，非在流俗裏打交滾，即在鬼窟裏作活計，高者又在古人勝境中作優孟衣冠。」

像這樣的詩人，學力何嘗不深，然總是學人而非詩人，正由於他們缺乏淸虛的意境，詩法家數總論云：

「詩不可鑿空强作，待境而生自工。」

像這樣地談詩境，尙是「自外鑠內强賓就主」之言。實則詩之境界須自涵養得來；而意與神會，心由境生，如此始能透出意境。大約詩之意境，不外雄渾與冲淡，飄逸與典雅。司空圖的廿四詩品，說到「雄渾」方面有：

「大用外腓，眞體內充，返虛入渾，積健爲雄。」

像這樣的意境，大概只有杜甫與韓愈了。說到「沖澹」：

「素處以默，妙機其微，飲之大和，獨鶴與飛。」

這大概只有陶潛能夠如此，王維韋應物也時時造此境界。說到「飄逸」：

「落落欲往，矯矯不羣，緱山之鶴，華頂之雲。」

這似乎是李太白與蘇東坡的詩境。說到「典雅」：

「玉壺買春，賞雨茅屋，坐中佳士，左右修竹」。

像這樣的春容大雅，唐代王維，與宋代王安石，似有此境，南宋范成大也時見一概。茲再錄皎然詩式（歷代詩話本）「

取境與重意」的兩則於次：

「詩不假修飾，任於醜朴，但風韻正，天眞全，卽名上等。予曰『不然。無鹽闕容而有德，曷若文王太姒，有容而又有德乎？』又云『不要苦思，苦思則喪自然之質』，此亦不然。夫不入虎穴，焉得虎子？取境之時，須至難至險，始見奇句，成篇之後，觀其氣貌，有似等閒，不思而得，此高手也。有時意靜神旺，佳句縱橫，若不可遏，宛若神助。……」

「兩重意已上皆文外之旨，若遇高手，如康樂公（謝靈運）晚而變之，但見情性，不睹文字，蓋詣道之極也。」

昭昧詹言五古通論有一則論詩之意境說：

「但從詩作詩，而詩外無餘境道理，則成爲詩人而已。古人所以必言之有物，自己有眞懷抱。故曰『乃知君子心，用才文章境』又曰『詩罷地有餘，篇中發清省』又曰『高懷見物理，詩家一標準，清詩近道要，識子用心苦，情窮造化理，學貫天人際。』以上所引皆杜詩 若但從古人句格尋求，而不得其用意，非落窠臼，卽成模擬形似，縱或能『造眞理』，『詩外有餘境』矣，如果才力不雄，句法不妙，不快人意，又成鈍根。」

這段論調，深切著明，可知詩中意境之重要。茲再錄姜夔詩說（歷代詩註本）的一條：

「意出於格，先得格也。格出於意，先得意也，吟咏情理，如印印泥，止乎禮義，貴涵養也。」

這樣說來，更深切著明了。

二　詩之表達

我覺得詩是以精緻之語言（註六十六）（人類之思考，經過美化，採用適當使人感動之語言）來表達人之思想，這是新思想的，又適爲當前環境事物的反映，所以說詩可以「興觀羣怨」也。更由於所表達之內容不同，而產生各類型之詩。元代范梈詩法家數，（歷代詩話本）曾明示詩之作法有（一）榮遇（二）諷諫（三）登臨（四）征行（五）贈別（六）

詠物（七）讚美（八）哭輓（九）賡和各種，今以現代文章的分類把它綜合起來列爲一表：

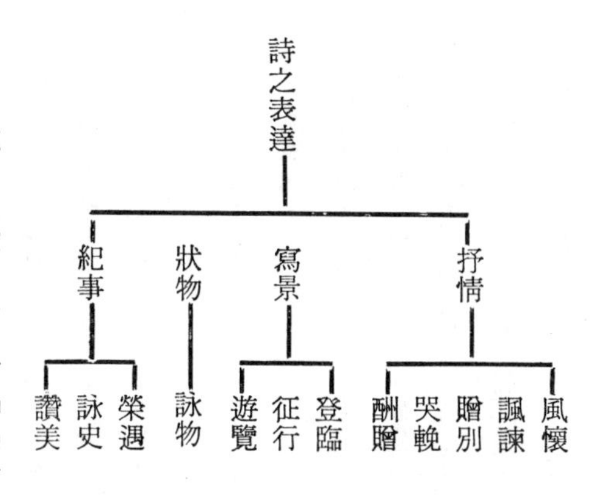

右所列表，我自以意所加者，有「風懷，遊覽，詠史」三類，另外將「賡和」改爲酬贈，適用較爲寬泛。以下當分述各體的如何表達：

一、抒情，這是詩的主流。詩之寫作，原以表達感情，毛詩序所謂：「在心爲志，發言爲詩，情動於中，而形於言，」無論任何種體裁的詩，如果沒有個人之眞情運用其間，那也不過是一個無生命之靜物而已。但自狹義方面言之，「抒情」詩之表達，亦應有特定的對象，故僅爲上表所列之五種。

（一）風懷詩：卽情詩也，詩三百篇，如果捨去說詩的深解，不問其是否比興，有無諷刺？那末國風中情詩殆居太半，最上乘的是以曲折深厚的筆法，寫纏綿悱惻的思考，試舉二詩爲例：

月夜 杜甫

今夜鄜州月，閨中只獨看，遙憐小兒女，應解憶長安，香霧雲鬟濕，清輝玉臂寒，何時倚虛幌，雙照淚痕乾。

這首詩寫久客思家之情，不從自己方面，却從所憶者那面的情態寫出，情致款款，所以顯得深厚。

無題 李商隱

相見時難別亦難，東風無力百花殘，春蠶到死絲方盡，蠟炬成灰淚始乾，曉鏡但愁雲鬢改，夜吟應覺月光寒，蓬山此去無多路，青鳥殷勤為探看！

此詩前二句寫兩人之相愛，而自傷迫於環境，無力護持，頷聯以春蠶蠟炬兩物，形容兩人情愛之纏綿。五聯一想伊人之憔悴，一述自身之癡慕，末則寄望於來日；蓬萊雖隔，而相去不遠，青鳥時來，則相思可通，寫情達意，都不會有所遺憾了。國人一向梏於禮教，凡屬情詩多謂之為無題，如李商隱集中這一類詩是。也有叫做「風懷」的，如朱彝尊（竹垞清人）風懷二百韻（為憶其妻妹之作，今人已有考證）方回瀛奎律髓也有風懷一體，卽其一例，故我對這一類，統名之為風懷。

（二）諷諫，此為君主時代常用的詩體，而漢王式所謂「臣以三百篇諫」（註六十七）是也。詩中此體，多屬婉而多諷，詩法家數說：

「諷諫之詩，要感事陳辭，忠厚懇惻，諷諭甚切，而不失性情之正，觸物感傷，而無怨懟之詞，古人凡欲諷諫，多借此以喻彼。臣不得于君，多借妻以思其夫，或託物以通其意……」

詩教之溫柔敦厚，固似一般性，實亦多指此類詩而言。如古詩十九首行行重行行一首「浮雲蔽白日，遊子不顧返，思君令人老，歲月忽已晚」之語，以浮雲為小人，白日比君王，遊子又比君王，而申之以「歲月忽已晚」，言盛時之不再，是多麼的婉曲呢？至於韋孟的四言詩，則直名諷喻，以曉楚王（註六十八），其意也不待於詁釋了。在現在時世變換，固無諷諭之必要，但若干嫌疑事會之場合，不能明言，也不妨申之以比興來紀述或表現某種感觸。（卽所謂象徵的手法）

（三）贈別：在這世界上，人生離別是不能免的，江淹別賦所謂「黯然銷魂」，感觸甚多，自有以詩來表達的必要，所以此類在今天的應用，仍然甚廣。詩法家數說：

「贈別之詩當寫不忍之情，方見襟懷之厚，然亦有數等，如別征戍，則寫死別，而勉之努力效忠；送人遠遊，則寫不忍別，而勉之及時早回；送人仕宦，寫喜別而勉之憂國恤民，或訴已窮居而望其薦拔，如杜公『唯待吹噓送上天』之說是也。凡送人多托酒以將意，寫一時之景以興懷，寓相勉之詞以致意。」

唐人惜別詩最著名之作品，當推「渭城朝雨」（註六十九）一詩，當時是拿酒來表示送別的意思，傳播的很廣，我覺得送別，似以寫小詩爲宜，因爲寫一時之感，抒不盡之情，往往不宜於大篇，今之人事紛繁，也沒有時間來賞翫大篇，所以用小詩爲宜。

（四）哭輓：哭輓之詩，古人最重，詩經黃鳥之詩，爲是此體的嚆矢（註七十），唐宋人多用全體五言詩，杜甫之故武衞將軍輓詞三首，氣槪最佳，描狀也最切。如第一首：

「嚴警當寒電，前軍落大星，壯夫思敢決，哀詔惜精靈，王者今無戰，書生已勒銘，封侯意疏闊，編簡爲誰青。」

幾乎是句句切將軍之身份。宋人挽司馬溫公之詩，黃庭堅與陳師道各有五律三章。但山谷却推重后山「事方隨日化，身已要人扶」之句爲不可及（註七十一）。王安石亦最工此體，總之以哀悼切至爲主（註七十二）。七律若李商隱哭劉蕡詩：

「上帝高居閉九閽，巫咸不下問銜寃」的一聯，也是沈慟憤惋，道出哀傷的眞味來。詩法家數說：

「哭輓之詩，要情眞事實，於其人義深情厚則哭之，無甚情分則輓之而已矣。當隨人「行實」作，要切題，使人開口讀之，便見是哭輓某人方好，中間要隱有傷感之意。」

（五）酬贈：酬贈之詩，應用最廣，大別之可爲：

此論頗爲切實，現在社交場中，遇有死喪，輓詩仍盛行，不可不留意也。（今詩人吾友周棄子最工哀輓）

（甲）投贈，唐人多獻詩於上官貴游，爲功名之路，後代此風雖然稍減，但常有以佳詩得邀賞識者。如清代詩人黃景仁（仲則）投畢沅（秋帆時爲陝西巡撫）詩：「全家盡在秋風裏，九日衣裳未剪裁」兩句，畢卽贈以五百金，且爲謀一縣丞之官，以資事蓄，是一個顯著的例子。（註七十三）

（乙）酬唱：自元白倡和往來，合爲長慶集，和韻簡候之體大行。蘇東坡尤喜和韻，往往多少次往復不止。至今世而益盛，詩人友誼，常以酬唱詩篇而加深，亦有新交的朋友以詩來定交者，此類詩通彼我的情愫，揚人之善，表我之思，舊詩之所以至今不會廢掉，這大概是原因之一吧。杜甫集中投贈詩皆能切合其人其事，委曲以通己之情愫，長篇如「寄岳州司馬六丈，巴州嚴八使君兩閣老五十韻」，一起「衡岳猿啼裏，巴山鳥道邊，故人俱不利，謫宦兩悠然」不惟切人切地，情感亦深注其中。短篇如奉贈王中允（維）詩：「一病緣明主，三年獨此心」，能一語道出王維陷賊時內心之苦悶，友情焉得不深摯呢。關於和詩之法，詩法家數賡和云：

「賡和之詩，當觀元詩之意如何，以其意和之則更新奇。要造一兩句雄健壯麗之語，方能『壓倒元白』。若只隨元詩脚下走，則無光彩不足觀。其結句當歸著其人方得體，有就中聯歸著者亦可。」

但和詩用韻，終難自寫性靈，大家詩人，多不重視，儘可以少作，免得把寫性情的詩變成了「文字遊戲」。

二、寫景：寫景詩多用賦體，六朝選詩多半工於「雕鏤」，如謝靈運的山水詩，在盛唐以前，仍多此體，後來就參之以情事，或藉景以抒懷，或因時而及物，於是興象與鋪敘幷重了。這裏亦分爲三體：

（一）登臨：登臨者多在客遊，所謂「登山臨水送將歸」，崔顥的黃鶴詩令太白擱筆（註七十四），杜甫之岳陽樓詩，使千古却步（註七十五），大約須有模寫有感慨，須與會淋漓，與托高遠，才寫得出好詩來。詩法家數登臨云：

「登臨之詩，不過感今懷古，寫景歎時，思國懷鄉，瀟洒遊適。或譏刺歸美，有一定法律也。中間宜寫四面所見山川之景，庶幾移不動，（寬按如杜之岳陽樓：「吳楚東南坼，乾坤日月浮」句）第一聯指所題之處，宜敍說起。第二聯合用景物實說。第三聯合說人事或感歎古今或議論，却不可用硬事，或前聯先說事感歎，則此聯寫景亦可，但不可兩聯相同，第四聯就題生意感慨繳前二句，或說何時再來。」

所論雖然不可盡徇，但是初學作詩，總要知道一定的程式，才不至信筆所之毫無體式。

（二）征行：征行與登臨不一樣。登臨是隨時隨地，只須有可登臨之勝地與古蹟，即生懷古望遠之思；征行却限在客中，尤偏於邊塞從軍至去鄉遠謫，感慨無端，或紀客中之景，或敍旅邸之生活，皆足以寄緜邈的情思，抒發身世的感慨。但邊塞則宜於悲壯蒼涼，客旅則宜於羈愁牢落，前者適宜於古體歌行，如唐人岑參之「輪台歌奉送封大夫出師西征」，高亢之音節，與悲涼之情調，自爲此題擅場。後者如孟浩然宿桐廬江寄廣陵舊遊五言詩，前幅寫客中風物，後幅寫客思悽涼，允爲旅中佳作，詩法家數征行說：

「征行之詩，要發出凄愴之意，哀而不傷，要發興以感其事，而不失情性之正，或悲時感事，觸物寓情方可，若傷亡悼屈，一切哀怨，吾無取焉」。

此論未免嫌苛，我以爲詩者「發於性情」當哀者不能樂，當樂者亦不宜哀，取其眞而已。我很喜歡唐人盧綸「晚次鄂州詩」，抒情狀景，恰合征行格調。錄之如下：

「雲開眼見漢陽城，猶是孤帆一日程，估客晝眠知浪靜，舟人夜語覺潮生（以上寫客程風物）三湘愁鬢逢秋色，萬里歸心對月明，（此聯從客中風物而轉秋清客思）舊業已隨征戰盡，更堪江上鼓鼙聲。」（一結見身老時危欲歸不得之傷感。）

（三）遊覽：所謂「游覽」是包含登臨與征行在內，但它的情調與氣氛又和前二者不同。因爲有目的的遊覽，紀述其風物與當時之感興，需要稍事鋪陳，引申之而爲抒懷寄意。所謂「山水詩」者，大多遊覽而得，太白集中之廬山謠，天姥吟皆是遊覽之所作。若謝靈運之富春瀨諸詩，更爲此體所創始。此體宜於古體，五七言均可，七言古多情與之作，五言古則適宜於遊覽所見亦是一法。但黃庭堅「陪謝師厚遊百花州……」詩，十首五絕，紀遊而懷古人，清雋絕倫，也是此體的別體。（詩載黃山谷詩集外集卷三——世界本）

三、狀物——詠物：戴靜山教授曾撰詩學研究，寫到「物類」曾謂：「這裏寫的物字，指外物而言，連人也包括在內，也就是講描寫的技巧」。這很對的，但我以爲「狀物」也不是如此地，廣泛解釋，其意義相當於詩法家數之「詠物」據云：

「詠物之詩，要托物以伸意，要二句詠物寫生，忌極雕巧。第一聯須合直說題目，明白物之出處方是；第二聯合詠物之體，或說人事，或用事或將外物體證，第四聯就題生意，或就本意結之。」

此種機械式之規定，難得好詩。須知詠物之體，係賦而比；賦所以刻畫所詠之物，比所以見作者之寄意。現在舉出唐人王維杜甫櫻桃詩兩首詩作以見意。

勅賜百官櫻桃　王維

美蓉闕下會千官，紫禁朱櫻出上闌，纔是寢園春薦後，非關御苑鳥銜殘，歸鞍競帶青絲籠上聲，中使頻傾赤玉盤。飽食不須愁內熱，大官還有蔗漿寒！

此詩幾於全是賦體，只在末二句略寄作者的諷諫之意，這是王詩婉約含蓄的特點。

野人送櫻桃　杜甫

西蜀櫻桃也自紅，野人相贈滿筠籠；數回細寫愁仍破，萬顆勻圓訝許同，憶昨賜霑門下省，退朝擎出大明宮；金盤玉筯無消息，此日當新任轉蓬。

這首詩用意在於托興，並不等於詠物。故從前評者謂為「托興深遠，格力矯健，此為詠物上乘。」（註七十六）茲再抄王夫之薑齋詩話（清詩話本）關於論詠物詩者如下：

「詠物詩齊梁多有之，其準格高下，猶畫之有匠作，有士氣，徵故實，寫色澤，廣比譬，雖極鏤繪之工，皆匠氣也。又其卑者，餖湊成篇，謎也，非詩也。李嶠稱大手筆，詠物尤其屬意之作，裁翦整齊而生意索然，亦匠筆耳。至盛唐以後，始有即物達情之作『自是寢園春薦後，非關御苑鳥啼殘』，貼切櫻桃，而句皆有意，所謂正在阿堵中也。」

依王氏之論，詠物以傳神為最上，我則以「比物言志」，尤為上乘。不過狀物也有的能夠大方不拘，別具一格，像黃庭堅薔薇「露濕何郎試湯餅」一聯即是此類。（註七十七）

四、紀事：紀事之詩，在西方文學中，極有地位，所謂「史詩」者是。在中國詩中，此體詩至五言興起而始盛，大都皆為長篇，前述戴教授講義說：

「主要的所記之事，本身要能感動人，詩人把它忠實的寫下來，便是好詩。若本事平淡，詩人縱有技巧，也不能使它出色，反之有動人的故事，而詩人力量不夠，技術拙劣，不能把動人之點重現出來，也不能成為好詩。」

此條對紀事詩之寫作要點，很能道出。紀事詩，在樂府中如「上之回」等，已有雛形。最早當推漢末蔡琰之悲憤詩（紀董卓之亂），其次為廬江小吏（孔雀東南飛），再後為「木蘭詞」，唐代杜甫北征，紀述安史之亂，更是此體的擅揚之作。為衆所習知者，如白居易之長恨歌，與元微之連昌宮詞，以及後來吳偉業（梅村）所為圓圓曲等歌行，近代則王闓運之圓明園曲及王國維之頤和園詞，皆屬於此類（唐末韋莊之秦婦吟，篇幅亦長，紀述亦細）。史詩之外，凡各家之讀史，頌聖，以及述自身之榮遇，殆皆可歸入此類。

（一）榮遇：榮遇之詩，一種為紀述君主時代朝庭廊廟的威儀，如杜集中與賈至、岑參所作之早朝詩，一為自序，如杜詩之往在、昔遊、遣懷諸詩，元白長慶集中，尤多此調。詩法家數榮遇云：

「榮遇之詩，要富貴尊敬，典雅溫厚，寫意要閒雅，美麗、清細如王維、賈至諸公早朝之作，氣格雄深，句意嚴整。如宮商選奏，音韻鏗鏘，眞麟游靈沼，鳳鳴朝陽也，學者熟之，可以一洗寒陋。後來諸公應詔之作，多用此體，然多志驕氣盈。處富貴而不失其正者幾希矣，此又不可不知。」

（二）詠史：詠史詩應入於紀事者，也像諸史論贊之入於史類之例。此種詩宜鎔鑄史事，注入作者之精神命脈，方為傑作。如李白下邳懷張子房詩，氣勢高騫，興象深遠，杜甫八哀詩，雖係哀傷，但也可作當代史詩看。以今體詩詠史，起於杜甫咏懷古跡，諸將詩，宋人有專作詠史詩如彭城八詠詩（見苕谿漁隱叢話），但因典實堆砌，走入餖飣一路，變為西崑體之當行作品，眞氣實事，皆不可見。

（三）讚美：讚美之詩，亦類投贈，源於三百篇之頌體，一般多施之於祝賀頌禱之用。但讚美之對象為人物，所讚美者，為此人物之行事，仍不失為傳記資料之一種，故亦列入此類。讚美難得恰如其分，又貴推陳出新，最忌落俗套中，令人讀之厭倦。詩法家數讚美云：

「讚美之詩，多以慶喜頌禱期望為意。貴乎典雅渾厚，用事宜的當親切。第一聯要平直或隨事命意敘起，第二聯意相承，或用事必須實說本題之事。第三聯轉說要變化，或前聯不曾用事，此正宜用引證，蓋有事料則詩不空疏。結句則多期望之意。大抵頌德，貴乎實，若褒之太過，則近乎諛。讚美不及，則不合人情，而有淺陋之失矣。」

（按以上各段所引詩法家數之論述，多係今體律詩之作法）

三　作詩三要件

「詩之作法有三，曰字法、曰句法、曰章法，積字成句，積句成章，一字之工，全句生色，一句之拙，全章失妥。」（[illegible]著詩詞演進史）這是說作詩須重章句字法。三者之中，章法最重要。所謂章法，即文章的條理。章法清楚即條理綿密，章法何以明晰？由於造意之得宜。由意而生勢，勢定而分章部署，「前後，輕重，賓主，情景，開合，明黑」而後章法之能事完畢了。章法明而求造句之妥貼，新奇，雋永，雄渾，」其關鍵又在於下字，所謂鍛鍊之功，純在字面選擇。宋詩尤注意此點，元人謂之「句眼」，方回瀛奎律髓，及詩法家數，皆斤斤於此點。（前曾略及）凡句眼之所在，即一詩着力之所在，能在這裏用力，就能造出傳誦的佳句。明人盛行制藝，又緊守所謂「起承轉合」，清王士禛謂「勿論古文今文，古今體詩，皆離此四字不可」是也。但也有甚不贊同詩之固定法則者，如王夫之薑齋詩話：（清詩話本）

「起承轉收一法也，試取初盛唐律驗之，誰必株守此法者？法莫要於成章，立此四法，則不成章矣。且道盧家少婦一詩作何解，是何章法？又如『火樹銀花合』渾然一氣，「亦知戍不返」，曲折無端，其他或平鋪六句，以二語括之，或六七句意已無餘，末句用飛白法颺開，義趣超遠。起不必起，收不必收，乃使生氣靈通，成章而達。至若『故國平居有所思』（秋興詩）有所二字虛籠唱起，以下曲江蓬萊昆明紫閣，皆所思者，此自大雅來。謝客（靈運）五言長篇，用法；杜更藏鋒不露，摶合無垠，何起、何收？何承，何轉？陋人之法，烏足展其騏驥之足哉？」

又說：

「起承轉收以論詩，用教幕客作應酬或可，其或可者，八句自爲一首尾也。」推測王氏的意旨「詩法一定，轉縛高才」，故主張「以神理相取，在遠近之間纔着手便煞，一放手又飄忽去。」又謂「神理湊合時，自然恰得。」此皆高一層說法也。至於初學作詩，仍當於字法、句法、章法三者求之，而終之以篇法，如沈德潛之論，可謂適中之論，沈氏說詩晬語（清詩話）說：

「詩貴性情，亦須論法，雜亂而無章，非詩也。然所謂法者，『行所不得不行，止所不得不止』，而起伏照應，承接轉換，自神明變化於其中。若泥定此處應如何，彼處應如何？不以意運法，轉以意從法，則死法矣。試看天地間水流雲在，月到風來，何處着得死法？」

這就是「守法而不爲法縛」了。

一、字法：「詩句之奇，在於用字之巧。古詩多以意勝，不可以一字求；但自盛唐以降，近體風行，極貴鍊字，詩中有新奇字者，謂之詩眼，詩中無眼，則不得爲佳句。」（嵇著詩詞演進史）此論似惟近體詩始重鍊字，其實古體詩亦何嘗不講鍊字？方東樹云：

「選字必避舊熟，亦不可僻，以謝（靈運）鮑（照）爲法。用字必典，用典又避熟典須換生。又虛字不可隨手輕用，須老而古法。」（昭昧詹言五古通論）

以我所讀，卽漢魏古風，亦間有鍊字之處。陶詩最爲平淡，如五日游斜川詩「弱湍馳文魴，閒谷矯鳴鷗，」馳字矯字，卽開後世鍊字之端。前之始於曹植贈白馬王彪詩「歸鳥赴喬林，翩翩厲羽翼之「赴」字「厲」字，贈徐幹「春鳩鳴飛棟，流飆激櫺軒」之「鳴」字「激」字，皆是用力之處，不過稍覺得從容和緩，不像後人的下險字，鬥新巧，易於聳動，但也顯得不自然。

關於律詩的句眼前已提過。詩法家數曾舉例云：

「詩句有字眼，兩眼者妙，三眼者非，且二聯用連綿字不可，一般中腰虛字，活字亦須迴避。五言字眼，多在第三或第二字，或第四字，或第五字。眼在第三字，『鼓角悲荒塞，星河落曉山』有圈卽眼『江蓮搖白羽，天棘蔓青絲。』字眼在第二字：『屛開金孔雀，褥隱繡芙蓉。』『碧知湖外草，紅見海東雲。』『坐對賢人酒，門聽長者車。』字眼在第五字：『兩行秦樹直，萬點蜀山尖』『香霧雲鬟濕，清輝玉臂寒』。『市橋官柳細，官路野梅香』。字眼在第二五字：『地坼江帆隱，天清木葉聞』『野闊烟光薄，沙暄日色遲』。『楚設關河險，吳吞水府寬』。」

以上為五言律，七言律可以類推。詩法家數也說過：

「七言難於五言律，七言下字較麤實，五言下字較細嫩（寬按細嫩非當名尖新）七言若可截作五言，便不成詩，須字字去不得方是。所以句要藏字，字要藏意，如聯珠不斷方妙。」

我以為詩固然須鍊字，但字面須選擇，其選擇之標準，與作詩之家數格式有關。唐詩之字面多大而莊重，晚唐就纖巧綺麗了。宋人江西詩則峭硬深秀，蘇詩則雄直雅潤，四靈江湖則纖巧如晚唐，而加以疏野。元詩南派纖秀如晚唐，北派雄渾如盛唐，明詩多唐詩字面，清初亦然。近代同光體詩人所用多江西詩字面。這便要在讀詩時仔細辨明。字面卽詞彙，這是單獨地一門學問，如果能將某一詩人所用的辭彙，分別摘記出來，分析比較，也就可以看出他的詩底風格了。

二、句法：句法之標，殆自魏晉以後。六朝始有名句之傳，鍾嶸詩品說：「而師鮑照終不及『日中市朝滿』，學謝眺劣得『黃鳥度青枝』……『思君如流水』，既是卽目：『高台多悲風』，亦惟所見，『清晨登隴首』羌無故實，『明月照積雪』，詎出經史?」這些標舉出來的，皆是名句。其他膾炙人口者，如淵明之「悠然見南山」，康樂之「池塘生春草」，謝朓之「澄江淨如練」，薛道衡之「空梁落燕泥」，皆足證明此時詩壇的重視名句。至於一般作詩首須造句：「其間有起句，有承接句，有轉換句，有對句，有造句」（稿著詩詞演進史）句之位置不同，其組合之形式，亦須變換，五言與七言亦有不同，茲分述如下：

（一）五言：字之組合有：㈠上四下一者，如「細草微風岸」，㈡上三下二者，如「羊公碑尚在」，㈢上二下三者，如「清泉石上流」，㈣上一下四者，如「功蓋三分國」。

㈡七言：㈠上六下一，如「河山北枕秦關險」，㈡上四下三。如「花近高樓傷客心」，㈢上二下五，如「汀洲無浪復無烟」，㈣上五下二，如「兩岸猿聲啼不住」。

㈢變換：「青與白之謂文」，凡寫作成章的，皆要參錯變化，才能動人。詩之句法構造形式，上下接連處，最忌重複，尤以今體律詩中兩聯爲然，如三四句，係「上六下一」——「無邊落木蕭蕭下，不盡長江滾滾來」，五六句卽當「上四下三」——「萬里悲秋常作客，百年多病獨登台」者是（上聯用重叠字「蕭蕭滾滾」，亦與下聯不同）若長律之縱橫變化，尤在句法之錯綜複雜，惟古詩重在氣韻，不必如此拘拘費力。

㈣造詞：字數組合，是句的形式，選輯詞藻，是句之所以構成。造句選詞各派詩家路派不同，其標致亦異，茲抄數則如下：

㈠師友詩傳錄：『問律古五七言最不宜用字句若何？阮亭（王）答：「凡粗字、細字、俗字皆不可用。詞曲字尤忌…」歷友（張）答：「詩雅道也。擇其言尤雅者爲之可耳。而一切涉纖涉巧涉淺涉率涉佻涉淫涉靡者，戒之如避酖毒可也。」（愚按此係門面語，不必盡然）蕭亭（張）答：「律詩句有不可入古者，古詩字有必不可爲律者。」』

㈡詩法家數：「五言七言句語雖殊，法律則一，起句尤難，起句先須闊佔地步，要高遠，不可苟且。中間兩聯句法，或四字截，或兩字截，須要血脈貫通。（章法，在外可見，血脈不可見，氣脈之精妙是爲神至矣。俗人先無句，進次無章法，進次無氣脈，百年不得一作者，其在茲乎！寬按）

總之，詩不論何種體裁皆須有章法，但古體與律絕究有不同，木天禁語（歷代詩話）曾分別言之，詩法家數，亦多論及，分抄如下：

甲、五言長古篇法（木天禁語），不定章法，其篇章亦卽章法也。

「分段　過脈　回照　讚嘆

先分爲幾段幾節，每節句數多少，要略均齊。首句是序子，序了一篇之意，皆含在中。結段要照起段。選詩分段，節數甚均，或二句，或三句、四句、六句、八句，皆不參差。杜卻不甚如此太拘，然亦不太長，不太短也。次要過句，過句名爲血脈，引過次段。過處用兩句。一結上，一生下爲最難，非老手未易了也。回照謂十步一回頭，要照題目，五步一消息，要閒話讚嘆，方不甚迫促。長篇怕亂雜，一意爲一段，以上四法，備北征詩，舉一隅之道也。」

乙、七言長古篇法：

「分段　過段　突兀　字貫　讚嘆　再起　歸題　送尾

分段如五言，過段亦如之，稍有異者，突兀萬仞，則不用過句，陡頓便說他事，杜如此，岑參專尙此法，爲一家數。字貫前後重三疊四，用兩三字貫串，極精神好誦，岑參所長。讚嘆如五言再起，且如一篇三段，說了前事，再提起從頭說去，謂反覆有情。……歸題乃篇末一二句繳上起句，又謂之顧首。……送尾則生一段餘意，結束或反用或比喻用。……長篇有此，便不迫促，甚有從容意思。」

以上所論爲古詩。至律詩章法，木天禁語之論有：「一字血脈，二字貫串，三字棟樑，數字聯序，中斷、鉤鎖連環，順流直下、雙拋、單拋，內剝，外剝，前散，後散」各種，這未免太機械化了。律詩要法說：

「起，承，轉，合。

破題：或對景興起，或比起，或引事起，或就題起，要突兀高遠，如狂風捲浪，勢欲滔天。（杜詩諸將『錦江春色逐人來』，有此氣槪）

頷聯：（三四句）或寫意，或寫景，或書事，用事引證，此聯要接破題，要如驪龍之珠，弛而不脫。頸聯（五六句），或寫意、寫景、書事、用事引證與前聯之意相應相避，要變化如疾雷破山，觀者驚愕。

結句：或就題結，或開一步，或繳前聯之意，或用事，必放一句作散場，如剡溪之棹，自去自回，言有極而意無窮。」

此外昭昧詹言（卷十四）曾專論七律起結者，抄之如下：

「起句須莊重，峯勢鎭壓，含蓋得一篇體勢，（案如秋興首篇首句玉露凋傷楓樹林）起忌用宋人輕側之筆，如放翁「早歲那知世事難」，須以爲戒（案同光以來詩人多用側筆取勢，自韓蘇來，此論亦不可拘），而以『高館張燈酒復清』，『風急天高猿嘯哀』，『玉露凋傷楓樹林』等方法。……尋常五六（頸聯）之作轉勢，不如仍挺起作揚勢更佳。結句大約別出一層，補完題蘊，須有不盡遠想。大概如此，不可執着。結句要出場（出色也），用意須高大深遠沉着，忌淺近，浮佻凡俗……」

嵇著詩詞演進論章法者如次：

㈠五古短篇：妙在橫肆變化，用筆有如游絲之宛轉。（案唐人如此，宋人却不然）

㈡五古長篇：首段總起，次段爲承，中段爲轉，末段爲闔，段落勻稱而章法嚴整矣。

㈢七古短篇：須具有敍議寫之法。（舉李白金陵酒肆詩爲例）

㈣七古長篇：用木天禁語之說已見前。

㈤律詩章法：普通以首尾爲起闔，三四承上，五六轉下方爲完整。若在六句分截，則上重下輕，若在二句分截則上輕下重，易致板滯之弊了。

附記

甲：本章主要參考嵇著詩詞演進史，第十九章，詩文規式㈡詩之三法及詩法家數，木天禁語並參考清詩話及昭昧詹言。

乙：本人曾撰作詩四要收入「詩與詩人」（臺北學生書局版）請參閱。

註六十六：拙著詩與詩人「作詩四要」之語。

註六十七：通鑑卷二十四，漢紀十六（世界上海版一六二頁）「師昌邑王師王式繫獄當死。治事使者責問曰『師何以無諫書』？式對曰『臣以詩三百五篇朝夕授王……臣以三百五篇諫，是以無諫書。』使者以聞，亦得減死。

註六十八：韋孟諷諭詩收昭明文選，詩序曰「孟爲楚元王傅，傅子夷王及孫王戊，戊荒淫不道，作詩諷諫曰……」

註六十九：王維詩「渭城朝雨浥輕塵」即陽關調，收唐詩三百首中。

註 七 十：見清姚鼐古文詞類纂序哀祭類。詩秦風黃鳥序曰「黃鳥哀三良也」其詩曰「交交黃鳥止于棘，誰從穆公？子車奄息。
維此奄息，百夫之特。臨其穴，惴惴其慄！彼蒼者天！殲我良人，如可贖兮，人百其身！」

註七十一：苕谿漁隱叢話前集卷五一後山居士引冷齋夜話。

註七十二：荆公詩註（李壁）卷四十九皆哀輓詩。輓韓魏公詩「木稼曾聞達官怕」一聯，詩話家盛稱之。

註七十三：詩收今本雨當軒集，事見梁紹壬兩般秋雨盦筆記。洪亮吉有出關馬上謝畢侍郎啓「明公生則爲營薄宦，死則爲卹衰親」文收清朝體宗，可見此事匪虛。

註七十四：事見唐才子傳崔顥條。（源出計有功唐詩紀事）

註七十五：詩收杜詩詳註此詩箋引元方回曰「嘗登岳陽樓……右書杜詩，後人不敢復題。」

註七十六：見高著唐宋詩舉要此詩評引楊倫評。

註七十七：苕溪漁隱叢話引冷齋夜話「山谷作酴醾詩云『露濕何郎試湯餅，日烘荀令炷鑪香』乃用美大夫比之，特出類也。」

第四章　韻律與對偶

一　韻學始末

「聲音相和謂之韻」，（註七十八）韻字從音從勻，只是求發音的均勻罷了。尚書虞書「聲依永，律和聲」雖指的是樂，但古代詩樂不分，凡詩都應該是有韻之文，有和諧的韻律，才構成詩的基本條件。中國古來典籍，行文至快暢的時候，往往句尾有韻，形成一定的節奏，如易之繫詞是。（註七十九）其他如尚書和先秦諸子，往往也有韻文，我們呼之爲天籟，毛詩與楚詞的用韻，是依中原與楚國的語言而用韻（註八十）現在研究古韻的，依此進求古人的言語，這不屬於詩學範圍，此處可以不論。韻書之起，是自魏晉之際，而大盛於齊梁。吾友林尹教授說：（註八十一）

「韻書之作，始於魏李登聲類，（唐）封演聞見記曰『魏時有李登者，撰聲類十卷，凡一萬一千五百二十字，以五聲命字』，晉呂靜繼之而作韻集……」

日人青木正兒說：（註八十一）

「到了魏朝，受梵語學之影響，孫炎遂倡出反切法。又李登著聲類十卷，以音樂上的用語——宮、商、角、徵、羽五聲分類文字上的音調。……晉呂靜著韻集六卷，效李登之法。至齊梁之間，又起新說，即以平上去入四聲，代替宮商角徵羽五聲的分類。齊周顒的四聲切韻，梁沈約的四聲譜，是其代表者。」

不過魏晉以來所傳的韻書著作都已亡佚，現在可考者惟陸法言的切韻，雖然此書已佚，但「宋廣韻猶題爲陸法言撰本長孫訥言箋注」（註八十二）似乎宋廣韻的二百六目，仍然是法言切韻的舊目了。

到了唐代天寶年間，有孫愐訂正陸氏之書，著唐韻五卷，今亦不傳。到宋代的初期，陳彭年，戚雍等重修唐韻，而名之爲廣韻，「此書就法言書刊益，增多一萬四千三十六字，共二百六韻。」（註八十三）此後宋祁等再加訂正，編成集韻十卷，後又在國子監刊行禮部韻略五卷作爲科場詩賦用韻的標準。在此以後，出現了一部「壬子新刊禮部韻略」，作者爲平水人劉淵（王鳴盛說是王文郁作）這就是所請「平水韻」者是。此書把廣韻通用之部，併爲一類，上平聲十五韻，下平聲十五韻，上聲三十韻，去聲三十韻，入聲十七韻，共一百七韻。這部書影響了元代黃公紹作古今韻會舉要三十卷，陰時夫編韻府羣玉二十卷，都遵用平水韻的分部。明代宋濂奉勅編撰洪武正韻，併平上去三聲，各爲二十二部，入聲爲十部，合爲七十有六，這是循元代中原音韻的系統編纂，雖對平水韻爲一大變革，但終明一代，并未通行。所以到了清代康熙時張玉書奉勅編佩文韻府，仍是遵用平水分部爲一百零六部（上聲少一部起自陰時夫者）我們今天做舊詩的押韻，坊本詩韻集成或詩韻合璧依然是用佩文韻府的韻目，現在把歷代韻書重要的簡列一表於下：

（據徐敬修中國音韻學）

時代	書名	作者	存佚	卷數	備註
三國魏	聲類	李登	佚	十卷	
晉	韻集	呂靜	佚	五卷	
隋	切韻	陸法言與劉臻等八人撰	佚	五卷	韻目存於廣韻
唐	唐韻	孫愐	佚	五卷	
宋	廣韻	陳彭年戚雍	存	五卷	
	景德禮部韻略	丁度	存	五卷	
	壬子新刊禮部韻略	劉淵	存	五卷	

元	古今韻會	黃公紹		三十卷	平水韻系統
	韻府羣玉	陰時夫	存	三十卷	平水韻系統
明	洪武正韻	宋濂等	存	五卷	
清	佩文韻府	張玉書等奉敕撰	存	二〇二卷	平水韻系統

附記：南宋有菉斐軒詞韻，元有周德清之中州音韻，省去入聲，用三聲分類，用於詞曲故未列入。

二　雙聲疊韻

何謂雙聲疊韻？這是與沈約四聲論同時的發現，南北朝人士多喜作雙聲疊韻，見於宋人詩話所標舉（註八十四），但講的都很籠統，日人青木正兒解釋較為明白，他說：（中國文學論概一二一—一三頁）

凡漢字之音，可以分解為「聲」與「韻」兩部，聲是發聲，韻是收韻……在熟語中的雙聲，乃是把同聲的兩個字雙起來，疊韻呢？那是把同韻的兩個字疊起來，如：（用詩經）

蒹葭　蜘蛛　流連——雙聲

芄蘭　蜻蜓　渾沌——疊韻

詩中用雙聲，疊韻，是增加音調的諧適與悠揚。杜甫詩最善用之，清人著有杜詩雙聲疊韻譜（註八十五）可以參考。此事大半屬聲韻學範圍，此處從略。

三　韻部與四聲

茲將自廣韻以來之韻部數字列表於次：

書名	韻部數目	備考
宋代廣韻	二〇六部 上平二八部 下平二〇部 上五〇部 去六〇部 入三四部	沿襲唐韻
增補禮部韻略	一〇七部	劉淵編，因係平水人，又稱平水韻。
元韻府羣玉	一〇六部	據當時標準語音編，但未通行。
洪武正韻	七六部	
清修佩文韻府	一〇六部	

關於現在通行之詩韻，坊間印行者名詩韻集成，其韻部名稱列表如次：

上平

一東　二冬
三江
四支　五微
六魚　七虞
八齊
九佳　十灰
十一眞　十二文　十三元
十四寒　十五删

下平

一先
二蕭　三肴　四豪
五歌
六麻
七陽
八庚　九青　十蒸
十一尤
十二侵　十三覃　十四鹽　十五咸

註平聲字多，故分爲上下兩部，別無他義。

上聲：

一董　二腫　三講　十七篠　十八巧　十九皓
四紙　五尾　二十哿　二一馬
六語　七麌（虞矩切）　二二養
八薺　二三梗　二四迥
九蟹　二五有
十賄　二六寢
十一軫　十二吻　十三阮　十四旱　十五潸　二七感　二八琰　二九豏
十六銑

去聲：

一送　二宋　三絳　十八嘯　十九效　二十號
四寘　五未　二一箇
六御　七遇　二二禡
八霽　九泰　二三漾
十卦　十一隊　二四敬　二五徑
十二震　十三問　十四願　十五翰　十六諫　十七霰　二六宥
二七沁　二八勘　二九豔　三〇陷

入聲

一屋　二沃　三覺
四質　五物　六月　七藥　八黠　九屑
十藥

十一陌　十二錫　十三職

十四緝

十五合

十六葉

十七洽

上列各韻凡列一行者大略可以通轉

關於韻部之分轉，既以四聲爲準，那末四聲如何分讀？亦應注意。茲節錄辨別四聲方法表如次：據中華書局唐詩三百首詳析附錄

韻別＼說者		唐元和韻譜	明釋眞空玉鑰匙歌訣	清王鳴盛	日本
平聲		平聲哀而安	平聲平道莫低昂	舌頭言之	無抑揚
仄聲	上聲	上聲厲而舉	上聲高呼猛烈强	舌腹言之	抑揚
	去聲	去聲清而遠	去聲分明哀遠道	急氣言之	抑揚
	入聲	入聲直而促	入聲短促急收藏	閉氣言之	揚抑

四　押韻

詩是音樂性的文學，如何表現此種特性，只有在詩句之協韻上看出，卽俗所謂「押韻」也。嵇哲說：

「詩之有韻，所以和諧音律，便於歌唱也，吾國言語多爲雙聲疊韻，童謠山歌，信口而出，往往悅耳適聽者，由於符合音律之故。詩爲協律和聲之文字，必須有韻，韻之抑揚雅俗，在於作者之選擇。一韻之奇，可使全首生動，選韻不當，則使詩歌遜色。唐人有巧押險韻爲上者，然不可連用，虛字數韻，或實字數韻，語壯者不可用柔韻，當柔者不可用剛韻，選韻必須響亮（如東、陽韻多響文微韻多啞）音啞字啞之韻，尤當避免。詩之與韻，至爲重要，爭奇鬥

巧，常在一韻之間，不可愼也。」

茲將押韻之常識述之如次：

一　古詩

可分「轉韻」及「一韻到底」兩類，又可分爲隔句用韻，與每句用韻兩種。大抵五言詩篇幅短者，一韻到底，樂府與七言古詩多轉韻，「隔句用韻」爲一般之常例：每句用韻爲柏梁體，較爲少數，以唐詩爲例：五言者如王維之送綦母潛落第還鄉詩，即一韻到底，而隔句用韻者。七言古桃源行，即換韻者，其每句用韻之詩，宋以後常喜於七言古中用之，如陳師道贈兩蘇公詩即是此體。古詩之換韻，當視其平仄韻而造句，安排適當則使詩篇生色。茲錄師友詩傳錄（清詩話）兩則於下：

「問：（郎廷槐）七言詩平韻仄韻句法同否？

阮亭（王）答：七言古平仄相間換韻者多用對仗，間似律句無妨，若平韻到底者，不可雜以律句，（即叶平仄者）。大抵通篇平韻貴飛揚，通篇仄韻貴矯健，皆要頓挫，切忌平衍。

歷友答：七言平韻上句第五字，宜用仄字以抑之也。下句第五字，宜用平字以揚之也，仄韻上句第五字，宜用平字以揚之也。下句第五字宜用仄字，以抑之也。七言古大約以第五字爲關捩，猶五言古大約以第三字爲關捩。

問：七言換韻法？

歷友答：初唐或用八句一換韻，或用四句一換韻，然四句換韻，其正也。四句換韻，更以四平四仄相間爲正，平韻換平，仄韻換仄，必不叶也。

蘭亭（張）答：或八句一韻，或四句一韻，或二句一韻，必多寡勻停，平仄遞用，方爲得體。亦有平乃換平，仄乃換仄者，亦有通篇一韻，末二句獨換一韻，雖是古法，宋人尤多。

問：五古亦可換韻否？

阮亭答：五古亦可換韻，如古西洲曲之類，唐李太白頗有之。

歷友答：五古換韻十九首中已有，然四句一換韻者，當以西洲曲爲宗。

蕭亭答：十九首「行行重行行」，「冉冉孤生竹」，「生年不滿百」皆換韻，魏文帝雜詩「棄置莫復陳，客子常畏人」，「去去勿復道，沈憂令人老」，皆末二句換韻，不勝指屈。一韻氣雖矯健，換韻意方曲委，（此二語中肯）有轉句卽換者，有承句方換者，水到渠成，無定法也。要之用過韻不宜重用，嫌韻（卽同聲字）不宜聯用。」

二　律詩

律詩之用韻以平聲韻爲主，間有用仄聲韻者，爲極少數，且有以短古誤作律詩編者，故不可爲訓。凡律詩皆一律一韻到底，不可換韻。惟第一句可以通融，但亦須相近之韻，清汪師韓詩學纂聞，律詩通韻云：

「律詩亦有通韻，自唐已然，而在「東魚虞」爲尤多……唐律第一句，多用通韻字，蓋此句原不在四韻之數，謂之「孤雁入羣」，然不可通者，亦不能用。」

律詩又有相近兩韻，隔聯分押，謂之進退格，此格自宋人發之，滄浪詩話，詩體篇云：「有進退韻者（進退）」。關於進退格詩，可舉楊誠齋（萬里）贈姜白石（夔）詩作例：

「尤蕭范陸四詩翁（冬韻），此後誰當第一功。（東韻）新拜南湖爲上將。更牽白石作先鋒，（冬韻）可憐公等俱癡絕，不見詞人到老窮，（東韻）謝退管城儂已晚，酒泉端欲乞移封（冬韻）。」

律詩於押韻嚴格之外，選韻尤須精切，大約貴響不貴啞，貴調諧不貴強拗。詩法家數云：「押韻穩健，則一句有精神，如柱磉欲其堅牢也。」。所謂堅牢，就是不可湊韻。如柳宗元別舍弟宗元詩，末句「長在荆門郢樹烟」之「烟」字，姚鼐今體詩選，卽注「嫌湊」，蓋此句上亦有邊字，不可重押，不得已以烟字代之，但已不切實際情景了。所謂調諧者，古人所謂「一片宮商」，如唐李頎寄綦毋三詩：

「新加大邑綬仍黃，近與單車去洛陽，顧盼一過丞相府，風流三接令公香。南川粳稻花侵縣，西嶺雲霞色滿堂，共道進賢蒙上賞，看君幾歲作臺郞。」

此詩用七陽韻，本係高亢之音，而其他字錯綜襯托，反成悠揚婉麗的調子，其關鍵卽在他善於選韻，也善於「配字」，這是做律詩的祕訣。杜詩常於一首中落字四聲並用，更極盡聲音之美。

五　詩式（平仄）

整個平仄之限制，本專於今體，其進程已見前述，毋庸再贅。詩中平仄字的配置，本係其自然音節，今體詩以和諧爲主，故平仄相互間用，使之協調，古詩亦有其自然之音節，尤其七言古詩，有着獨特之平仄用法，不過前人略而不言，讀者亦囫圇過去。至清代王士禛始有古詩平仄論，及「五七言詩平仄舉隅」之撰，其同時詩人趙執信，又有聲調譜之製，後來董文煥（清末人）有聲調圖譜之製。於是古詩之講求平仄，始爲人所共知，而以律句入古體，終非正法眼藏也。

茲分別述之：

一　今體詩平仄

㈠五言絕句，據唐詩三百首詳析五言絕句，王維送別詩聲調條，引董文煥聲調圖譜云：「五絕之法，雖倣自齊梁，但粘對尚未有定，唐人此體，乃有律絕，古絕，拗絕之判。律絕者卽世所傳平起仄起四句是也。單用則爲絕句，雙用則爲律詩，其用韻平多仄少，與律詩大致相同。古絕者卽前五言圖所列平仄韻各四句是也，其用韻平聲固多，仄聲則專以此體爲正，與古詩亦同。律古二格雖殊，而粘對之法則一，此唐人絕句之正式也。拗絕者卽齊梁諸詩之式，律古各句可以間也，且不用粘對，與律二體迥別，與仄律亦異，此格最古，盛唐人間有用之」。五言絕句，其平仄格式，共有五種如下：

甲、仄起平韻正格（以|表仄，一表平）

| | 一 一 |（不用韻，如用韻時作 | | | 一 一）一 一 | | 一韻

一 一 一 | |，| | | 一 一韻。

乙、平起平韻偏格

一一一||（不用韻，如用韻時作一一||一）|||一一（平韻）

||一一|，一一||一。

丙、仄起仄韻正格

||一一|，一一一||仄韻

一一||一，||一一|。

丁、平起仄韻偏格

一一一||，||一一|仄韻

|||一一，一一一||。

㈡七言絕句：據董文煥聲調圖譜：「七言絕句之法，與五絕同，亦分三，格曰律，曰古，曰拗。律絕與五律同黏對法，又增以二聯，卽為七律。古絕與七古平仄同，平仄韻皆如之。此二體亦有拗法」此體平仄格律列式如下：

甲、仄起平韻正格

||一一||一，用韻一一|||一一，韻

一一||一一|，||一一||一。韻

乙、平起平韻格

一一|||一一，用韻||一一||一，韻

||一一一||，一一|||一一。韻

丙、仄起仄韻正格

||一一一||，用韻一一|||一|，韻

丨丨一一丨丨一，一一丨丨丨一丨。韻

丁、平起仄韻正格

一一丨丨一一丨，（用韻）丨丨一一一丨丨，韻

丨丨一一丨丨一，一一丨丨一一丨。韻

七絕與五絕雖同，有平仄韻二種，但實際七絕甚少用仄者，因爲頗與短古詩混淆，而且七絕聲調要悠揚，用仄韻，讀不順口，不如不用。

㈢五言律詩：律詩實起於五言詩，五言由四言衍變而來。以音樂之節拍論，四言只能兩拍，失於板重而鮮變化；加一字則可爲三拍「一二二」，可爲兩拍「二三」或「一四」，因之四言之「平平仄仄」，中如加一平聲字，則爲「平平仄仄平」之五言詩，其他可以類推。「大概律詩八句中的平仄，最着重在每句第二字，如句首第二字仄，二句第二字必平，三句第二字平，四句第二字必仄，五句第二字仄，六句第二字必平，七句第二字平，八句第二字必仄」（唐詩詳析），此卽所謂粘法。（凡不協平仄謂之失粘）

王士禎律詩定體（淸詩話）謂：

「五律：凡雙句二四應平仄者，第一字必用平，斷不可雜以仄聲，以平平上有二字相連，不可令平也。其二四應平者第一字平仄皆可用，以仄仄仄三字相連，換以平韻無妨也，大約仄可換平，平斷不可換仄，第三字同此，若單句第一字可勿論。」

茲將平仄定式列舉如下：（依唐詩詳析）

甲、仄起定式

（△起）丨丨丨一一（韻第一句如不壓韻應爲「仄仄平平仄」）一（△對）一丨丨一，一（△粘）一一丨丨，（△對）丨丨丨一一（韻），

（△粘）丨丨一一丨，一一丨丨一（韻）一一（△）一丨丨，丨丨丨一一（韻）。

注：依上式所謂「對」，即每句第二字及第四字平字，必與上句第二字及第四字相反對。所謂「粘」即每句第二字及第四字平仄，必與上句第二字及第四字「粘」連相同，倘不照式即爲「拗」。凡平仄不調者爲「失粘」一謂「失嚴」，又謂爲折腰體，但一三字可以不拘平仄。

乙、平起定式

一△一||一韻（如不壓韻應爲一一||），|||一一，||△對一一|，一一||一韻

一一一||，|||一一，韻||一一|，一一||一韻。

㈣七言律詩：七律對五律言，祇加二字即成，其平仄之黏對，亦與五律同。惟第六字應注意其平仄相粘，與二四字同，茲列式如下：

甲、仄起定式：

||△起一一||一（韻）第一句如不押韻應爲||一一一一　一一△對|||一一；一△粘一||一一|，

||一一||一韻　|△粘|一一一||，一一|||一一；韻

一一△粘||一一|，||一一||一。韻

乙、平起定式

一一△起|||一一，韻（如不押韻應爲一一||一一|）||△對一一||一，||△粘一一一||，

一一△對|||一一，韻　一一△||一一|，||一一||一，韻

||△對一一一||，一一|||一一韻。

以上所舉爲五七律正體，但拗體不計平仄者，亦常見於名家詩集，七言律又有名爲吳體者，亦卽拗體之詩。玆錄杜詩此體兩首如下：

五言律詩：

奉答岑參補闕見贈 杜甫

窈窕清禁 宜平而仄 闥，拗句 罷朝歸不同 第三字用平救上句亦救本句。本句第一字仄故較第三字必平也。 君隨丞相後，我住日華東，冉冉柳 宜平而仄 枝碧，娟娟花（平）蕊紅，第三字平所以救上句第三字之仄，拗同第二句，上句亦可不救。 故人得 宜平而仄 佳句，拗句 獨贈白頭翁。

夜雨

小雨夜復密 五仄字拗句 迴風吹 平字拗救 早秋，野涼侵閉戶，江滿帶維舟。通籍恨多病 拗同前詩第五句 爲郎忝薄遊 不救上句，與前句五六句參看 天寒出巫峽，醉別仲宣樓。

杜詩凡五字全仄，及「仄仄平仄仄」「平仄仄仄仄」皆用仄救。凡律詩上句仄，下句猶可參用律調。下句仄，則上句必以拗調協之，此不易之法：

七言律詩：題省中院壁

掖垣 拗字宜仄而平 竹埤 平 梧十 第四字平此字必仄 尋，洞門對雪常陰陰 三平粘 落花游絲白日靜 三仄不粘第一句 鳴鳩乳燕青春深 三平同第二句粘 腐儒衰晚謬 拗字宜平而仄 通籍 拗字 退食遲回違 此字平所以救上句第五字之仄 寸心。拗句七言之中第五字，卽五言第三字，當合五言律參之 袞職曾無一字補 三仄以下句着三平聲許字故此略拗協之 許身媿比雙南金。

以上關於今體詩之平仄規式，大體具此。惟五七言律，每句中下字之應用何聲，亦須參錯以求其音節鏗鏘，前人謂之「四聲遞用」。卽每詩中逢單句之末一字，必須上去入三聲用全，七律詩尤須注意及此。（杜詩多如此）

二　古詩平仄

古詩之音節，本係出諸自然，所謂「清濁通流，口吻流利斯為是矣！（詩品）」只有七古體，原自樂府蛻變以音節亢墜來激盪氣骨。杜韓以排奡跌宕為工，字句力避庸熟，所採音節，與律詩迥異，遂別成一聲調。宋人蘇黃七古，規摹此道，竟成定式。清王士禛研古有得，於是創「古詩平仄論」與「聲調譜」，趙執信益張其緒，後人因之，其法愈密，但設例不純，往往有不盡然者。大約七古平韻落句之三字，以平為準，或係唯一之定式，學者熟讀古詩，略避律句之平仄，神而明之，即近似矣。至五言古雖亦有平仄之式，但變化更小，列為圖譜，徒亂人意。茲錄有關詩論如下：

（一）古詩平仄論清詩話輯翁方綱小石帆亭著錄一

「七言古自有平仄，若平韻到底者，斷不雜以律句。（寬按律句即「仄仄平平平仄仄，平平仄仄仄仄平」，或「平平仄仄仄平平，仄仄平平平仄仄」平仄粘對分明者是）其要在第五字必平。如韓詩（謁衡嶽廟）略全首「五嶽秩祭皆三公，四方環鎮嵩當中」……第五字既平，第四字又必仄。如歐陽詩（啼鳥）「窮山候至陽氣生，百物如與時節爭。寬按上句四字仄下句四字亦仄皆助五字平聲字之勢也第四字第五字平仄既合，第二字可平可仄，然不如平之諧也。古人多用平，如蘇詩（武昌西山）「春江綠漲蒲萄醅，武昌官柳知誰栽寬按落句三字皆平……至其出句第五字多用仄，如間有用平者，則第六字，多仄（舉例蘇詩略）……至出句之第二字，又多用平（詩例略）……總之出句第二字平，第五字仄，其餘四仄五仄亦諧，落句第五字平，第四字仄，上有三仄，亦皆古句正式（詩例多舉韓歐蘇詩從略）。

（二）師友詩傳續錄：問：「嘗見批袁宣四先生詩，謂古詩一韻到底者，第五字須平，此定例耶？抑不盡然耶？答：「一韻到底第五字須平聲者，恐句弱似律句耳。大抵七古句法字法，皆須撐得住，拓得開，熟看杜韓蘇三家自得之。」

以上多論七言古詩，至五言古詩，清翁方綱氏有五言詩平仄舉隅，選詩於句下分註其平仄，可以參讀。中華版唐詩三百首詳析，取董文煥聲調四譜圖說，以王維送綦毋落第還鄉詩為範，引述其語謂：「此詩共十六句，無一複調，凡古今體平韻正仄各格，起承粘對之法，轉換變化之妙俱盡於此……」原書具在，可以參閱，此處不再轉錄。

六　對稱及用典

一　對偶

律詩之唯一特點爲八句中之三四五六句兩組，以對偶之句組合之，爲什麼呢？此當知中國文字之對稱化，本憑藉於雙聲，疊韻聯緜之辭語。國語字，本係單音，於其表達意思，命名物類，輒賦以同意義之雙字，遂構成了美妙的排偶文體。轉化於詩，隋唐之際，遂取駢偶文之體裁，整齊其詩句，造成律體詩的形式。前述詩體，曾引述上官儀所設創之「六對」「八對」之名稱。日人靑木正兒中國文學概說駢文條，摘引文鏡祕府論，綜合唐人之說，列有廿九種對法，其主要者有左列四種：（開明譯本一〇二—一〇四頁）

(一)的名對：反對語對者（例）天——地，東——西，長——短，往——還。

(二)同名對：同類語對者（例）星——月，車——馬，薄雲——輕霧。

(三)異類對：異類語對者（例）天——山，風——樹，琴瑟——山川。

(四)意對：異類對之甚者（例）「寢興月已寒——白霧生庭蕪」。

寬按唐詩自杜以後，對仗極爲生動，常以虛對實如「酒債尋常行處有——人生七十古來稀」，「七十數字，以對「尋常」，因「尋常」亦度量衡之名也。

詩篇之對偶，實胚胎於六朝之前，日人高木正一著有六朝律詩之形式一文，鄭淸茂君譯刊於台北大陸雜誌第三卷九、十兩期，擧例繁多，論證精切，可以參證。關於詩句對仗，宋人尤極講究，葉夢得石林詩話卷中荆公詩條：

「荆公詩用法甚嚴，尤精於對偶。嘗云用漢人語止可以漢人語對，若參以異代語，便不相類。如『一水護田將綠去，兩山排闥送靑來』之類皆漢人語也。此惟公之不覺拘窘卑凡。如『周顒宅在阿蘭若，婁約身隨 堵波』皆以梵語對梵語，亦此意。嘗有人向公稱『自喜田園安五柳，但嫌尸祝擾庚桑』之句，以爲的對，公笑曰『伊但知柳對桑爲的，然庚亦自是數』蓋以十干數之也。」

宋人詩話又述蘇軾雪詩「玉樓銀海」之對仗為精切，與王安石「功謝蕭規慙漢相」詩句之典重，其例甚多，不及繁引。惟有須注意者：

（一）一聯兩句之意，不可重複，否則謂之合掌。

（二）兩聯須自承轉，三四一聯承上，五六一聯推開，是之謂有往復頓挫。

（三）對偶造語，不可庸俗疲軟，如黃山谷和王定國詩「未生白髮猶堪酒，垂上青雲却佐州」，即生動清新，兼而有之。

（四）對仗須空靈，不可板滯，但典重者不在此限。大抵詞與詞之間的組合，稍下助語詞，即感到「清空」了。如陸游「萬里因循成久客，一年容易又秋風」之句，其神氣全在虛字上，可例其餘。

二　用典

詩之用典，自六朝以後成為必要之條件，病之者謂為戕賊性靈，賞之者謂為用意深厚。新文學論者更集矢於此，以為雕蟲小技，有傷眞性。但學詩者所讀皆此類用典之詩句，亦應稍明其用法。我以為詩為美感的文學，不可不稍重詞采，其來源皆取材於典籍故實，讀書稍多，造語自有來歷。詩原間接表達作者之意念，古詩多用比興，後人乃用典實，其作用皆使詩體增加其神祕性、象徵性，而增加讀者之美感。於此有必要之條件：

（一）須鎔鑄得當：典實是詩料，如以之入詩，須加一番錘鍊，使之融化無痕，竹坡詩話云：（歷代詩話收）「凡詩人作語，要令事在語中，而人不知，余讀太史公天官書『天一槍棓矛盾，動搖角，大兵起』杜少陵詩云：『五更鼓角聲悲壯，三峽星河影動搖』，蓋暗用遷語，而語中乃有用兵之意，詩至於此可以為工也。」又陸游老學庵筆記，闡蘇軾詩「六重新掃舊巢痕」句之意，亦可見其用典之妙。

（二）須切合本題，詩之用典，即以間接方式，表達題意，如用典不切，有何意思？以溫庭筠的蘇武廟詩為例，其警句云：『迴日樓台非甲帳，去時冠劍是丁年』，純用漢書本傳，無一字不切，而屬對精能，造語蘊藉，可為模楷。

（三）須自然不可牽強，石林詩話云：「詩語固忌用巧太過，然緣情體物，自有天然工妙，雖巧而不見刻削之痕」，用典之自然者，以老杜為最勝，荆公亦然，前舉「一水護田」「兩山排闥」之句，如不注明出處，誰知道他在用典呢？

以上三點，意猶未盡，再錄昭昧詹言通論七律關於用典之語：

「隸事（卽用典）以蘇黃為極則，所謂雲山經雨始鮮明也。以我用事驅使得他為我用方妙，若使事重滯，見事不見我，如錢牧齋（謙益）王阮亭（士禛）多有此病」。

「初盛（唐）諸公及杜公隸字，無一不典不確，細按無不精巧穩妙，所以衣被千古。」

附記：

（一）戴君仁先生詩學講義用典，謂用典之作用有三：「㈠避免平凡單調，㈡可以使詩美化，㈢可以使詩意深婉。」可以參閱。

（二）作詩用典，固須讀書多，但亦須有工具書參考。從前人多用佩文韻府，廣事類賦。現在坊間印行詩韻合璧於韻字上欄附刊詞林典腋，載有各類典故，可以查考。大部頭的類書，如淵鑑類涵，佩文韻府，現已印出可供參考。讀書時最好分類摘記為詩材之儲，古人才如蘇東坡，亦不廢此法也。（見宋人詩話所記）但仍以讀書精熟，用典時才能貼切，一味堆砌，終非上乘。

註七十八：見玉篇。

註七十九：徐敬修著音韻學（啓明版）第四節韻學源流中曾舉例。

註 八 十：見徐著音韻學。

註八十一：中國聲韻學通論林尹教授著。

註八十二：見青木正兒中國文學概說第一章（三）音韻十五頁。

註八十三：見徐著音韻學韻學源流。

註八十四：見謝無量詩學指南所引韻語擧隅和蔡寬詩話，石林清話之例，若溪漁隱叢話，亦多摘引。

註八十五：清周春著杜詩雙聲叠韻譜，收商務印書館叢書集成內。

第五章　歷代重要詩派與詩人

一　前　言

詩派是詩人的組合，往往促進詩體的更新，也造成某一種的詩壇風氣。詩學史上第一個詩派的出現，大概是東漢末年到三國魏初的時候，所謂建安詩體者是。王夫之（船山）說：

「建立門庭，自建安始，曹子建鋪排整飭，立階級以賺人升堂；用此致諸趨赴之客，容易成名，伸紙揮毫，雷同一律。」

船山這種議論，是指斥明代王李鍾譚，以詩派號召天下，轉使詩的本身受害，成爲假詩，或者纖小卑弱；同時他痛心明末黨禍，論詩也不覺得發洩此一種憂憤。但他指詩派起自建安，則是天下公論。至於建安詩體的成功，固然曹子建有號召之力，但建安七子之名，起於曹丕之典論，和與吳質書。東宮侍宴的詩，子建何嘗不在同作之列。船山指子建藉創派來奪老兄詩壇地位，那未免羅織成詞了。我研究詩派的成因有六點：

（一）風會所趨，相近作風的自由組合。每當詩壇窮極思變之際（如玄言體弊，轉入山水，宮體靡濫，出現盛唐陳李），一兩位先覺的詩人，獨特的創造技巧和詩的風格，爲詩人們所推重，互相摹倣，成爲共同的趨向；後輩們的風行草偃，擴大其影響，遂構成一種共同的詩風。如唐代的長慶體，由於白居易製新樂府，意在恢復詩的「興寄」，元稹與他倡和，又喜歡做平易曼衍，曲盡人性的長詩，聳動當世人的耳目，就是這個例子。宋代江西派的成立，似乎也是這樣的情形。

（二）新的詩體產生了，某一大作家做這類詩成爲大家的偶像，爭着摹倣他的格律句法。人數一多，就能成爲一派，如謝朓、沈約在齊梁之際，倡聲律論，自己的詩，也「宮商應律」，後進競相效之，永明體便成立了。陳子昂在初盛之際，盛倡「復古」「清眞」，張九齡李太白都走這條路，盛唐的詩風也就造成了。都是此例。

（三）有一種雖然在創作的時候，互不相謀，但由於私人的交游、接觸、觀摩倡和；幾位有名的作家，在觀點上大致相同，作品的風格也大體相近，後人遂目爲一種詩派。如盛唐王維、儲光羲、孟浩然的詩，多描寫山水田園，後人遂目爲「王孟」，高適、岑參的歌行，多好歌詠邊塞從軍，後人遂目爲「高岑」，後來大曆十才子的詩風，清華澄夐，也構成了一個詩派，都是這樣的情形。

（四）文人是附屬於豪貴階層的，在上的達官貴人如果大力提倡或者他本身就是一位大作家，作品可以示範，當世的詩人，還能不靡然從風嗎？此點像曹氏父子的「篤好斯文」，纔造成建安詩派，梁簡文帝的愛好風華，才造成了宮體一派，就是清代王士禛的神韻詩派，也何嘗不由於他官居尙書，主持風雅，才使文士傾心，成爲風尙呢。

（五）有氣魄的詩人，有意揭櫫一種主張，糾合徒衆，結合爲一種詩派，像明代前後七子的標榜復古，獨霸詩壇，公安的三袁、竟陵的鍾譚，又蓄意對抗，結社成派，這才是眞正的，有意識地結合的詩派。正是船山所指斥的那樣。

（六）自己本無意於造派，但是客觀的形勢，促成了結合；又或是幾位作風相近的詩人，互相倡和，成爲一種新體，漸成爲一種風氣。這種像宋末的四靈體，是幾位山水之鄉的隱士，做幽峭的詩，被當世名公一宣傳，遂被用作反江西派的組合。又像江湖派，只是書肆彙輯板行一部總集，却惹起了政治風暴，就把列名的指爲江湖詩人，變成了一大詩派，實在是意外的事。現代撰文學史的，喜歡以文風詩風，給前代詩文，裝上一個頭銜，如浪漫派啊！寫實派啊！那是古人所不及知的。但是詩體的百變爭新，要從這「萬態爭研」的各種詩體，找出學習的目標的，便不能不對所謂詩派和那裏面重要的人物，有所了解。

二　建安詩派

宋以前沒有詩派之名，只有詩體之說，從詩的共同風格上說，可以說是詩體，凡作這一種體的詩人，也就是詩派。

因此宋人詩話，祇稱建安詩人的詩做「建安體」。滄浪詩話詩體篇說：

「以時而論則有建安體、黃初體……

以人而論，則有蘇李體、曹劉體……

又有所謂選體、柏梁體、玉臺體、西崐體……有古詩、有近體……」

這三種區別，前兩種，卽後代所謂詩派。蓋詩派以作詩的共同風格爲前提，由獨特的詩體出現，引起許多詩人嚮往摹倣遂成爲一種詩派，此說已見前述。後一種就純是詩的體裁分類，也就是本編第二章所論列的「詩體」了。

建安是漢獻帝的年號，但却是由曹操以「大丞相魏王錄尙書事」秉政。曹操和他的兒子丕、植、彰、彪等都愛好文詞，招徠文士，他駐在地的鄴下（今河南臨漳），正是當時的文化中心。王粲、劉楨、徐幹、陳琳……這些有名的文士，陪着世子諸貴，游讌賦詩，便造成了濃郁的詩風。他們共同創造新的詩體——五言詩，解放着郊廟宮庭的樂府爲徒歌；改造板重的漢賦爲抒情的小賦——類似詩的小賦；加之戰亂時代的背景，使詩的音調蒼涼，情詞哀怨，使造成了千載嚮慕的建安詩體。苕谿漁隱叢話前集（卷一）引范溫詩眼說：

「建安詩辯而不華，質而不俚，風調高雅，其言直致而少對偶，指事情而綺麗，得風雅騷人之氣骨，最爲近古者也。一變而爲晉宋，再變而爲齊梁，唐諸詩人，高者學陶謝，下者學徐庾，惟老杜、李太白、韓退之，早年皆學建安，晚乃各自變成一家耳。」

這段議論，極有見地。證以李白詩「蓬萊文章建安骨」的骨字，以「詩骨」許建安，老杜詩「氣劘屈賈壘，目短曹劉牆」又「詩堪子建親」，曹子建、劉楨皆建安詩之中堅，可證兩詩宗的淵源於此。

建安詩何以成派呢？那是由於曹氏兄弟所領導的，建安七子首見於曹丕的「典論論文」和「與吳質書」。我前編學詩淺說，曾將有關論次建安詩派的論評，略加抄輯，仍抄如次：

「今之文人，魯國孔融文舉、廣陵陳琳孔璋、山陽王粲仲宣、北海徐幹偉長、陳留阮瑀元瑜、汝南應瑒德璉、東平

劉楨公幹，斯七子者，於學無所遺，於辭無所假，咸以自騁驥騄於千里，仰齊足而並馳。」（曹丕典論論文）

「觀古今文人，類不護細行，鮮能以名節自立，而偉長獨懷文抱質……辭義典雅，足傳於後……德璉常斐然有述作之意……孔璋章表殊健……公幹有逸氣……其五言詩之善者，妙絕時人，元瑜書記翩翩，致足樂也，仲宣續自善於詞賦……」（曹丕與吳質書）「然今世作者，可略而言也，昔仲宣獨步於漢南，孔璋鷹揚於河朔，偉長擅名於青土，公幹振藻於海隅，德璉發迹於此魏，足下（楊）高視於上京……吾王於是設天網以該之，頓八紘以掩之，今悉集茲國矣。」（曹植與楊德祖書）

所有建安七子及同時重要文人均見於三國魏志陳思王等傳、王粲等傳（卷十九、廿一），可以參閱，不另贅錄。

最早論建安詩者爲鍾嶸之詩品及劉勰之文心雕龍兩書，節錄如次：

「降及建安，曹公父子，篤好斯文，平原兄弟，鬱爲文棟、劉楨王粲，爲其羽翼，次有攀龍託鳳，自致於屬車者，蓋將百計，彬彬之盛，大備於時矣……」（詩品總序）

「暨建安初，五言騰踊，文帝陳思，縱轡以騁節，王徐應劉，望路而爭趨，並憐風月，狎池苑，述恩榮，敘酣宴；慷慨以任氣，磊落以使才，造懷指事，不求纖密之巧，驅詞逐貌，唯取昭晰之能，此其所同也。」（文心雕龍明詩篇）

「自獻帝播遷，文學蓬轉，建安之末，區宇方輯。魏武以相王之尊，雅愛詩章，文帝以副君之重，妙善辭賦，陳思以公子之豪，下筆琳琅。並體貌英逸，故俊才雲蒸；仲宣委質於漢南，孔璋歸命於河北，偉長從宦於青土，公幹徇質於海隅，德璉綜其斐然之思，元瑜展其翩翩之樂，文蔚（路粹）休伯（繁欽）之儔，于叔（邯鄲淳）德祖（楊修）之侶，……觀其時文，雅好慷慨。」（前書時序篇）

近人劉大杰著中國文學發達史第九章（一）專論建安詩人，謂其內容精神有兩種特點：㈠保存樂府詩中那種寫實的社會的色彩。㈡開兩晉浪漫文學之端。亦有見地。

建安詩派中，最大詩人爲曹植，次爲王粲。曹丕之詩，似遜於植，雖王夫之薑齋詩話，曾爲不平，但丕詩清而不雄，

終不能與陳思文章之聖相比」。詩品語

三　玄言詩派

據滄浪詩話，繼建安體以後就是「黃初、正始、太康」，但只不過就時代劃分罷了，就內容論，這上下數十年間的詩派，大概都爲玄言所籠罩。此時之詩人，如正始之阮籍、嵇康，是竹林七賢的中堅，太康的二陸張華，是西晉淸綺之才士，只有左思詠史，慷慨絕塵，是建安之遺音；不獨郭景純之遊仙，孫綽之遂初，才算是正宗的詩呢。所以詩品論之曰：

「永嘉時貴黃老，稍尚虛談，于時篇什，理過其詞，淡乎寡味。爰及江表，微波尙傳，孫綽、許詢、桓庾諸公，詩皆平典似道德論，建安風力盡矣。」

這一大派的詩人，茲據詩品述之：

阮籍：有詠懷詩八十二首（晉書有傳）。

「晉步兵阮籍，其原出於小雅，無雕蟲之巧，而詠懷之作，可以陶性靈，發幽思，言在耳目之內，情寄八荒之表，洋洋乎會于風雅，使人忘其鄙近。……」

阮詩開後人詠懷詩之格局，唐陳子昂、張九齡皆出於此。

嵇康：字叔夜，譙國人，爲鍾會讒死於司馬氏，今集中詩七首，四言詩居其六。

「晉中散嵇康，頗似魏文，過爲峻切，訐直露才，傷淵雅之致，然託諭淸遠，良有鑒裁……」

陸機：字士衡，吳陸遜之孫，入洛見賞於張華，死於八王之難。

「晉平原相陸機，其原出於陳思，才高詞贍，舉體華美，氣少於公幹，文劣於仲宣，……文章之淵泉也，張公（華）嗟其大才信矣。」

左思：字太沖，齊人，曾徵爲祕書郎，詠史詩刺當世政風混濁，親貴用事，而詞特俊邁。

潘岳：西晉滎陽人，官至黃門郎，死於八王之難。

「晉黃門郎潘岳，其源出於仲宣，翰林（李充文章名）嘆其翩翩然，如翔禽之有羽毛，衣服之有綃穀，猶淺於陸機。」

張華：字茂先，范陽人，官至司空，死於八王之亂。

「晉司空張華，其體出於王粲，其體浮艷，興託不奇，巧用文字，務爲妍冶，雖名高曩代，而疏亮之士，猶恨其兒女情多，風雲氣少……」

郭璞：字景純，晉河東人，官至宏農太守，渡江後，爲王敦所害。

「晉宏農太守郭璞，憲章潘岳，文體相輝，彪炳可翫，始變永嘉平淡之體，故爲中興第一，但遊仙之作，詞多慷慨，乖遠玄宗……」這是創遊仙詩的大宗，談魏晉六朝仙眞文學的對他要特加注意。

以上所謂玄言詩人，實難名一派，當時亦未造成同一之格調，不過勉强把他們來代表文學史上正始太康的詩派而已。其中陸機詩尙綺錯典重，爲後來謝靈運一派所自出，與潘岳並稱，應特加注意。

四　山水詩派

此派以三謝爲主，即謝靈運，與其弟惠連暨後來之謝朓爲三。

三謝詩以靈運最深遠，質重神凝，鑪鎚造化，但是琱琢過甚，開後世用事沉晦之風，玄暉淸逸，爲初盛唐神韻一派所出，李太白尤其推挹倍至。詩品總序說：

「逮義熙（晉安帝年號）中，謝益壽（混）斐然繼作，元嘉（宋文帝年號）中有謝靈運，才高詞盛，富艷難蹤，固已含跨劉（琨）郭（璞），凌轢潘左」。

又說：

「謝客爲元嘉之雄，顏延年爲輔……」

筆者另撰謝靈運再評價（載現代學苑）及謝詩賞析（載大陸雜誌）兩文，自問論謝尙能不失大體，可以參閱。關於山水詩派，亦近田園，謝顏之外的陶淵明，生於晉末，寄意田園，雖然託詠於農圃，亦寄足於山水烟雲。詩品評之爲「千古隱逸詩人之宗」，不過，就其標格言之。到了唐宋以後，柴桑之門戶大啓，王無功效其飲酒，王摩詰師其閒淡，韋蘇州攝神於雅淨，儲光羲返迹於田園，白香山法其質樸，蘇長公慕其曠達，遂爲一大宗主。然語其初起，與謝實出一源。故杜詩云：「陶謝不枝梧，風騷其推激」，又說：「安得思如陶謝手，令渠述作與同遊」，實在不錯，至於後來之江（淹）鮑（照），思益清深而體仍山水，亦應屬於此派，茲略述之：

謝靈運：陳郡人，寄籍永嘉，晉謝玄孫，襲封康樂公，劉氏代晉，謝爲臨川內史，放情山川，爲孟顗所讒，終以謀反誅於廣州，詩品列其詩爲上品，評云：

「宋臨川太守謝靈運，其源出於陳思，雜有景陽（張載）之體，故尚巧似而逸蕩過之……然名章迥句，處處間起，麗典新聲，絡繹奔會，譬猶青松之拔灌木，白玉之映塵沙，未足貶其高潔也。」

像這樣評語，這眞是推崇備至了。唐釋皎然詩式評云：

「曩者嘗與諸公論康樂爲文，直于情性，尚于作用，不顧詞采，而風流自然，……惠休（梁釋子）所評謝詩，如芙蓉出水，斯言頗近之矣。」

陶淵明：一名潛，字元亮，晉柴桑人，高隱不仕，晉亡，睠懷宗國見之于詩，詩品列之中品，未免稍屈，評云：

「宋徵士陶潛，其源出於應璩（此評後人皆不以爲然），又協左思風力，文體省淨，殆無長語，篤意眞古，辭興婉愜……世歎其質直，至如『歡言酌春酒』，『日暮天無雲』風華清靡，豈直爲田家語耶？古今隱逸詩人之宗也。」

梁昭明太子蕭統陶淵明集序評云：

「其文章不羣，辭采精拔，跌宕昭彰，獨超衆類，抑揚爽朗，莫之與京……」

顏延之：宋書有傳，字延年，琅邪人，官至金紫光祿大夫，詩品列之中品，評云：

「宋光祿大夫顏延之，其源出於陸機，尚巧思，體裁綺密，情喻淵深，動無虛散，一句一字，皆致意焉。又喜用古事，彌見拘束，……湯惠休曰：「……顏如錯采鏤金。」顏終身病之。」

顏和謝靈運的詩，都喜歡用事，不過不及謝的才情，所以招來時人的彈射。

謝朓：南齊時人，官至尚書吏部郎，爲始安王遙光所收下獄死。其詩清麗，工於情性，色調聲律，漸開律體。詩品列爲中品，評云：

「齊吏部謝朓，其源出於謝混，微傷細密，頗在不倫，一章之中，自有玉石。然奇章秀句，往往警遒，足使叔源失步，明遠變色，善自發詩端，而末篇多躓，此意銳而才弱也。」

謝朓與沈約王融倡用聲律，實爲永明體之中堅，南史云：

「永明末盛爲文章，沈約謝朓王融以氣類相推轂，汝南周顒，善識聲韻，爲文皆用宮商……五字之中，音韻悉異，兩句之中，角徵不同，不可增減，世呼永明體。」

永明體爲一大詩派，本文以節編省約，故併入山水詩人述之，如求詳備，請讀文學史。

鮑照：應歸山水詩人，宋書附臨川王劉道規傳，字明遠，爲臨海王子頊前軍參軍，子頊敗，爲亂軍所殺，詩品列之中品，評云：

「宋參軍鮑照，其源出於二張，善製形狀寫物之詞，得景陽之俶詭，含茂先之靡嫚，骨節强於謝混，驅邁疾於顏延……故險俗者多以附照。」

鮑詩近人黃節有注，所撰序文極同情鮑的遭遇，他是六朝詩的新體，開唐詩七古的先河。唐代李杜兩大宗，李宗謝朓的情詞流美，杜尙參軍險駿之勢，到了宋代江西詩的險勁苦澀，未嘗不得他的鱗爪。

江淹：應歸於前山水詩人，梁書有傳，字文通，濟陽考城人（僑郡），齊與爲豫章王記室，官至吏部尙書，詩多擬古，其雜擬詩知名後代，詩品列之中品，評云：

「文通詩體總雜，善於摹擬，觔力於王微，成就於謝朓。初淹罷宣城郡，遂宿冶亭，夢一美丈夫，自稱郭璞，謂淹曰

：『我有筆在卿處多年矣，可以見還，』淹探懷中得五色筆以授之，爾後爲詩不復成語，世傳江淹才盡。」
江淹夢筆的故事，很流傳於後代。但江郎才盡之說，實由於年老才衰又有所避忌，並不是「還筆郭璞」之故，時人李辰冬教授曾有文辨之。（收文學與生活）

五　宮體詩派

所謂宮體詩派，嚴格言之，始於梁簡文帝，南史簡文帝本紀云：

「辭藻艷發，……然帝文傷於輕靡，時號宮體。」

又徐摛傳云：

「屬文好爲新變，不拘舊體……文體既別，春坊盡學之，宮體之號，自斯而始。」但此派實導源於永明時代之聲律詩人謝朓、沈約，故中國詩史賑之於「新體詩」一類，此派中人依詩史所列，計有：

沈約，字休文，吳興武康人，梁武帝佐命功臣，撰有宋書，詩入文選，詩品列於中品，評云：

「觀休文衆製，五言最優……所以不閑於經綸，而長於淸怨……于時謝朓未遒，江淹才盡，范雲名級故微，故約稱獨步……其工麗亦一時之選也。」

沈約詩後人頗有疵議，書卷多而才華遜，他所倡的四聲八病，自己也不能恪遵。

何遜：字仲言，東海郯人，梁時官至水部郎中，梁書何傳述，簡文帝稱之曰：「詩多而能者謝朓，少而能者何遜」。唐人極重其詩，與陰鏗並稱。杜詩：「頗學陰何苦用心」又云：「沈范早知何水部」。何遜詩大體俳偶，詞情輕佻，實是今體詩的先驅。

蕭綱：梁武帝之子，蕭統死，繼爲太子，侯景時奉爲帝，旋害之，謚爲簡文帝，編詩主於詞采，抨擊用事與平淡一流，有與湘東王論文書，具見文學主張。

關於宮體詩派詳見陸著中國詩史新體詩人一章，徐庾詩篇，波流隋唐，上官儀實其後勁，四傑篇製，亦紹子山，今之詩流，已多擯異，故不詳述。

六　唐代詩派

詩派之在古人，並不是有心創建的，一時的風會，成了體格，大家趨向相同，後來論詩的人，從而名之曰某派，「九原不起」，也只好甘心受之了。後來，論唐詩自滄浪而後，至明高棅撰唐詩品彙，分爲初盛中晚，至今成爲定論。（惟錢牧齋斥之）這不過是後人爲論述便利才有此類區劃。其實在當時眞能成派的惟：

（一）初唐四傑：名氏相高，才情並茂，當時既有「盧後王前」的排列，後世亦有「江河萬古」之推崇，（杜詩戲爲六絕句）他們承繼宮體的餘波，開啓唐風的壯采，可以目爲「四傑詩派」。沈宋兩家的律體亦稱爲後勁。

（二）盛唐之王右丞詩，有儲光羲、錢起等倣效，孟浩然之同作，眞有詩壇祭酒之勢，可目爲右丞詩派。（當時李杜均在江湖，詩名雖大而光焰不遠，同時學他的人也少，未成風氣。）

（三）中唐初期之大歷十才子，聲氣相應，錢仲文（起）、郎士元，蜚聲朝列，劉長卿、嚴士元（維）韋應物與秦山人（系）江淮唱詠，標格相當，復有高仲武選輯其詩爲中興間氣集，迴然爲一大詩派，可目之爲大歷詩派。

（四）元和長慶之際，元（稹）白（居易）以古義新體相號召，長慶名集，二家所同，其詩風，其遭際均不相上下，流播既廣，影響亦深，可目爲長慶詩派（詩體爲長慶體）。

（五）韓孟詩派，韓愈在中唐倡導古文之外，以古文之法爲詩，並且表章李杜，開宋詩的波瀾，同時孟東野（郊）盧仝和他的倡和，張籍以古樂府隨其後，也是影響後世詩壇的一個大派。

（六）晚唐義山（李）樊川（杜）與飛卿（溫）致堯（韓）先後接應。玉溪之詩，承老杜而自造深沉，被之綺羅，遞相效倣，當時已有「三十六體」之名。後世每目之爲溫李詩體，洎北宋之西崑，爲詩家之大派，可目爲溫李詩派。至於許渾、姚合，寄興江山、鄭谷杜荀鶴體趨鄙俗，只可備詩體，不可言大宗。司空圖境界自高，韓偓語工香艷，只可言詩體，並不足以言詩派，茲略述之：

一　四傑詩派

王勃，字子安，龍門人，文中子之孫，父福疇，勃幼慧能文，與楊炯、盧照隣、駱賓王以文章齊名，時稱四傑。補虢州參軍，坐事除名，省父交州，渡海溺水悸死，詩收入全唐詩，共二卷，工於琢句，狀物生秀。

楊炯，華陰人，曾爲崇文舘學士，左遷盈川令卒，全唐詩存詩一卷，其詩開闔排蕩，韻響聲清。

盧照隣，字昇之，范陽人，晚得痼疾不堪投水而死，全唐詩存詩三卷，詩格蒼勁，詞翰飛揚。

駱賓王，義烏人，七歲能屬文，尤妙於五言，帝京篇當時以爲絕唱。官臨海丞，從徐敬業起兵討武氏，兵敗後亡命，不知所終。全唐詩收詩三卷，其詩以氣格詞采見長。四傑中，我獨愛駱賓王，他的五七言古，詞采氣魄，都是上乘。

二　右丞詩派

王維字摩詰，官至尚書右丞，深於禪悅，繪事精能，少年之詩華采，中年之詩豪壯，晚年之詩深遠，所謂「右丞詩能備三十二相」。當時唱和者，據中國詩史有李頎、祖詠、高適、綦毋潛、丘爲、儲光羲、錢起、孟浩然等，皆當時的大詩人。清王士禛選唐賢三昧集，獨以王氏爲趨歸，嚴羽許之爲「香象渡河，羚羊挂角」，爲千古神韻詩人所宗。王維與孟浩然、高適、岑參詩合爲四家詩，高岑長於邊塞，浩然放志江湖，而右丞則攝之以澹遠渾涵。

三　大曆詩派

大曆十才子之稱，見唐書盧綸傳，計爲吉中孚，韓翃、錢起、司空曙、苗發、崔峒、耿湋、李端、夏侯審和盧綸合爲十人。但計有功唐詩記事李益條，又云：「大曆十才子，唐書不見人數，盧綸、錢起、郎士元、司空曙、李端、李益、苗發、皇甫曾、耿湋、李嘉祐，又云錢起、夏侯審亦是。或云：錢起、盧綸、司空曙、皇甫曾、李嘉祐，吉中孚、苗發、郎士元、李益、耿湋、李端。其中只有夏侯審與李益、李嘉祐、郎士元四人有出入。而清修圖書集成文學典、文學名家傳、劉長卿條引雲溪友議記長卿語云：「李嘉祐、郎士元焉得與余齊稱焉。」似長卿亦在其中。凡此諸詩，中興間氣集多爲收錄，各系以小評、全唐詩亦均收其詩篇，大抵清剛逸遠，審於情興，而略帶傷感，令人讀之惘然！以人多不能備錄，略其平生。（拙著談大歷詩，收詩與詩人，可參看）

四　長慶詩派

白居易與元稹，自始爲詩，即思創派，其理論見於元白往復論詩之書。圖書集成文學典詩部藝文類曾爲收輯，共有元稹：敍詩寄樂天書、白氏長慶集敍，白居易：與元九書、和答詩序，因繼集重序。長慶詩體之創，意在復古詩人比興之義，不能以文爲工，而以述事諷諭爲上。但才情所及，側艷輕歌，遂亦不免於浮艷。唐書白氏傳贊曰：「居易在元和長慶時，與元稹俱有名，長於詩，多至數千篇，唐以來未有。」居易前與微之倡和，晚與劉禹錫聯合，有與劉蘇州書，道其梗概，故此派自以香山爲廣大教主。

元稹：字微之，唐河南人，元和元年，制科第一，以奏議名，官至同中書門下平章事，舊唐書稱其「年少有才名，與白居易友善，工爲詩，狀物態風色，當時言詩者，稱元白焉。」卒年五十三，所著詩賦等一百卷，號曰元氏長慶集。

白居易：先居太原，後家下邽，貞元中擢進士，官至太子太傅刑部尚書，卒年七十五，唐書稱其「文章精切，然最工詩，初頗以規諷得失，及其多，更下偶俗好，至數千篇，其初與元稹酬詠，號元白，稹卒，又與劉禹錫齊名，號劉白……」有文集七十五卷，經史事類三十卷，號白氏長慶集。

劉禹錫：字夢得，洛陽人，自言系出中山。順宗時，官監察御史，以附王叔文，憲宗立與柳宗元等同時併貶，歷年放謫，以裴度之力還朝。會昌初，加檢校禮部尚書，卒年七十二。素喜詩，晚節尤精，與白居易酬復頗多，居易以詩自名者，嘗目爲詩豪。東坡謂少學其詩，雖多怨刺，竹枝詩體，實以夢得最工。

五　韓孟詩派

創派人爲韓愈，其人名位至顯，生平歷見於文學史志，茲不再贅述。但韓氏以文爲詩，高棅說他：「風骨頗野於建安，但新聲不類，蓋正中之變，」明胡震亨也說「挺負詩力，所少韻致。」都是確評。不過宋詩到王荆公、歐陽修，都學他的古詩體。近代同光體，尤昌韓之古體，這也是前代詩人一時所料不到的啊！

孟郊：字東野，生平見唐書文藝傳，唐才子傳說他是洛陽人，韓愈所作貞曜先生墓誌銘，說他父親孟庭玢曾爲崐山尉，娶妻裴氏，生他。一說他是浙江湖州武康人。孟郊一生窮困，以詩爲業，元遺山說他「高天厚地一詩囚」，本傳說他「詩思苦奇澀，存險致」。嚴羽說他「刻苦，讀之使人不歡」。後來宋代蘇軾便反對學他，說他是「詩囚」，可是當時昌黎却推崇他說他「以詩唱於一代」，此所以才成爲一派之詩。全唐詩收他的詩，又有孟東野集（四部叢刊本）

六　溫李詩派

以義山、牧之、飛卿爲中堅。義山學杜得其深摯，牧之學杜得其豪蕩，飛卿好比琢玉，有其雕琢，無其思理。傳至晚唐、五代，遂爲風尚，北宋初期，楊億、劉筠效之爲西崐體，執詩壇之牛耳云。

李商隱，字義山，懷州河內人，少受令狐楚之知，開成二年進士第，後陷於牛李黨恩怨中，爲令狐綯所棄，故爲詩多寄託，無題游仙之什皆有所刺也。文章與溫庭筠、段成式等齊名，號三十六體，並作有玉溪生集及樊南甲乙稿。

杜牧：字牧之，宰相杜祐之孫，進士第，喜詼諧，著爲罪言，李德裕善之。官至黃、池、睦三州刺史，入爲司勳員外郎，後以中書知制誥遷中書舍人，卒年五十。於詩情致豪邁，人號爲小杜，以別於杜甫。義山贈之詩云：「前身應是梁江總，名總還須字總持。」備極傾倒。

溫庭筠：字飛卿，以多輕薄行，爲時所廢，唐詩稱其「少敏悟，工爲詞章，與李商隱皆有名，號溫李，」其詩濃豔，樂府多玉台體，集名爲溫飛卿集，歐陽修盛稱其五言詩「雞聲茅店月，人迹板橋霜」之句。

七　宋代詩派

宋代詩派，其略見於滄浪詩話論詩體之中所謂「本朝體（通前後而言）、元祐體、蘇黃體、江西宗派體（山谷爲其宗）者是也。其詳則見於元方回桐江集中論宋詩各體之語，（請參閱拙作詩與詩人中元方回詩與其詩論）大約宋詩各派可分爲㈠西崑體詩派㈡蘇門詩派（卽元祐體）㈢江西詩派㈣四靈詩派，㈤江湖詩派，就中以江西詩派淵源既遠，影響亦大，幾可謂爲宋詩之代表，茲分述之。

一　西崑體詩派

滄浪詩話西崑體云：「卽李商隱體，然兼溫庭筠及本（宋）朝楊、劉諸公而言之也」在宋楊億、劉筠等，以館閣老宿，盛爲晚唐風華典實之辭，風靡後學，有西崑酬唱集行世，故世稱之爲西崑體。錢惟演，宋郊、宋祁弟兄，悉工此體。又宋劉邠中山詩話云：「祥符天禧（眞宗年號）中，楊大年錢文僖（惟演）晏元獻（殊）劉子儀以文章立朝，爲詩皆崇尙李義山，號西崑體。」此爲較早之文獻。

楊億：字大年，建州浦城人（今福建），幼而穎異，十一歲太宗御試，授祕書省正字，長年館閣，文名滿天下，預修太宗實錄，官至工部侍郎翰林學士，卒年五十七。

劉筠：字子儀，楊億傳內云：「在書局唯與劉筠輩厚善，當時文士咸稱賴其題名，」與楊億齊名。其事跡可參閱宋史卷三百五本傳。

二　蘇門詩派

元豐元祐之間，是宋詩的黃金時代。前之歐（陽修）梅（聖俞）南逝，而流澤未衰，王安石以詩律妙天下，而蘇東坡出，以牢籠百代之才華，爲變化無方之詩體，遂使後生奔走，四海向風，蘇門四學士，黃庭堅、秦觀、晁補之、張耒詩皆妙。黃更特樹一幟，爲江西詩派之祖，故合而名之曰元祐體，分而名之曰蘇門與江西，以張、秦與蘇轍，合隸蘇門也。

蘇軾：宋史有傳，生平見於選本詩文至多，今不贅述。後人輯有東坡先生文論，可見其文學見解，其詩始學劉禹錫，晚學太白，後山詩話云：「蘇詩始學劉禹錫，故多怨刺，學不可不愼也，晚學太白，至其得意則似之矣，然失於粗，以其得之易也。」清翁方綱，極尊奉之，其石洲詩話，極力推之，東坡詩集注廿二卷，以施注蘇詩最佳，清人王文誥蘇詩集成最完備。蘇轍：字子由，與軾同登嘉祐進士科，累官至門下侍郎，晚年築室於許，號穎濱遺老，其詩淡雅平實，頗遜其兄

蘇轍：字子由，與軾同登嘉祐進士科，累官至門下侍郎，晚年築室於許，號穎濱遺老，其詩淡雅平實，頗遜其兄云。

張耒：字文潛，淮陰人，弱冠第進士，紹聖初，知潤州，坐黨禍謫官，徽宗召爲太常少卿，出知潁、汝二州，老於陳州。其詩長於樂府，可與唐張籍並稱，方回盛稱其詩，集名爲宛邱集。（四部叢刊名張右史集）

秦觀：字少游，終身坎凜，官止史舘校錄，貶死郴州。其詩爲詞名所掩，然當時亦有名。元遺山譏其詩句柔弱，但屬對精能，亦復迥出輩流，四庫提要引呂本中童蒙訓云：「少游……過嶺以後詩，高古嚴重，自成一家，與舊作不同。」可謂公論。

三　江西詩派

「江西詩派始於北宋之黃庭堅、陳師道，大張於呂本中，蔓延於南渡後百五十年間，而論定於宋亡以後之七年，方回瀛奎律髓書成之日。」（朱著文學評論大綱）所謂江西詩派者，起於呂本中撰的江西詩派圖，後劉克莊又爲之傳，清人張泰來又爲江西詩社宗派圖錄。呂氏所作宗派圖，本係少作，故其去取多不盡當，苕溪漁隱叢話卽予庇議。劉後村每人爲之傳，方回則倡一祖三宗之說（祖：杜甫，宗：黃庭堅、陳師道、陳與義），於是江西詩派詩統始定。茲於黃、陳、陳、曾（幾）、陸（游）、楊（萬里）諸人略述其生平：（以下據劉克莊江西詩派小序——續歷代詩話）

黃庭堅：字魯直，號涪翁，又號山谷道人，宋洪州分甯人，少年爲小官，官太和縣丞，元祐中爲校書郎，除著作佐郎，擢起居舍人，紹聖中以黨禍被貶涪州別駕，黔州安置，徽宗卽位，召還爲太平郡守，九日而罷，又被貶官宜州，卒年六十一。宋史稱其『與晁補之張耒秦觀俱遊蘇軾門，天下稱爲四學士，』而庭堅於文章尤長於詩，」釋惠洪冷齋夜話稱曰：『造語之工至於荆公、山谷、東坡，盡古今之變』，方回論之曰「山谷法老杜，后山易其舊而學焉，遂名黃陳，號江西派。」茲記江西詩派人姓名：

山谷：「……豫章稍後出，會粹百家句律之長，究極歷代體制之變，蒐獵奇書，穿穴異聞，作爲古律，自成一家，雖支字半句不輕出，遂爲本（宋）朝詩家宗祖。」

後山（陳師道）：「後山樹立甚高，其議論不以一字假借人，然自言其詩師豫章公……後山地位去豫章不遠，故能師之。」

韓子蒼（駒）：「子蒼蜀人，……學出蘇氏，其詩有磨淬翦裁之功，終身改竄不已。」

徐師川（俯）：「豫章之甥，然自為一家……，師川在靖康中，以名節自任，諸人所以推之者，蓋不獨以其詩也。」

潘邠老（大臨）：「東坡文潛先後謫黃州，皆與邠老游，其詩自云師老杜，然有空意，無實力。」

三洪（洪朋、洪芻、洪炎）：「皆豫章之甥，龜父（朋）警句，往往前人所未道……駒父（芻）後居上坡，晚節不終，玉父（炎）南渡後，為少蓬（祕書少監）……愛兄之道至矣。」

夏均父（倪）：「均父集中，如擬陶韋五言，亹亹逼眞，律詩用事琢句，超出繩墨，言近旨遠，可以諷味。」

二謝（謝逸謝薖）：「無逸（逸）輕快有餘，而見工緻，幼槃（薖）差苦思……然其高節不可及。」

二林（敏功敏修）：「詩極少……兄弟皆隱君子，不但以詩重。」

晁叔用（冲之）：「余讀叔用詩，見其意度宏開，氣力寬餘，一洗詩人窮餓酸辛之態。」

汪信民（革）：「信民為教官從榮陽學，故紫微公（呂本中）尤推尊信民。」

李商老（彭）：「公擇尚書子弟也……頗博覽強記，然詩拘挾少變化。」

三僧（饒節僧名如壁祖可善權）：「如壁詩輕快，似謝無逸亦見工，祖可嗜讀書，詩料多，無蔬筍氣……善權與可相上下。」

高子勉（荷）：「親見山谷，經指授……集中健語層出。」

江子之（端本）：「子我弟也，」張錄云：「臨川人，宣和二年通判溫州。」

李希聲（錞）：「與徐師川、潘邠老諸人同時」。（厲樊謝案李希聲官至祕書丞）

楊信祖（符）：「吏道官官惡，田家事事賢」唐人得意語也」。（厲案楊符字信祖，有詩集一卷。）

呂紫微（本中）：「有紫微詩話，呂氏童蒙訓，東萊集（劉彥語長不錄）南渡一大家也。」

陳師道：字履常，宋史文苑傳「一字無已，彭城人，常以文謁曾鞏……留受業……以文行起徐州教授，為太學博士……久之召為祕書省正字卒，年四十九……喜作詩，自云學黃庭堅，至其高處。」沒後，門人魏衍編後山集二十卷，蜀人任淵為之注，朱熹論其詩曰：「後山雅健似山谷，然氣力不及，山谷較大。」山谷曰：「履常……作詩，得老杜句法，今……詩人不能當也。」自方回以配山谷謂之黃陳，世遂無異論云。

陸游：字務觀，山陰人，享壽甚耆，其詩豪放流蕩，篇章最富。南渡後詩家一人而已。卒於甯宗嘉定二年，年八十五，官至祕書監寶章閣待制集名劍南集，宋史稱其：「才氣超逸，尤長於詩。」近人梁啓超推為愛國詩人。

楊萬里：字廷秀，吉州吉水人（今江西吉安），自號誠齋，經史文學均優，歷官至寶謨閣學士，忤韓侂胄，故臥家十五年，著易傳行於世。誠齋集每官一集，共四十二卷，詩長於狀物態，抒情性，劉後村江西詩派總序云：「後來誠齋出，眞得所謂活法，所謂流轉圓美如彈丸者。」周必大評其詩曰：「天生辨才，得大自在。」詩初學江西，終乃自造一家，歸於平易淡泊。

四　四靈詩派

四靈者，皆永嘉人，由葉水心提獎而成，近人朱東潤記之云：（中國文學批評史大綱）

「徐照字道暉，一字靈暉，有芳蘭軒集。徐璣字文淵，一字靈淵，有二薇亭集，翁卷字繼古，一字靈舒，有西巖集，趙師秀字紫芝，一字靈秀，有清苑集，四人之詩皆以遠追唐人，力矯江西之弊為旨，其學皆出於水心。」

四人詩集皆傳世，宋詩鈔亦收其詩，皆長五言，清靈深遠，是其所長，規模狹小，是其所短，方回則力詆之，亦非盡公允也。

五　江湖詩派

江湖詩派為晚宋一大派，且參加當時之政爭，劉克莊其魁傑也。初錢塘人陳宗起，開書肆於杭州，刻當時詩人集爲江湖小集，後以史彌遠殺濟王，立理宗，有人爲詩譏訕，遂興大獄，江湖集被鐫板禁行。其詩大致抒寫性靈，刻畫風月，方回深譏之，謂「宋詩至此掃地盡矣。」四庫提要著錄江湖小集九十五卷，江湖後集二十四卷，提要皆有考證，備載各人名，可以參閱，朱氏文學批評史大綱第三十六劉克莊條，亦詳敍江湖派之起源云。

茲敍劉後村之生平：

劉克莊，字潛夫，莆田人，少時以詩見葉水心（適），水心許以大將，嘉定間官建陽令，眞德秀方里居，克莊師事之，講學問故，一變至道，累官至龍圖閣學士，兵部尚書，致仕，年八十二卒，集名後村先生大全集，詩有二十八卷，又後村別調樂府，及後村詩話，皆詩學論著之佼佼者也。

其於詩與江西派尚重拙者立異，于唐人詩，寢饋至深，然與江西派之標榜老杜，嚴滄浪之高談盛唐者不同。但亦傷於膚淺率易，惟南嶽稿，實有清新澹雅之致云。（關於江湖詩派及劉後村詩學，拙著劉後村詩學述評，曾加分析，刊於東海學報第七期，可以參閱。）

八　明清詩派

論詩至金元，殆成中斷。詩大家祇元好問（遺山）唱於河朔，繼往開來，爲大家詩之最後一人。（曾國藩選十八家詩以遺山殿，昔人有云遺山後無大家）虞（集）楊（載）范（椁）揭（徯斯）爲元詩之四家，但皆無成派之說。學者不過遞相祖述而已。晚元之際，有楊維楨起於東南，以豔冶光怪之詩風倡，顧阿瑛玉山草堂，曾結合東南詩流爲一代最後之詩，但不旋踵而入明，故不述焉。

明初之詩則高啓宋濂等所謂國初四家，但非互相標尚，亦無結社成派之意。其人有一半在元時，明詩之興，乃在閩人高棅（後改名士禮）大倡唐音，有唐詩品彙之選，四唐之分，論定於此。後之成詩派，厥惟館閣一派；而茶陵李東陽，實爲其首。有台閣派之雍容和愉，始有前七子之抗志復古。嗣至萬曆間，後七子復踵前修，以「讀秦漢以前書，作唐以前詩」倡於天下。七子盛極，江湖乃有竟陵公安兩派之清新俊逸，儼若南宋之四靈，江湖兩派之起。迨丁末季，江左三家以錢謙益爲首，對七子詩風一舉而廓清之，故有明詩派僅舉三派㊀前後七子㊁竟陵派㊂公安派。

明社既亡，學士入清，王士禛北士少年，早官淮上，錢牧齋見而異之，許其代興，而王氏以北方之俊，轉習江左清言，獨以神韻標尚，有宋犖與之上下，勝國名士翕然歸之。官高而年尊，才清而製富，漁洋詩派遂籠罩康熙乾隆之間，此一大派也。乾嘉之間，沈德潛標言志之幟。復聲詩之舊，與性理之學相表裏。袁枚（子才）以湖海名流，倡性靈之說而排之，言銳而辨，顚倒時流，隨園詩話之作，兼收並蓄，門牆廣大，蔣（銓）趙（翼）和之，後來張問陶、舒位等繼之，性靈一派，幾占清中葉之詩壇。道咸之後，國步日艱，世風亦變，先有翁方綱譚詩雅愛宋元，姚鼐選詩頗及江西，而後之龔自珍（定菴）以沈博絕麗之才，爲瑰麗驚創之句，震動天下，後生歆動，宋詩始萌。祁雋藻（春圃）獨爲宋詩，延至同光，曾國藩詩皆摹山谷，而江西詩派之格調，遂爲騷壇所尊奉，同光體始成，迨至今日，亦未稍變。民國以後，詩道漸夷，南社派爲定菴之嫡孫，樊易派延晚唐之一線，亦不必詳論矣。

一　前後七子詩派

前七子，以李夢陽、何景明爲中心，其次爲邊貢，徐禎卿，又次爲康海，王九思，王廷相等五人，朱著文學批評史大綱云：前七子之說盛於弘治正德間（西元一四八八——一五二一），而爲羽翼者，則有李東陽。又引王士禛云：「明弘治間，李何崛起，吳有昌谷（徐禎卿）爲之羽翼，相與力追古作，一變宣（德）正（統）以來流易之調，明音之盛，遂與開元大曆同風。」七子力主復古，使明中葉詩無眞骨，故錢牧齋力詆之，謂之曰：「生吞活剝。」（見曾房仲詩叙 文學典敍圖書集成詩部）曰「叫號隳突。」（前書引題懷麓堂詩鈔）終乃斥之爲狂病，至於今七子之名幾不能舉，皆此論之行也。玆述李、何二人之略歷如次：

李夢陽：字獻吉，甘肅慶陽人，弘治進士，官至戶部郎中，有空同子集、明史有傳，錢著列朝詩小傳有詳述。

何景明：字仲默，信陽人，弘治進士，官至陝西提學副使，號大復山人，有大復集，明史文苑傳有傳，錢著列朝詩小傳有詳述。

後七子，朱氏云（前書）：「嘉靖隆慶之間，（一五二二—一五七二）後七子之焰復熾，後七子者，李攀龍、王世貞、謝榛、宗臣、梁有譽、徐中行、吳國倫。七人之中，攀龍之名最著，世貞之才最高，然其初實以謝榛爲之魁。」玆述謝李王三人之事略：

謝榛：字茂秦，臨清人，自號四溟山人，論詩重句法、字法及音調，有四溟集二十四卷。

李攀龍：字于鱗，歷城人，嘉靖間於京師結詩社，衍謝榛之論，始立詩格，但終與謝論詩不合。選有唐詩選，最工七律，漁洋盛稱之，有李于鱗集。

王世貞：字元美，太倉人，自號鳳洲，又號弇州山人，嘉靖進士，官至刑部尙書，有弇州山人四部稿，續稿等，朱氏（前書）引錢牧齋云：「元美著作，日益繁富，而其地位之高，遊道之廣，聲力氣勢，足以翕張賢豪，吹噓才俊，……近古未有。」明史文苑有傳，錢著列朝詩有詳述。

二　公安派

公安派者，以袁氏兄弟爲中心。郭氏文學批評史謂：「在明文學與文學批評，有學古與趨新二種潮流。」如公安派即趨新之代表，亦反對七子派之中心力量也。

袁宏道，字中郎，號石公，湖北公安人，與兄宗道伯修，弟中道小修齊名，萬曆二十年進士，官至部郎，卒年四十三歲。錢牧齋論之曰：「中郎之說出，王李之雲霧一掃，天下之文人才士，始知疏瀹心靈，搜剔慧性，以蕩滌摹擬塗澤之病，其功偉矣。機鋒側出，矯枉過正，于是狂瞽交扇，鄙俚公行，雅故灰滅，風華掃地。」蓋七子之詩求雅，雅則尙塗澤，傍古人之門戶，公安求新，新則取俗調用俗話，而風華易盡，究之皆士大夫自謀活計，非眞能以自然爲師，有眞性情鼓動其間也。

三　竟陵派

距公安派稍後，亦以反七子王李之徒詩風爲職志者，又有竟陵派興起。「其說創於鍾惺譚元春」（朱氏語）「其論詩好稱靈迴朴潤。」與「樸素幽貞」又賞詩以「別趣奇理」，雖非詩家正宗，然足以掃僞詩、去俗論，不失爲「孤懷孤詣」也。

鍾惺：字伯敬，湖北竟陵人，天啓庚戌進士，官至福建提學僉事，有隱秀軒集。

譚友夏：竟陵人，天啓辛卯鄉試第一，有嶽歸堂集。

二人合選詩歸五十一卷：凡古詩十九卷，唐詩三十六卷，錢謙益列朝詩小傳云：「古唐詩歸，盛行於世，承學之士，家置一編，奉之如尼丘之删定」，又謂其「如木客之淸吟，如幽獨君之冥語，如夢而入鼠穴，如幻而之鬼國。」其實詩如至此境，亦足以自開風氣矣。

四 神韻派

虞山錢謙益於明亡之際，以巍科碩學，文彩風流，主東南壇坫。其門人馮班等嗣其法席，而雲間陳子龍，太倉吳偉業又以高才盛氣爲唐人詩，先與牧齋並馳，終爲一氣，是爲明淸之際詩壇的閏統。牧齋之詩，沈博而有氣骨，其詩論見於所爲徐元美諸人詩序，馮氏則有鈍吟雜錄，吳氏之梅村詩鈔，以初唐四傑之聲情，襲長慶元白之格調，滄桑世變，供其詩料，遂爲一代詩史，而終之皆爲王士禛神韻詩派之前驅。

王士禛，字貽上，號阮亭，又自號漁洋山人，順治進士，自揚州推官累官至刑部尙書，康熙五十年卒，年七十八，有帶經堂全集，其詩集以漁洋山人精華錄別行。所選之詩，有古詩選，唐賢三昧集，唐人萬首絕句選等，後人復集其論詩之語，爲帶經堂詩話。其談藝四言曰曲、遠、諧、則，上溯嚴滄浪司空表聖之詩論，以「不著一字盡是風流」「味在酸鹹之外」爲標致，專從禪悟神韻一方立論，故長於絕詩短古，不能作大篇。卽如其秋柳秦淮雜句，眞州絕句諸詩，明麗溫婉有餘，而氣魄究嫌不足。其人宏奬風流，居京師日，海內名士多集其門，門弟子又多，皆傳其詩法。是以神韻之論，歷百餘年而不衰。王氏生平見淸史列傳。

五 性靈派

淸代詩人聲氣最廣者，康熙之時，必推王士禛，乾隆之時，必推袁枚，其議論主張，足以爲一代之中心者，勢亦相埒。」（朱氏中國文學批評史大綱語）袁氏論詩主性靈，旣反漁洋之神韻，尤不滿沈德潛之言志，故性靈一派，爲乾嘉詩壇重鎭。

袁枚：字子才，號簡齋，錢塘人，乾隆初年進士，爲名翰林，出知溧陽江甯等縣，年四十卽告歸，築室南京小倉山下，名曰隨園，世稱隨園先生，好賓客，四方人士投詩文無虛日，卒年八十二。姚惜抱輓之以詩云：「烟花六代銷沉後，又到隨園感舊時。」可見其生時盛況。其論詩專主性靈，於古人推重楊誠齋白描之作，然爲之太易，其隨園詩話蒐取太濫，故雖鼓舞當時，而身後卽熸如焉。袁氏著有小倉山房詩文集，尙有隨筆詩話等，後人合爲隨園三十六種。與袁枚同時齊名者，有江西蔣士銓，字心餘。浙江趙翼，字雲松。當時刻三人之詩爲三家詩，稍後有四川張問陶（船山）之船山詩草，大興舒位之瓶水齋集，與武進黃景仁之兩當軒集，雖面目不盡相同，其以輕捷之才，運明快之句，以歆動讀者，同爲性靈詩派之附庸則一也。

六　同光派

同光派之成立，當據近人陳衍之言，石遺室詩話卷一云：「丙戌在都門，蘇堪（鄭孝吾）告余有嘉興沈子培者，能爲同光體，同光體者，余與蘇堪戲目同光以來詩人不專宗盛唐者也。」

又論道咸以來之詩派擧同光鄭陳二人之詩源云：

「前清詩學，道光以來，一大關捩，略別兩派：一派淸蒼幽峭……此一派近日以鄭海藏（孝胥）爲魁壘；其一派生澀奧衍……近日沈子培、陳三立實其流派。」

陳衍以鄭陳分領兩種筆調，合爲同光以來之中堅，實近代詩壇之公論。衍侯官人，張之洞之幕府，北京大學教習，民國後在閩主修通志，又教授廈門大學，編有近代詩鈔，篇幅繁富，多爲同光詩人，著有元詩紀事，石遺室詩話，詩話捃拾彌廣，不減隨園詩話，而三四册中每多濫收之作，亦似隨園。石遺逝於抗戰初期，石遺室詩文集，逝後卽印出，附有年譜。（藝文書局景印本）同光派之盛，衍宣傳之功居多，同光派之有衍，猶江西詩派之有呂本中也。

鄭孝胥：閩人，著有海藏樓詩稿，晚佐滿洲國，其生平散見時人報導，不爲詳記。鄭氏死於滿洲國，碑志傳狀今尙未見。

陳三立：字伯嚴，號散原老人，江西義甯（今修水）人，其父右銘，爲湖南巡撫，伯嚴早爲名公子，以戊戌黨禍，閒居於家，銳意爲詩。後寓南京，又寓北平，卒於民國廿六年，著有散原精舍詩集五冊，文集一冊，全集今猶未定。

關於同光詩人事跡，中央大學教授汪辟疆先生，曾戲爲同光詩壇點將錄，以水滸三十六天罡，分配諸人，兼予評贊。（近大華晚報瀛海同聲欄披露，名爲光宣詩人點將錄）

本章參考書目：

一、鍾嶸詩品。

二、文心雕龍。

三、圖書集成文學典，文學名家列傳。

四、宋詩鈔。

五、歷代詩話。

六、續歷代詩話。

七、清詩話，江西詩派，宗派圖錄，葉燮原詩。

八、四庫全書總部提要集部。

九、郭著中國文學批評史。朱著中國文學批評史大綱。

附錄

詩集舉隅

學詩固然不以考證爲工，需要「胸藏二酉」；但也要能博覽古人詩集和詩話，開拓詩的境界，充實詩的內容，改進詩的技巧。可是學詩的人往往摸索不得門徑，找不着可讀之詩與需要讀的詩；因此根據常識，就流通易得的版本，略舉其書目於次：

一、總集部份：

一、昭明文選詩類　梁蕭統撰，李善注，藝文書局影印本。

二、玉台新詠　十卷，梁徐陵撰，商務印書館四部叢刊本，世界書局學術名著本。

三、古詩選　三十二卷，清王士禎輯，中華四部備要本，世界書局學術名著本。

四、古詩源　十四卷，清沈德潛集輯，中華四部備要本，商務臺版學術叢刊本。

五、清修全唐詩　藝文書局影印本。

六、中興間氣集　二卷，唐高仲武輯，商務四部叢刊本。

七、宋詩鈔　一〇六卷，清吳之振輯，世界書局學術名著本。

八、唐賢三昧集　清王世禎輯，世界書局學術名著本。

九、今體詩鈔　十八卷，清姚鼐輯，中華四部備要本，台中中庸出版社本。

十、十八家詩鈔　二十八卷，清曾國藩輯，商務四部備要本，世界書局學術名著本。

十一、唐宋詩舉要　民國高步瀛輯注。台北廣文書局景印本。

十二、近代詩鈔　民國陳衍輯，商務臺北版。

右流行詩總集十二種，斷代詩只取全唐詩、宋詩鈔與近代詩鈔，丁選全上古秦漢三國六朝詩，曁郭茂倩樂府詩集，元詩選，及朱彝尊撰明詩綜均未列入，以卷帙稍繁，初學者可以從緩。

二、別集部份：

一、曹集詮評　十卷，魏曹植著，清丁晏箋。

二、曹子建詩注　一冊，民國黃節箋注，藝文書局景印本，北大講義，及古直著曹子建詩箋廣文景印本。

三、陶靖節集箋注　晉陶淵明著，清陶澍編，中華四部備要本，世界書局臺北版。古直著，陶淵明詩箋廣文本。

四、謝康樂詩注　宋謝靈運著，民國黃節箋，藝文書局景印本，北大講義。

五、謝宣城集　五卷，南齊謝脁著，商務四部備要本，臺北廣文書局景印本。

六、王右丞集　二十八卷，唐王維著，清趙殿成箋注，中華本，世界本二冊。

七、分類補注李太白詩集　三十卷唐李白著，元楊齊賢集注，商務四部叢刊本，世界書局學術名著本，學生書局景印本。

八、李太白詩集　三十六卷　清王琦輯注，中華四部備要本。

九、錢注杜詩　二冊，唐杜甫著，清錢謙益注，世界本。

十、杜詩詳注　二十五卷，清仇兆鰲編注，廣文書局景印本。

十一、杜詩鏡銓　二十五卷，清楊倫編注，新興書局景印本。

十二、韋蘇州集　十卷，附錄一卷，唐韋應物著，商務四部叢刊本。

十三、白香山詩集　四十卷，唐白居易著，中華本，新陸書局景印本。

十四、玉谿生詩箋注　三卷，附年譜一卷，詩話一卷，唐李商隱著，清馮浩箋，中華四部備要本。又朱鶴齡注李義山集學生書局景印。

十五、荊公詩箋注　五十卷六册，宋王安石著，宋李壁箋，廣文書局景印本。

十六、集注分類東坡詩　二十五卷，宋蘇軾著，宋王十朋注，商務四部叢刊本。又清王文誥撰蘇文忠公詩編註集成學生書局印行。

十七、山谷內集　二十卷，外集十七集，別集二卷，宋黃庭堅著，宋任淵史容注，中華本、世界本。

十八、后山詩注　十二卷，宋陳師道撰，任淵注，商務本，新興書局景印本。

十九、精選陸放翁詩集前集十卷、後集八卷別集一卷　宋陸放翁撰，商務四部叢刊本，世界本。

二十、元遺山詩注　十四卷，補載一卷，附年譜一卷，附錄一卷，金元好問撰。清施國祁箋注，中華四部備要本，世界書局學術名著本。

二十一、道園學古錄　五十卷，元虞集撰，商務四部叢刊本。

二十二、青邱詩集注　十八卷，明高啓著，清金檀注，中華四部備要本。

二十三、梅村家藏稿　五十八卷，補一卷，年譜四卷清吳偉業撰，中華四部備要本，又吳梅村全集一册，新陸書局景印本。

二十四、漁洋山人精華錄訓纂十卷　附年譜二卷，清王士禛著，惠棟注，中華四部備要本，又世界本一册無注。

二十五、散原精舍詩　一册，民國陳三立撰，商務臺北版。

二十六、海藏樓詩　一册，清鄭孝胥著，中庸出版社景印。

右別集二十六種，只取最著名之大家，不敢嗜博。

三、詩評類：

一、鍾嶸詩品　三卷，梁鍾嶸撰，中華四部備要本，世界陳延傑注本。又正中書局許文雨著文論講疏內詩品講疏一卷，歷代詩話兼收詩品。

二、苕谿漁隱叢話　前後集一百卷，宋胡仔輯，世界書局學術名著本，中華書局四部備要本。

三、滄浪詩話　一卷，藝文本歷代詩話收，另單行本，坊間甚　。

四、詩人玉屑　二十卷，世界書局學術名著景印本。

五、漁洋詩話　清王士禛著，藝文清詩話本，坊間印有單行本。

六、說詩晬語　清沈德潛撰，中華四部備要本，藝文歷代詩話收。

七、甌北詩話　清趙翼撰，世界書局學術名著本，又廣文書局景印一册。

八、昭昧詹言　清方東樹撰，廣文書局景印本。

九、石遺室詩話　一册，民國陳衍撰，商務書局景印本。

右詩評之類九種，擇其通行而理論自有體系者選錄，其卷帙雖多，流行雖廣，而稍涉於膚濫者，雖如隨園詩話，亦所不取。

國家圖書館出版品預行編目資料

分體詩選

／孫克寬編. --初版. --臺北市：
臺灣學生，民57；
面； 公分. --
參考書目：面

ISBN 957-15-0433-5 (精裝)
ISBN 957-15-0434-3 (平裝)

1.論叢與雜著

831 81004755

分體詩選 附：學詩淺說

編者：孫克寬
出版者：臺灣學生書局
發行人：孫善治
發行所：臺灣學生書局
臺北市和平東路一段一九八號
郵政劃撥帳號○○○二四六六八號
電話：三六三四一五六
傳眞：三六三六三三四

本書局登記證字號：行政院新聞局局版北市業字第玖捌壹號

印刷所：宏輝彩色印刷公司
地址：中和市永和路三六三巷四二號
電話：二二六八八五三

定價平裝新臺幣二〇〇元

西元一九六八年四月初版
西元一九九七年九月初版七刷

83101

ISBN 957-15-0433-5（精裝）
ISBN 957-15-0434-3（平裝）